白鸟飞过河流

周万水 著

百花文艺出版社
天津出版传媒集团

图书在版编目（CIP）数据

白鸟飞过河流 / 周万水著. -- 天津 : 百花文艺出版社, 2023.6(2023.9 重印)
ISBN 978-7-5306-8568-6

Ⅰ. ①白… Ⅱ. ①周… Ⅲ. ①散文集-中国-当代 Ⅳ. ①I267

中国国家版本馆 CIP 数据核字(2023)第 082121 号

白鸟飞过河流
BAINIAO FEIGUO HELIU
周万水 著

出 版 人: 薛印胜
策划统筹: 王 燕
责任编辑: 王 燕 徐 姗
装帧设计: 彭 泽
出版发行: 百花文艺出版社
地址: 天津市和平区西康路 35 号 **邮编**: 300051
电话传真: +86-22-23332651（发行部）
+86-22-23332656（总编室）
+86-22-23332478（邮购部）
网址: http://www.baihuawenyi.com
印刷: 山东临沂新华印刷物流集团有限责任公司
开本: 880 毫米×1230 毫米 1/32
字数: 200 千字
印张: 8.625
版次: 2023 年 6 月第 1 版
印次: 2023 年 9 月第 2 次印刷
定价: 58.00元

如有印装质量问题，请与山东临沂新华印刷物流集团有限责任公司联系调换
地址:山东省临沂市高新技术产业开发区新华路 1 号
电话:(0539)2925886 邮编:276017

自序 | 在旷野和河流之上

不是今天，也不是昨天。面对河流不只是一个孤立的事件：只有你和那条河，构成情节，也构成时间，在我们之间流动。故事很长，像一本书那么长，等到你想翻看下一章时，四周却已经变得如旷野般空荡。

把曾经写下的文字整理成册，是对自我的审视，是一种用特定的方式描述和想象潜在阅读对象的态度。这不免让我感到惶恐，使我想起第一次公开演讲时的情景，走下讲台，忐忑得如刚做完检讨一样。

写作的意义到底是什么？这问题的答案在今天变得有些复杂。不是答案本身复杂，而是写作者现实状态的呈现有些复杂。罗贝尔·埃斯卡皮说："作家之所以获得文学意义、成为一位名副其实的作家，那是在事后，在一个站在读者立场上的观察者能够觉察出他像一个作家的时候。"这个定义让我感到有一些惶恐和绝望，毕竟很多时候我们在阅读一些被称作"文学作品"的文字时，也能感到背后的无聊和虚伪，因为我很难找到那些文字的表达意图和我的某种情绪与认知的一致性，还有写作者起码的诚意。当然，我更愿意相信这是我自身的愚钝，这也是真的。

成为一个作家是少年时的梦想，那是个体生命能够感知文学意义的时代。文字是有灵魂的，在不经意间渗入了血液，挟持着我经历宽阔和虚幻、冥思和孤独。这是曾经被很多人反复描述的状态，如玛格达莱娜·祖拉夫斯基的诗句："一天晚上，一个词向我敞开，喋喋不休，仿佛我是它的乐器，我在它的循环中无能为力……"

过去和今天，我们生产了很多单词。如果不能抚慰尘俗里的芸芸众生，就算看上去熠熠生辉，也不过是没意义的单词组合而已。而另一些文字，它们从来不曾在显赫的纸上崭露头角，却依然可以温暖世间人心。

一生中无数次坐在河边，在不同的季节、不同的晨昏和不同的心境里。当你觉得自己是一只鸟飞过河流，河流看到的却是一只鸟在飞越天空。一直以来，我都在河流身边，却又仿佛是从遥远的地方赶来。如果足够执拗，你就可以在这种自然的关系里，从那些散落的事物中悟出某种属于你自己的东西。用来记录这一过程的文字算不算文学，我不确定。我希望自己的表达能被人理解，这样可以使自己显得不那么孤独。但是，坐在黑色的石头上，去聆听一条河流，缄默不语，或许是与它相处的最好模式。

很多年来，我觉得自己被放逐在熙熙攘攘的人流里，很少有回头的时间。灵魂像一棵秋天的梧桐，一直在凋零，直到有一天文学的光亮再度返照彷徨的路。人需要有一种方式宣泄积累的情绪和自我救赎，我仿佛是一只栖息于城市与乡村之间的斑鸠，身份模糊，需要证明。于是我开始尝试着把一些感觉写成文字，这一选择在很大程度上消除了我对一些事物的倦怠感。在我居住的河边，曾经有一棵很大的树，有一天，它竟然没有任何征兆地倒下了，腾出了一大片天空。在很长一段时间里，我居然没有意识到它的消失，因为我只是把它当成一种现象，而没有把它当成一个事件，这验证了我的麻木。在凋敝的乡村，我曾经看到一个极为震撼的场景：疯长的野草包围着一幢废弃的破木屋，屋的主人早已搬走，两张老人的黑白照片依然挂在堂屋的墙壁上，斑驳的照片上透出一丝悲凉……如果有一天有人问我："你写下的这些文字究竟有什么意义？"那我可以告诉他，我依然不能确定，我唯一知道的是在写下这些文字的过程中，我学会了平视世界，保持悲悯。

我平生有两大爱好，一是去凭吊历史留下的遗迹，二是沿着河流去追溯源头。那些遗迹大多在河流分布的地方，与河流一样经受着时间的磨蚀。这样的旅行是有些寂寞的，残阳之下，常常是孑然的背影和沉默的废墟。那是自己与旷野和河流的对话，是人类短暂而渺小的孤独与自然永恒的时间的碰撞，是一次次宿命的回访。当我偶遇一块远古的石头，当我抵达一条河流的源头，我的眼里总是充满快乐的泪水。一种分享的欲望，也总是不可遏制。

所以，相对做一位写作者，我更愿意做一个行者。我的文字是用脚走出来的，这本集子里的文字记录着我的行走痕迹，我希望它们带着一些旷野的气质，给注释和遐想留存下巨大的空间。我觉得这世上没有绝对好的文字，好的文字只是契合了更多个体的情绪、感觉、经历和认知，你唯有在乎，才可能获得一些共鸣。

若干年以后，当我围着火炉（如果还有的话）再次读起我自己的文字，希望其中的一些段落还是能够触动我的内心，我的眼睛还会湿润，能被自己的文字感动是一件值得欣慰的事。

倘能如此，足够了。

遇到和书写这条河流，是我的确幸。河叫沅水，也叫沅江，是湖南境内最长的河流，发端于云贵高原的群山峻岭。它是一条流放过屈原和楚辞的河流，是一条放逐过王阳明和心学的河流，是王昌龄吟唱“青山一道同云雨，明月何曾是两乡”的河流，是沈从文笔下美丽而忧伤的河流。面对这样一条河流，我所呈现的感觉都可能是苍白的，无以表达内心的敬意，即使为它写下了一些粗浅的文字，依然还是怀着深深的歉疚，我能够呈现给大家的也就是这些了。

在我的创作过程中，百花文艺出版社旗下的《散文》和《散文海外版》两杂志给予了我很大的鼓励，让我实现从一个忠实读者到作者的转变，这也是我选择这家出版社出版这本集子的原因。

“我希望在杧果季节结束之前，你能尝尝这几颗杧果，它们是在清晨的新鲜空气中采撷的——胡安·拉蒙·西美内斯”写完这几行字的时候，浏阳河畔的芦苇又青了。

周万水

二〇二三年三月于长沙

目　录

辑一

长河之逝

一个人的一生必然会与一个地方纠缠不清，这个地方可能不是你的故乡，但你的生命却注定与它息息相关，注定为它魂牵梦绕，就像沈从文和那个叫沅陵的地方。

从地理上来说，沈从文来到沅陵是一种必然。沅陵，古属楚巫中之地，战国属楚黔中郡，汉高祖五年（公元前 202）置县，是旧时湘西地区的政治、经济、文化、军事中心。早在 2300 年前，当长安直通西域的“丝绸之路”还未形成之前，沅陵便是连接内陆和沿海“海上丝绸之路”的重要节点。那时，沅水、酉水两大“黄金水道”，帆影如云，码头密布，商旅不绝，货通天下。过去在湘西人心目中，辰州（沅陵）是跟汉口同等重要的大码头，能去一趟沅陵或能到沅陵置业是无数湘西人梦寐以求的事。沈从文家族也不例外，但沈从文先生第一次到沅陵却是服兵役。

一九一七年农历七月二十，在母亲的安排下，沈从文随一个杨姓军官，以“补充兵”的名义，来到沅陵当兵，驻扎在老城中南门的总爷巷，从此他与沅陵结下了不解之缘。那年沈从文十五岁，身上还带着湘西少年特有的顽劣、野性和对外面世界的好奇与欣喜。“离开了家中的亲人，向什么地方去，到那地方去又做些什么，将来有些什么希望，我一点儿也不知道。我还只是十四岁稍多点一个孩子，这个年龄似乎还不许可我注意到与家中人分离的痛苦，我又那么欢喜看一切新奇东西，听一切新奇声响，且那么渴慕自由，所以初初离开本乡时，深觉得无量快乐。”(《从文自传》)那时的沅陵山城只有一条正街，衙署、商铺、客栈、学校、医院，什么都汇聚在这一条街上，五花八门，热闹非凡。由于是补充兵，沈从文不必参加正式的训练和工作，所以很清闲自由，可以四处游玩。因此初到沅陵的那段时间里，沈从文度过了一段十分快乐的时光。若干年后他写道：“我很满意那个街上，一上街触目都十分新奇。我最欢喜的是河街，那里使人惊心动魄的是有无数小铺子，卖船缆、硬木琢成的活车、小鱼篓、小刀、火镰、烟嘴，满地是有趣味的物件。我每次总去蹲到那里看一个半天，同个绅士守在古董旁边一样恋恋不舍……我又常常同那团长管马的张姓马夫，牵马到朝阳门外大坪里去放马，把长长的缰绳另一端那个檀木钉，钉固在草坪上，尽马各处走去，我们就躺到草地上晒太阳，说说各人所见过的大蛇大鱼，又或走近教会中学的城边去，爬上城墙，看看那些中学生打球。又或过有树林处去，各自选定一株光皮梧桐，用草揉软做成一个圈套，挂在脚上，各人爬到高处枝丫上坐坐，故意把树摇荡一阵。”(《从文自传》)

在沅陵，沈从文尽情体会着这个沅水大码头的风情。过河的地方叫驿码头，码头泊满各式各样的小船只，女人在码头上的石板上用洗衣棒啪啪地捶打着衣物。从码头到车站，要经过一条曲折的小街，由北向南折向东，沿街两边有很多商铺和摊子，卖米粉和包子的，还有卖一种用油炸的糯米团子的，糯米团子蘸上砂糖，不仅好吃，还耐饿。最有特色的是一种叫灯盏窝的食品，先把米粉浆倒进一个灯盏形的铁皮容器，中间倒上各种不同的馅心，再浇上一层米浆，然后放在滚油里炸，炸至两面金黄捞出，香气扑鼻，外焦里嫩。馅心基本上是素的，有糯米辣椒馅、鲜萝卜馅、香干馅，等等，风味十分独特。这一切在日后都生动地融入了沈从文的文字。

沈从文先生在沅陵自由而快乐的日子没多久就结束了。一九一八年，沈从文所在部队被派到今怀化中方一带清乡剿匪。在随后的一年零八个月里，沈从文看到的是杀戮和残暴，是成百上千被砍下的头颅。部队除了杀人似乎无事可做，兵士除了看杀人，似乎也是没有什么可做。沈从文差不多也习惯了这种血腥的生活，习惯了开口即是“老子”或“杂种”的粗野日子。直到有一天军中一位有文化的秘书对他说：“啊呀呀，小师爷，你人还那么一点点大，一说话也老子长老子短！”或许正是这句话让沈从文开始意识到：人还可以，还可能以另外的姿态活在这个世界上。

一九一九年年初，沈从文从怀化第二次来到沅陵。他所在军队此时已前往川东。沈从文同一个老年的副官长、一个跛脚的副官、一个吃大烟的书记官，以及二十名老弱兵士，留守沅陵。他除了每三天誊写一份报告，及在月底造一留守处领饷清册呈报外，几乎无事可做。

在留守的日子里，沈从文每天照例逗留在辰州的长街和码头上，过着悠闲而无聊的日子。但此时的沈从文，却已经有了很真实的寂寞。看着那条长河里千百年来就往来不断的船只、木排和长街与码头上的船夫、商人和妓女，看着那些熙熙攘攘、匆匆而过的人们和隐藏于繁华背后的人生百态，沈从文因看过血腥而一度麻木和漠然的意识开始变得有些柔软和悲悯。他后来无不深情地写道："我欢喜辰州那个河滩，不管水落水涨，每天总有个时节在那河滩上散步。那地方上水船下水船虽那么多，由一个内行眼中看来，就不会有两只相同的船。我尤其欢喜那些从辰溪一带载运货物下来的高腹昂头'广舶子'，一来总斜斜地、孤独地搁在河滩黄泥里，小水手从那上面搬取南瓜、茄子、成束的生麻、黑色放光的圆瓮。那船在暗褐色的尾梢上，常常晾得有朱红裤褂，背景是黄色或浅碧色一派清波，一切皆那么和谐，那么愁人……美丽总是愁人的，我或者很快乐，却用的是发愁字样。但事实上每每见到这种光景，我总默默地注视许久。我要人同我说一句话，我要一个最熟的人，来同我讨论这些光景。"（《从文自传》）

这是沈从文第一次体验到了一种他从没感受过的情绪，这种情绪随之如河岸边的水草，无可遏制地疯长且郁塞于胸怀，仿佛心中突然生出了忧郁，大约也就是从这个时候起，沈从文从那日夜不断、千古长流的河流里，从那些的石头、沙子、腐烂的水草和破碎的船板里看到了一个词：历史。他忽然有了把这些告诉世界的欲望，他看到的历史不是用文字写成的，而是"另一个时代另一群人在地面上相斫相杀的故事"，眼前的这条河流透过一个个鲜活的故事告诉他的，是关于若干年来人类命运的哀乐史诗。

在沅陵的这段经历，为沈从文日后的文学作品提供了厚重的生活与人文积累。这在沈从文先生的作品中也有大量印证。一九三五年至一九三八年间，沈从文的《从文自传》《湘行散记》《湘西》《芸庐纪事》等散文集中的大量作品都直接或间接地写到了沅陵，比如《沅陵的人》《鸭窠围的夜》《一九三四年一月十八日》《一个多情水手与一个多情妇人》等等。可以说，沅陵是探讨和研究沈从文创作思想与艺术价值绝不可回避也无法回避的地方。就连沈从文先生也从不掩饰地称沅陵是他的“第二故乡”。

一九二〇年八月沈从文先生告别了沅陵，之前他所在的军队在鄂西被当地神兵围杀，全军覆没。沈先生因留守而幸免于难，被遣散回家。在凤凰老家待了四个月，他又去了沅州（芷江），在一个警察所里做了半年的办事员，后因爱情失败，钱财被骗，又来到常德，与表哥黄永玉的父亲黄玉书在一个河街的旅馆里闲住了半年。无所事事中觉得前途无望，他便又搭了一只往湘西保靖运军服的船，从常德出发逆水上行十八天到达沅陵。那天是一九二二年正月初一，天上下着雪，沈从文先生第三次在沅陵短暂停留，时间仅一天，他最深刻的印象是他和他的朋友在沅陵的长街上玩命地跟人打了一架，随后便去保靖投奔于“湘西王”陈渠珍门下。

一九二三年，受新文化运动的影响，沈从文想去“看些听些使我耳目一新的世界”。他告诉陈渠珍他要去北京读书，读书不成便去做一个警察。这时，他的军人身份的父亲也跟随部队来到沅陵，并把他母亲及九妹都迁到了这里。那时沈家便已经有了在沅陵修建住宅安家的打算。沈从文经酉水路过沅陵，在与家人短暂团聚后便启程去了北京，那里有一个更大的且充满未知的陌生的世界在等着他。这是沈从文第四次到沅陵，也是他最后一次见到他的父亲。

沅水和酉水，是沈从文先生生命中两条最重要的河流。沅水与酉水交汇处的辰州沅陵，在沈从文先生的一生中占有很重要的位置。在这里他怀揣着好奇开始他最初的人生体验，他从这里出发感受到这个世界的冷酷、无常、迷茫和隐藏在世俗生活背后的绝望，他也是从这里开启了他新的人生旅程，走向外面的世界，并用笔描写那些关于河流的故事。若干年后沈先生回忆道："到十五岁以后，我的生活同一条辰河（注：即沅水）无从离开。我在那条河流边住下的日子约五年。这一大堆日子中我差不多无日不与河水发生关系。至少我还有十分之一的时间，是在那条河水正流与支流各样船只上消磨的。从汤汤流水上，我明白了多少人事，学会了多少知识，见过了多少世界……再过五年我手中的一支笔，居然已经能够尽我自由运用了。我虽离开了那条河流，我所写的故事，却多数是水边的故事……"（《我的写作与水的关系》）翻看沈从文的文学作品，关于沅水、酉水和沅陵的题材比比皆是。二十世纪三十年代中期，业已成名的沈从文又两次途经或逗留沅陵，沅陵依然是他笔下美得心痛的风景和最柔情的眷恋。

一九三四年一月，沈从文先生从北京回湘西探望母亲。他的另一个目的是看看沈家在沅陵修建的新居——芸庐。芸庐建在沅陵城北岸的天宁山上，小城风貌可尽览无余，颇得地利。沈从文先生有一段描述颇为应景："在沅陵南岸看北岸山城，房屋接瓦连椽，较高处露出雉堞，沿山围绕，丛树点缀其间，风光入眼，实不俗气。由北岸向南望，则河边小山间，竹园、树木、庙宇、高塔、民居，仿佛各个位置都在最适当处。"（《沅陵的人》）从长沙到常德后，沈从文选择溯沅水而上，经桃源郑家河、兴隆街进入沅陵境内。这是他第二次沿这条河流逆水行舟，上行沅陵。与第一次不同的是，这时的沈从文已成为著名作家，且与张兆和新婚不过五个月。一边是依依不舍、魂牵梦绕的爱人，一边是无限思念、记忆亲切的故地山水，两种奇妙的情感的交织，使得沈从文此次沅水之旅可谓柔肠百转，文思千回。纯净的山水、古朴的地域文化、美妙的爱情和深刻的人生感悟叠化成一行行美妙的文字，清新淡雅，余味无穷。“船去辰州已只有三十里路，山势也大不同了，水已较和平，山已成为一堆一堆黛色浅绿色相间的东西。两岸人家渐多，竹子也较多，且时时刻刻可以听到河边有人做船补船、敲打木头的声音。山头无雪，虽无太阳，十分寒冷，天气却明明朗朗。”

一九三四年的这次沅陵之行，距沈从文先生初到辰州已过去十六年了。当乘坐的小船透过缥缈的水烟，远远看到辰州税关上的飘扬旗帜时，他不禁百感交集，柔情似水。“我坐到后舱口日光下，向着河流清算我对于这条河水这个地方的一切旧账。原来我离开这地方已十六年。十六年的日子实在过得太快了一点……这地方是我第二个故乡。我第一次离乡背井，随了那一群肩扛刀枪向外发展的武士为生存而战斗，就停顿到这个码头上。这地方每一条街，每一处衙署，每一间商店，每一个城洞里做小生意的小担子，还如何在我睡梦里占据一个位置！这个河码头在十六年前教育我，让我明白了多少人事，帮助我做过多少幻想，如今却又轮到它来为我温习那个业已消逝的童年梦境来了。望着汤汤的流水，我心中好像忽然彻悟了一点人生，同时又好像从这条河上，新得到了一点智慧……山头一抹淡淡的午后阳光感动我，水底各色圆如棋子的石头也感动我。我心中似乎毫无渣滓，透明烛照，对万汇百物，对拉船人与小小船只，一切都那么爱着，十分温暖地爱着！我的感情早已融入这第二故乡一切光景声色里了……我来了，是的，我仍然同从前一样地来了。我们全是原来的样子，真令人高兴……”(《一九三四年一月十八日》)。这部凝聚着爱情、乡情和乡土风情的《湘行书简》，收录了沈从文先生第五次沅陵之行的性情文字。它是沈从文先生献给沅陵，献给他生命中那条河流最好的礼品。时至近日，仍然有无数的沈从文的崇拜者从桃源到沅陵，沿着这条河流寻访当年先生夜泊的码头，以一种独特的精神之旅向沈先生致敬。

沈从文先生再回到沅陵是在一九三七年冬，彼时，他与大哥沈云麓出资在沅陵修建的芸庐也早已竣工。时值北平沦陷，上海失守，大半个中国已落入日寇兽蹄之下。民国湖南省政府及华东许多学校、机关、医院、工厂、报社陆续搬到沅陵，政商繁忙，十分热闹。从北平撤退，先期去昆明西南联大的各高校朋友们及一些文化人，林徽因、梁思成、闻一多等在撤往昆明途经沅陵时，都曾在芸庐受到了沈家兄弟的热情接待。沈从文是格外留恋芸庐的。早在三四年前，他回家看望生病的母亲那次，途中给新婚不久的妻子张兆和写信说：“你明年若可以离开北京了，我们两人无论如何上来一趟，到辰州(即沅陵)家中住一阵，看看这里不称为风景的山水，好到什么样子。”沈从文在沅陵的家待了四个月，这是他除从军之外在沅陵待过的最长时间，其间写下了《芸庐纪事》等一系列作品，并开始了长篇小说《长河》的创作。

那是个动荡年月，天地之大，已难容一张安静的书桌。随着战事逼近，一九三八年，沈从文先生迁往昆明，这一去便再没有回到芸庐。一九四二年远在云南的沈从文先生在给家人的信中仍念叨着要回沅陵、回芸庐过年。然而，动荡的岁月再没有给他机会，反而给了他许多失去亲人的痛苦。他最疼爱的九妹沈岳萌在乱世中精神错乱，送回芸庐后流离失所，后被乌宿乡下的一名莫姓瓦匠收留，在饥荒的年月卒于穷苦。而留在沅陵的弟弟沈荃亦在一九五〇年死于非命。今天，我们很难猜测沈从文先生离开沅陵的那一天是怀着怎样的心情。毕竟，这块深铭于先生灵魂的土地，承载了他太多的记忆，太多的眷恋。只是他一定没想到，这一走竟差不多是与至亲的“十年生死两茫茫”。据《沈从文全集》书信卷记载，一九五六年十二月十三日，沈从文再次来到沅陵，物是人非，这里再也没有他的故人，他只在某个客栈住了一晚，他是否去了芸庐，或是远远地看着他曾经的家，我们都无从得知。离开沅陵后，他曾这样写道：“特别是过沅陵渡时，实在美丽。”这一次，他和这块曾深深眷恋的土地和故园永远地告别了。

一九八八年五月十日，沈从文先生在北京去世。

一九九五年，五强溪水电站蓄水，沈从文笔下的沅陵老城沉于水底。

一九九六年，沈从文先生在沅陵的旧居芸庐被拆除。

辰州犹在，长河如诗。

渡口那边的岸

是哪些素因决定我们长成现在的模样并且不可抗拒？多年前在一个渡口，我忽然想起这个问题。那是我第一次来到这个渡口，我要到渡口那边去。渡口那边是一个小镇，名叫乌宿。

乌宿在酉水的下游，河水在这里丢下最后一个滩头，便汇入了沅江。我从来没有想过自己的人生会与这个地方有交集，直到有一天我扛着简单的行李，坐在一辆装木材的卡车上，顶着一脑袋黄土灰，来到一个叫堂门前的地方。卡车司机扔下我，指着河对岸码头旁一片错落的黑瓦屋说："过了河就是乌宿了。"

那时候，乌宿看上去山水秀美，是个绝对可以入画的地方。河水清澈透明，河中卵石和大鱼小鱼都清楚可见。水边山峰嵯峨，山色青黛，岸边竹林茂密，三两农舍隐约其中，几缕炊烟依稀上浮。渡口边泊着几只渔船，每只船上都蹲着一排鸬鹚，黑乎乎的，因为闲着，都是一副无精打采的模样，如河岸上那些兀立的礁石。那画面很有些明代画家吴伟《渔乐图》的味道。等了很久，渡船才从对岸开来，是一条带着乌篷顶的机船，船尾冒着黑色的浓烟，柴油机咚咚咚地震耳欲聋。上岸的时候我顺便问了问同船过渡的人，为什么这个地方叫乌宿，问了好几个人，都说不知道。在我离开那里之前,我曾无数次问起同一问题,都没人给我一个明确答案。通常的说法是:很久很久以前,这里就叫乌宿了。

我那时有些落寞,没想过从师范毕业会来到这个连地名都不知来历的地方。我有些不安,甚至担心若干年以后我自己也会变得来历不明。毕竟,把一个普通的人扔在人海里,时间久了,再要把他找回来也不是那么容易,所以在很长一段时间里我一直很纠结。

乌宿是个很普通的小镇,码头上的小街随地势而曲折,不过百十米,只有在赶场的日子才会热闹。此地苗民居多,无论男女,赶集时必背着一个竹编的背篓,买卖的货物都装在里面,这让本来狭窄的街面显得格外拥挤。女人的背篓里则常常背着小孩,他们在母亲的背上或东张西望或呼呼大睡。镇上的日子很慢,日暮时分,我时常会坐在那条河边,看着几只白鹭超越那只渡船从渡口那边飞过来。等到江面上所有的船都泊进有棵大河柳树的水湾子,集镇安静得能听到河水流动和拍岸的声响,还有远处的村子里传来的三两声狗吠……在那些日子里,我还是在琢磨那个问题:这地方,为什么叫乌宿呢?一直都叫乌宿,又是从什么时候开始的呢?

"乌",最早出现在西周金文里,本意就是乌鸦,一种羽毛呈黑色能反哺的孝鸟。在中国古代神话中,太阳的中心便蹲着一只三足乌鸦,也叫金乌,所以乌鸦在古代算是一种吉祥的鸟了。乌鸦的名声是后来变坏的,我想这与它漆黑的羽毛有关,因为到后来很多黑色的鸟都被统称为"乌"了。古人的诗词中"乌"总和黑夜连在一起,是诗人们制造寒冷、孤寂、不安、凄清的经典物象。如明人的《乌栖曲》:“城头老乌夜夜啼,来我门前树上栖。作巢折我树上枝,树枝未尽风凄凄”。又如曹孟德的“月明星稀,乌鹊南飞”和张继的“月落乌啼霜满天”等。这里面的“乌”大约就是一类黑色的鸟了,至于是不是乌鸦大可不必去深究。再后来黑色羽毛彻底毁了它的名声，乌鸦成了大家嫌弃和厌恶的模样。说到它就会想到另一个黑森森的词:死亡。小时候,早上出门,如果听到乌鸦哇哇的叫声,外婆就赶快让我“呸呸呸”三声,表示马上去掉晦气。我不知道这与乌宿地名的来路不明是不是有某种联系。但作为昔日太阳崇拜的神鸟,孝道文化的典型,乌鸦混成今天这副模样,着实是有些冤的。

我一直认为乌宿是个很有诗意而且十分吉祥的名字,甚至带着一种不为人知的神秘。听说,很久以前,乌宿是有很多大树的,每当黄昏时，太阳便坠入树木繁茂的西山，酉水边的各种鸟也成群结队地穿过薄暮,归林栖息。宿者,本意即为睡觉。金乌归位,乌鹊栖林,多好的意境啊！你可以想象当太阳西下,残霞渐暗之时,一群鸟儿的剪影,消失在山林之间。到了山间月牙初上,这些鸟与白天喧闹的小镇一起沉入梦境……这应该是乌宿最好的解释吧。可如今,乌宿不过酉水边一个并不起眼的小码头,起个什么渡、什么寨、什么洞、什么村的名字都是很好理解的,可偏偏取了这样一个有古风、很文艺、有内涵的地名,这就不免让人生疑了,这背后一定隐藏着我们还未获取的真相。湘西苗族作家吴国恩则认为乌宿与苗家迁徙有关,是苗族祖先长途迁徙曾经落脚的地方。在苗族古歌里,“乌”是就是水的意思。我们今天看到的乌宿或许并不是它当初的模样。隐匿的光阴是无法回放的，今天的乌宿只剩下一个名字,名字背后的故事却不知所终。它可能知道自己是谁,但它不会说话。它站在你面前,像一个不知从何而来的神秘行者,脸上写满隐约的沧桑，让你在疑惑中生出莫名的敬意和解读的欲望。我笃信这里是有故事的,它以一种隐喻的方式存在着,密码被什么人带走了,也可能就埋在哪片废墟里。

乌宿是酉水最靠近沅水的码头,古时候,沿水路一直向西,据说是可通滇黔、巴蜀到长安的。流传的酉水船工号子就有“下洞庭、上江汉,四十八站到长安”的说法。那时的沅水和酉水是连接大西南和中原地区的两条重要黄金水道。春秋战国时期楚国的黔中郡就在酉水下游,其管辖范围覆盖了湘、黔大部分地区,甚至包括了今天的湖南省会长沙。在统一六国的战争中，秦将司马错攻楚,正是从汉中、巴中经乌江进入酉水和沅水流域的。那时候沅、酉之上这个小小的渡口与西津渡、风陵渡、瓜州渡这些名渡口相比,其地位应该是毫不逊色的。只是到了中原大一统之后,酉水流域成了中原中央政府与西南少数民族土司王朝势力反复争夺的地区。乌宿,也成了所谓“生苗”和“熟苗’”的分界线,乌宿以西的西南地区成了所谓的“苗蛮”之地。即使如此,在很长的时间里,乌宿依然是西南地区的重要地理与文化分界线。只是到了近代，随着水路交通的逐渐衰落,人们对沅水和酉水流域的繁荣记忆才越来越遥远了,乌宿渡口也开始变得寂寥。

偶遇一个地方,有些人喜欢用“邂逅”一词。《诗经·郑风》说:

"有美一人,清扬婉兮。邂逅相遇,适我愿兮。"我倒觉得所有不期而遇的背后都有些说不清、道不明的必然。"邂逅"只是我们人生剧本已经写好的情节之一，在那些必然来到的情节里我们常常是身不由己的。在乌宿的那些日子里，也正是我喜欢胡思乱想的日子。渡口那只船的发动机突突突的响声在江面上远远近近、来来回回,与我的脉搏同步跳跃。除了琢磨乌宿的前世今生,我还时常在想：这世上到底有多少渡口？那个船老板用了多长时间才把那条摇橹划桨的小船换成噪音很大的机船,又是怎样把自己从一个精壮汉子变成现在这个胡子拉碴的老头儿，想起那位徐姓同学毕业时迷茫的眼泪……

乌宿是水带来的。长河载来了船,船载来了人,于是有了码头。码头是水边的驿站,聚集着船夫、纤夫、"排牯佬"、商贾和流放者。不断有人在这里落脚,也不断地有人从这里离开。它就像水边的一棵大树,一些鸟飞走了,一些鸟又飞来了。这棵树叫什么名字也不重要，重要的是它承受了所有的栖息与流浪，所有的归宿其实都是翅膀的尽头。久而久之,故乡也好,异乡也好,边界就变得模糊了。你可能会经过很多渡口,也可能终身厮守着一个渡口。可走得太远,是不是也容易丢失自己？或去向不明,或来历不明。面对一个渡口,渡口那边等着你的是什么？祸兮福兮、归途和远方也都写在某个剧本里。也难怪过去的文人墨客路经渡口时,生出"江上行人空自愁,壮年双鬓已惊秋。不知风里千里浪,何事无情也白头"的感喟,在他们眼里,渡口就是水边的长亭,渡口那边的岸也一定是碧草连天。

乌宿当然也是有诗的，只不过是在渡口对面那座山上。乌宿对面的山叫二酉山，我很喜欢看它在月亮下的样子。山不算高，被两条交汇的河水环绕，看上去水面比天空还要开阔，即使在清朗的夜里也看不到多少星星。有月的夜晚，山的轮廓十分清晰。月亮通常从这边山的背后冒出，又很快从山的那边落下，似乎完成了一次无声的横渡。小镇被水天一色的清辉笼罩，静谧祥和。偶尔有大鱼跃出水面，几只夜鸟在渡口之间滑过，无声无息地消失在山的阴影里，还能听到河水拍打小船的声音和落滩时的哗哗声响。河水四季重复着月亮的丰盈和消瘦，小镇的前世今生都写在这千百年永恒不变的循环往复里。我觉得那时候的我，灵魂也如同一只不眠的夜鸟在四处游荡。

后来我知道，这地方的名气与二酉山有很大关系。二酉山是个断层山，大约是远古一次地震造成的，坍塌的山体形成一处天然石洞，这就是著名的“二酉藏书洞”。说到“二酉藏书”，在中国古代文化史上应该是很著名的，有句形容一个人学识渊博的话“学富五车，书通二酉”，说的就是乌宿的二酉山。古人称藏书多以“二酉”代指。明代著名学者胡应麟就把他的藏书楼命名为“二酉山房”。清人张澍也曾将其所编撰的丛书命名为《二酉堂丛书》。至于“二酉藏书”的渊源，也就是谁曾经在这里藏书了，却是众说纷纭。流行的说法是：秦始皇焚书坑儒之时，有书生冒险将经史子集千册偷偷运到乌宿，藏于二酉山上，使很多文化典籍得以留存于世。但具体可考的文字记载仅北宋《太平御览》和南宋《方舆胜览》中有寥寥数语“小酉山上石穴中有书千卷，相传秦人于此而学，因留之”和“小酉山石穴有书千卷，相传避秦人所藏”，其他都是些无据可考的传说和杜撰。二酉山的名声很显然并不是空穴来风，也没太多争议。宋真宗年间，真宗皇帝曾下旨在二酉山顶为上古隐士善卷建立祠堂。明朝时不大的二酉山上就建有翠山、妙华两座书院。黄庭坚也曾在《朝拜二酉山》诗中写道“巴山楚水五溪蛮，二酉波横绕龙蟠。古洞寻书探奇字，思怀空吟三千年”。可见二酉山藏书的功德，的确被历代文人墨客所仰视，其一度被尊为天下名山。只是那些关于藏书以及二酉名扬天下的真相还是扑朔迷离，仿佛永远都是一个谜。与乌宿相比，酉水上游的里耶就幸运多了，在那里人们发现了两口井，里面埋藏着数万枚秦代竹简和那段曾经湮灭的历史真相。

除了时间不可逆转的侵蚀，中国古代的历史一直都是很折腾的，也一直伴随着文化劫难。从秦始皇开始，粗暴的焚书和有预谋的毁灭文化典籍的情节一再重演，关于二酉藏书的真相恐怕早已灰飞烟灭了，其中大概也包括“乌宿”这个地名吧。这其实是一件很有点黑色幽默的事，一个以藏书闻名的地方，却因为书的毁灭而变得来历不明，说它曾保护了众多传统文化典籍，我是有些不敢相信的。现在的二酉山不过是座普通的山，山上增修了一些凉亭飞阁，大多数拜访者对导游讲的那些个煞有介事的历史没什么兴趣。冲着“学富五车，书通二酉”的名头，每年高考前，倒是有许多家长带着孩子来这里拜谒一番，以图为孩子讨个功名。当地政府为推动旅游索性将“乌宿”改为“二酉”，从此，“乌宿”就变成一个小村子的名字。它只是失忆罢了，它经过的上古，经过的魏晋、唐宋，就像曾经刮过的风一样没留下任何痕迹，而历史真相消失的方式也远远不止焚书一种。现在的乌宿一定不是从前那个乌宿,我担心哪一天它会彻底消失,毕竟现实中这样的例子很多。

历史的断层、坍塌往往只是表象。乌宿渡口边的酉水,到现在依然是湘西一条少有的清纯而美丽的河流，沈从文先生为它写了不少深情的文字,其中就有关于乌宿的描述。“由沅陵沿白河上行三十里名‘乌宿’,地方风景清奇秀美,古木丛竹,滨水极多。”从文字上看，沈先生应该没有在乌宿留停过，只是坐船从酉水上行去湘西时，几次路过了这个地方，并没有追索这个诗意的地名究竟因何而来。诡异的是，沈先生怎么也没有料到，在他的人生剧本里,乌宿,后来居然成了他一生的隐痛,先生以后的文字里,再也没出现过关于乌宿的只言片语。这一切，都是因为一个叫九妹的女子,她的名字叫沈岳萌,是沈从文先生的亲妹妹。

一九六〇年的那场饥荒中,乌宿街上死了一个疯女人,这个女人就是九妹。那时，镇上很少有人知道她真正的名字是叫沈岳萌，还有个叫沈从文的哥哥在北京，甚至包括九妹自己的儿子也不知道。这个疯女人的死像河柳树上的一片叶子寂然落在水面，没发出什么声响。她被草草地埋在了乌宿旁边的那条小溪旁。那个年代，我们这代人还不知道这世界上有一个叫沈从文的作家，更不知道他写过那么多书。这也印证了世界上很多真相是可以被掩盖的。直到二十世纪八十年代初，沈从文的名字在沉寂数十年后再次出现在报纸上，一位当地的老师拿着报纸告诉九妹的儿子:“这个沈从文就是你亲舅舅,快去北京找他吧。”这一年距九妹辞世已过去了二十年。

在乌宿我曾隐约听到关于这个疯女人的故事,她是跟一个姓莫的瓦匠从河的那边来到乌宿的。她看上去有些疯癫，还不时说着一些当地人听不懂的洋话。刚来时她还穿着旗袍，后来旗袍破旧不堪了,才不再穿了。油菜花开的时候,她会在凌乱的头上插一些油菜花；偶尔站在学校教室外听老师上课，说某位外语老师发音不准。九妹是怎么来到乌宿的,和这里的地名一样,至今没人能说清楚。她曾是一个卑微的人,在饥荒中凄凉地死去,又因沈从文的缘故受到关注，虽然这种关注对她已毫无意义。在各种不同版本的述说和传说中,九妹成了宿命无常、红颜薄命的感叹。镇上那些曾见过九妹的老人，不断地对前来寻访的人讲述着她的故事，可每次的说法都不太一样。

熟悉沈从文作品的人,大约都是知道九妹的。沈从文早期的《玫瑰与九妹》《冬的空间》《阿丽思中国游记》《湘行书简》等作品里常常会出现九妹的影子,如“以后花越开越多,九妹同六弟两人每早上都各争先起床跑到花钵边去数夜来新开的花朵有多少。九妹还时常一人站立在花钵边对着那深红浅红的花朵微笑，像花也正觑着她微笑的样子”。在这些文字里既有现实中那个天资聪颖、娇嗔任性、秀丽敏感的真实的九妹沈岳萌，也有沈从文先生对湘西女子全部的美好描摹和寄托。沈家人对九妹是很宠爱的，从文先生更是如此。他把九妹带在身边,让她学英文、法文,学写作,一心想让她摆脱湘西女子的传统宿命，成为像凌叔华、林徽因这样的知性女子,进入名媛的圈子。在叶圣陶主编的一期《小说月报》

的封面上，九妹甚至与当时名噪一时的丁玲女士同框。这个九妹真的就是那个在酉水边因饥荒而死去的疯女子吗？

时间的流逝，拒绝了所有的假设。九妹终究没有走进哥哥为她预设的世界。她的精神世界是如何崩塌的，同样扑朔迷离。画家黄永玉先生认为："关于她有种种传说。她曾随从文表叔（注：沈从文先生）去北京到昆明，动荡使九妹远离往昔生活，战乱使她增添了恐惧和不安，她患了精神分裂症，以后被送回沅陵家中。"我觉得其中"远离"和"恐惧"是最值得品味的。有人说，不管九妹自己做出过怎样的努力，她的心智和精神从来没有真正接近和理解那个湘西之外的世界，也无法超出湘西加在她的身上的那种限度，她和宠爱她的哥哥都无法掌控。九妹疯了，命运最终让最初动人的兄妹情终走到枯竭和决绝的地步，他们从此变成了两个世界的陌路人。数十年后，当九妹儿子千里迢迢到北京见到舅舅时，沈从文先生激动地说："是的，是九妹的孩子。"他是从外甥的眉眼之间又看到了那个曾经明眸善睐的九妹。如同沈从文先生所说的，他自己生命中有着命定的"悲剧性力量"，九妹也未能逃脱宿命般的力量。她可以是沱江里的鱼，是沱江边的树，可以是《边城》中的翠翠，是《沅陵的人》里那个嫁给匪首的夭妹，但她却注定成不了林徽因。如果人类可以选择，那神的意义又在哪里？如果可以选择，那又该如何理解命运？一切都没有答案。

回到湘西的九妹已经是一只失去方向、找不到巢穴的鸟。她先是被送回沅陵那个叫芸庐的家里，后来又不知道怎么流落到乌宿嫁给那位姓莫的瓦匠，在这里她生下了她唯一的儿子，取名"自来”。一个来路不明的地方,收留了一个来路不明的女子,就像诗人北岛诗中写的那样:“一切都是命运,一切都是烟云。”

在乌宿渡口码头两边的小路上,长满了像鬼针草、仙鹤草、苍耳一类的植物,它们的种子都布满细刺和黏黏的茸毛。那些种子会沾在动物的皮毛上被带到未知的地方,也会沾在鸟儿的翅膀上做一次更遥远的流浪,它们中间的一部分还会在那里生根、开花、结籽。九妹,大约是以这种方式被带到了这里吧,偶然又很必然。其实,在那个颠沛的年代,大多数人的命运跟一株草没有太大的区别。九妹其实在她开花的年龄就已经开始凋谢了,碾落成泥只是一个时间问题。她来到乌宿也是有理由的,这里有棵树在等着她,树不大,总是可以栖息的。她是一只折翅的鸟,找到了它无法逃脱的命运和归宿,然后像一片树叶在某一天滑落。生她的土地叫故乡,收留她的土地又何尝不是呢?

离乌宿不远的菖蒲溪还有位女人,与林徽因和沈岳萌几乎同年,一生嫁过两个男人,生了四个孩子。这女人是我外婆,活到八十六岁,无疾而终。她大字不识,对过往的生活也没有一点怨言,留给我们孙辈的名言是:人嘛,好也是一辈子,坏也是一辈子。我觉得外婆是位伟大的女性,我意识到这一点时,她已经去世三十多年了。

乌宿的渡口如今差不多快消失了,水面上多了一座桥。因为禁渔,也看不到有鸬鹚的小船了。堂门前竖起了一座雕塑,上面站着两只硕大的黑乌鸦,当地人很觉晦气。关于乌宿和二酉山的争论也一直在继续。陪朋友去看过一次九妹的坟墓。墓很简陋,没有墓碑，知道九妹叫沈岳萌的人还是不多。墓地旁的小路被踩得很结实,应该来过不少人。坟墓旁边是一大片橘子林,橘子成熟了,也没人摘,枝头、地上满是橙黄的果子。开花、结果、成熟、坠落、腐烂,一切都是自然而然的归宿,看得见看不见,都是这样。

有渡口的乌宿的确很美,有人觉得修了座桥让乌宿的风景打了折扣,我觉得很好,因为桥也是渡人的,老是活在过去,记忆也是一种负担。

提茶坪旧事

去提茶坪是一件很费工夫的事。说费工夫不外乎山高路险、道路曲折。没去过的人是很难体会的,你描述细了人家还说你夸张。当得知那个地方将成为我扶贫联系村时,我一开始也没什么感觉。

下村那天,我与一个外地的朋友在县城分手,他要经省城回北京。数小时后,他打来电话说:“我到北京了,正下飞机呢。”开车的老舒告诉我:“我们也快到了,再拐两个弯就到提茶坪了。”这时候我才感到第四节和第五节椎间盘之间隐隐作痛。这个山区县有五千八百五十平方千米，是中南地区面积最大的县，从城里到最边远的乡镇坐中巴要耗上五个小时左右。

提茶坪在武陵山腹地。山之间有一块狭长的盆地,几条小溪串联着三个自然村，分别叫提茶坪、红岩嘴和远水坪，一拐弯一个。村舍多依山向溪而建,前面是一片水田。在山里问路,村民往往这样回答你:“哦,不远,拐个弯就到了。”这个弯一拐一般就是大半天。若干年前,农村并乡合村,三个村要合并,村里绝大多数的张姓和李姓村民,为保住各自的村名争吵不休,各不相让。后经乡政府协调,各方妥协:村主任李姓,村支书张姓,提茶坪地理位置居中，新的行政村就叫提茶坪。皆大欢喜的结果说明搞农村工作也是需要大智慧的。

我觉得我不是那种有大智慧的人，来到提茶坪只是一种巧合。之前,这个村子与我没有任何关系,然后我来了,是谁遇到谁呢?三年后,当我知道了部分答案后,我已经离开这个村子很久了。

去老钟家那天是个太阳天,乡村的晴日对城里人来说是很奢侈的。四野碧绿,天空有种夺人心魄的蓝。村子里很安静,布谷和秧鸡儿的叫声格外清脆空灵,若桂花树叶上的露珠。走在山坳边,有一棵看上去有些年龄的老梨树,树上缀满梨花,白得炫目。梨树下就是老钟家，一只看上去营养不良的黄狗，在几张陌生的面孔前,昂着头汪汪地吼个不停。

老钟家的房子是一栋老旧的木房子,被烟熏得黝黑的堂屋堆放着一些农具、雨靴、化肥和其他杂物,墙上是一张很旧的十大元帅画像,旁边挂着渔网、雨衣、留着作种的灰扑扑的老丝瓜和一把甜高粱穗子。“天地君亲师”的牌位上积满尘土,几只半大的秃尾巴鸡在神龛下蹦来跳去。三间屋住着钟广林和钟广周兄弟两家人,哥哥广林是个老光棍,弟弟广周娶了一个哑巴妻子,生有一儿一女。

广周知道我们要来,穿着一身沾满泥巴的迷彩服,一脸黝黑,早早站在屋里等着。他喝退黄狗,跟陪同的两个村干部打着招呼,然后从口袋里掏出一盒烟，粗糙的手指把几根小白棍似的香烟递来递去。广林据说前几年中风了,留下些残疾,口齿不清了,行动也迟缓,很少出门。听到外面热闹,他也挪着脚一步一步地蹩了过来，戴着一顶仿制的脏兮兮的特种兵迷彩帽，样子有点滑稽，表情很兴奋，嘴里不停"啊啊啊"地说着，可谁也听不清他在说什么。

村干部对广周说："这是来帮你脱贫的周老师，上次跟你港（湘西方言：说）过，你晓得他叫什么名字吗？"

广周下意识地搓了搓手，有些腼腆地说："我不晓得他喊么得×名字。"

这是当地人的口语习惯，带着个脏字。我尴尬不已，一行人笑成一团。广周的聋哑妻子也憨憨地笑着，两只手不停地比画着什么。

虽说地处大山深处，提茶坪还是一个相对富庶的地方，传统的湘西风格民居现在大多被青墙红瓦的小楼房替代。这种房子跟村子周边环绕的青山绿树和溪流水田相映衬，呈现一种油画般的现代田园风光。人勤地利，凡有空地，都无不有栽种。农家房前屋后的路边和篱笆上，南瓜、冬瓜、苦瓜、丝瓜、扁豆随处可见，吃不完就任其在藤蔓上老去或烂掉。地坡里大多栽有红薯，成熟了或喂猪或加工成淀粉出售。田垄之上，更是四季不辍，割完水稻，马上种上油菜、萝卜，即使在冬季，也泛着逼眼的绿光。田头溪畔，鸡、鸭、鹅等三五成群，毛色光亮，体形健硕，看到陌生人就咯咯嘎嘎地吵个不停。

钟广林、钟广周兄弟是提茶坪村里为数不多的几户贫困户。房屋危旧，家庭人均纯收入不足三千元。广林是老光棍，多年前中过风，行动蹒跚，无儿无女。一台老式的十二寸熊猫彩电和一个"戏匣子"，几乎占据了他吃饭睡觉之外的时间。他因中风致残，丧失劳动力，常年要吃药，日常生活还靠弟弟关照。广周是个极本分的人，妻子智障聋哑，一儿一女倒也聪慧，都在上学，据说成绩还不错。广周一个人一年到头侍弄自己和哥哥的几亩稻田，养一头猪、几只鹅，种几分地的红薯、萝卜，所有收获刚刚可以填饱肚子。农闲时他就去村旁的小溪里下“丝卡子”（一种渔网）捉些小鱼，晒干了拿去集镇上卖掉；偶尔也打点零工。冬天他去山上挖些野葛根，加工成野葛粉卖给城里人，日子自然过得拮据。村子里确定贫困户时，免不了是要有争议的，因为面对福利政策带来的利益，很多本来家境不错的也希望自己被划为贫困户。唯独对老钟家兄弟是贫困户的事实，大家都没意见。

老钟家穷了很多年了，穷就像广林碗橱里那摞好久没用的碗上的那层烟垢，沉积得太久太厚，要洗去，还真是个问题。人的一生有很多事情是不好理解的，你愈想摆脱，它愈如影相随。比如我很晕车，却不得不在那些弯曲的山间公路上来回颠簸，让一路的乡村风光大打折扣。我不知道接下来我能做些什么，又能在多大程度上改变那些人的命运。但我相信，我来到这里本身就是一种改变。

那几年，我在县城和提茶坪之间那条七弯八拐的乡道上不停地往返，每次看到的提茶坪都不一样。季节和我在村子里的投影总是如约而至。春天的山花、夏天的稻香、秋天的瓜果和冬日的阳光，留在提茶坪的光阴都是真实而分明的，就如老钟家的那棵老梨树，不断开花、结果……

夏天很快就过去，提茶坪的秋总是来得比山外早。盆地周围的山上，树叶开始呈现出一些斑驳的色彩。老钟家门前的老梨树叶子差不多都快掉光了，立冬前，剩下的几片估计扛不过下一阵西风。春天满树梨花,到初夏却遭遇了一场冰雹,最后没留下一个梨子。最近我两次来看广周都没见着，哑妻咿咿呀呀带着表情的比划也没让我们明白他去了哪里，大约是赶集卖小干鱼去了。广林半躺在屋里那张旧椅子上,手里拿着个“戏匣子”在听阳戏(一种湘西地方戏),其实早迷迷糊糊睡着了。两只大白鹅一路跟进院子,伸着长脖子嘎嘎乱叫,倒也不啄人。广周家养的猪上个月死掉了，是不是因为猪瘟谁也不知道。乡下人早就习惯接受一个个现实，对其中的原因倒是不怎么感兴趣，反正日子一直就是这样过来的。

老钟家屋角新添了一大堆刚挖的红薯,今年雨水太多,红薯也长得不好看,奇形怪状的。我说我想买点回去吃,广周的哑妻很是开心，手忙脚乱地帮我选了一小袋，使劲摇着手，意思是不要钱。我喊醒广林,问他的医保和残疾人补贴是否到位了,告诉他危房改造的钱到了,可以修新房子了,让他告诉广周。他哦哦地答应着,好像听明白了,然后摸出一支烟给我,两人抽着,又烟雾缭绕地扯了些闲话。广林很关心他的低保是否批了。我说快了,他心情大好。最后,有些材料还需要他签字,他找来老花镜,用微微发抖的手一笔一画地凑出“钟广林”三个字。走出院子,我习惯性地回头看了一眼那棵老梨树，就像跟一个熟悉的老朋友告别。明年再来的时候,这棵老梨树一定还会开花的,我很喜欢它开花的样子。

再次去提茶坪时,老钟家的旧房子已经被拆掉了,只留着西边的半间偏厦摆放杂物和暂时栖身。新的砖木结构的房子正准备盖房顶。初冬的阳光很暖和，天空纯蓝得没一丝杂质，广周在屋梁上，心情很是灿烂。一帮人钉椽子、搬条瓦，忙得热火。看我来了，广周想下来，我说不用，让他忙他的，随手拍了张照片发到朋友圈里，那一片蓝色引起了一大群人大惊小怪的感叹和点赞。广林一瘸一拐地忙着给帮工的人烧开水，广周的聋哑妻子站在那里傻笑，十分开心。在施工现场的村干部告诉我，如果天气一如既往地晴好，老钟一家人今年肯定可以到新屋里过年了。

一转眼又到了第二年春上，今年提茶坪的雨水特别多，溪水格外丰沛，空气总是湿湿的，带着田里新翻泥土的味道。农舍旁的豌豆开着紫色的花，生机勃勃的。钟家兄弟俩终于有了新居，虽然只是间平房，暂时也没什么像样的家具，但有屋有床，有烟火，有大门上的"福"字也就可以安居了。广林的低保也批下来了，村里还给广周和他的聋哑妻子安排了扶贫特岗。院里那半截老屋还在，挺结实，还能用，兄弟俩不愿拆掉，算是个念想。老屋里还摆放着那个神龛，上面的"天地君亲师"不知道什么时候改成了"天地国亲师"。这让我感到有点欣喜，要知道把这个"君"字换成"国"字，我们可是用了好几千年时间。

最后留下的就是屋前那棵老秋梨树了。那是棵好树，春天雪花满树，仲夏亭亭如盖。去年开花后结的果被那场冰雹打落了，一个也不剩，这不妨碍今年继续开花。很多时候植物开花看上去只是个假象，结果只是个自然的过程。听广周说这棵树上的梨子味道很好，秋天熟了我打算多买点，回家后熬成秋梨膏，治治我的咽喉炎。提茶坪的空气很滋润,住上两天便神清气顺,感觉喉咙很清爽。我这类物种,大概不适合待在城市里,一到城里就嗓子发痒咳嗽。我对广林说:“等过几年发财了,再修个楼房,到时我每年来就在你这儿住一段时间。”他笑呵呵地说:“那巴不得呢。”离开老钟家时,我跟广林打了个招呼,他躺在新屋里没听到,可能是电视好看,一动不动的。那两只大鹅估计过年时被杀掉了,没听到它们嘎嘎嘎的叫声。

有一段时间,我很久没去提茶坪。好久不去,倒很是惦记那里。我托人给广周拖去了之前托朋友淘来的一些旧家具,给广林买了一台老人机叫村里的干部帮他上了户。第一次跟广林通话,听得出他很开心,就是口齿模糊,听不太明白。我说过段时间再去看他,他连连说好。一天凌晨,我被电话惊醒,一看号码是广林,接通后那边又没了声音,再一看时间才凌晨四点,就没在意了。第三天凌晨我再次被电话吵醒,一看还是广林,时间才刚过四点。接通后我问他:“老钟,半夜三更打电话,有什么事吗?”他回答:“没事,我以为天亮了。”

他的手机跟他一样孤独,除了村里的扶贫专干,就只有我一个人的电话号码。

再去提茶坪已经是立冬后了,村子比以前更加寂静。这季节该收获的都收获了,很多农户屋角都堆放着各种形状的南瓜,红薯也挖完了,选些模样好的挂在屋檐下或火炕上的屋顶上,这样就能保存得很久,不至于提早生芽。以前,南瓜、红薯多是用来喂猪的,这两年因为猪发瘟,很多人不敢养了,所以有些过剩。这时节各家的油菜也早种完了，一田田绿得很精神，让人觉得即使在冬天，阳光下生长的力量依然蓬勃。广周、广林两兄弟这几天都在家闲着，一个躺在椅子上拿着戏匣子听山歌，一个在用竹子编一个用来捉虾的竹篓子，见我们来了，倒茶递烟的忙不赢。广周说等过一段时间到河沟捉了虾子晒干让我带点回去吃。广林拉着我兴奋地跟我说了一大堆话，吐字还不是很清楚，搞了半天，才知道他是说买了一台新电视机，花了九百多元，现在看电视已经"好家伙"了。广周家今年还是不太顺，养的一头猪又死了，过年时还得去买些肉做成腊肉。原本冬至节杀年猪说好请我来吃杀猪菜，也只能作罢了。不过，他还养了两只大鹅、一只狗和一群鸡。鹅今天出去觅食了，不在院子里，但还是能听到它们在附近的溪边嘎嘎嘎地叫。临走时，广周看到我眼睛盯着他门口那一堆南瓜，就选了一个大的非要让我带走。我半推半就，最后还是顺走了。在村里，人家送给你东西你不收，就会被认为看不起主人。广周说："我也没么的东西送你，你们城里人现在就喜欢吃这些喂猪的东西。"我连忙说："就是，就是，这是好东西。"那只狗见我们要走，便使劲地摇头摆尾。那只硕大的公鸡却不太友好，奓着翅膀，扑了过来，一副好斗的样子。广周大声斥骂："没哈数的东西，老子明天就杀了你！"

从老钟家出来，已是下午五点多了，太阳早已坠入天边那片群山的海洋。炊烟起处，霞色渐暗，偶闻山鸟啼林，村庄与万物都归于和谐的安详。望着眼前的景象，我的眼眶不觉有些湿润。突然，广周的哑妻啊啊着急急地追了出来，又塞给我一个袋子，打开一看,原来里面装着十几个秋梨。

村里的扶贫专干知道,下一个春天我们可能不会再来或者很难再来提茶坪了，她就在自己家里为我们预备好了晚饭。那真是一顿丰盛的晚餐，可吃的什么菜后来都忘了，只记得六七个人喝掉了一个五公斤装塑料壶的主人家自己酿的米酒,说了好多让自己都感动不已的酒话。其中有一句好像是:“提茶坪的人太好了,提茶坪的狗从来都不吠我们。”那夜,微醺的我,想起了曾经的一个夏夜:我们一行人穿过一个田埂,脚下飞萤乱舞,蛙声虫鸣,此起彼伏,稻花香里,提茶坪的天月明星稀……

已经很久没有老钟家的消息了,不知道他家的老梨树今年的花是否还开得那样炫目。这个秋天,一定回去看看。

竹简里的杜衡

找到网上预订的“大秦客栈”时,已是子时了。几只写着“秦”字的灯笼的光有些恍惚,灯光里前台的女孩已经有些睡意。验完身份证，还让我的脸对着摄像头眨了眨眼，我终于住进了阁楼上的一个房间，从那里隐约可以看见窗外那条稀疏灯影和烟雾笼罩的河流。躺在床上,阁楼顶上隐约可看到有一行似隶似篆的文字“迁陵以邮行洞庭”。这里是湘西里耶古镇,在秦朝它的地名叫迁陵。

一大早,从大秦客栈里走了出来,我第一时间想到的居然是能否叫上一辆马车，就像这里的窨井盖上的图案：两匹马昂首奋蹄,舆上伞盖若云,圆髻长袖的秦人倚轼以立,疾驰如风……

几声不耐烦的喇叭声在耳边骤起。一辆白色的汽车停在我身后,司机探出半个脑袋,用一脸无奈对着我一时的走神。

我觉得我是来到了秦朝,但这里分明是公元二〇二一年的湘西里耶。从这里走回那个叫秦的王朝,还需要拂去数千年的浮尘,我有些走神了。这里早就没有了马蹄踩踏的光阴，只有灰白的天空一如既往。

我在里耶古镇上走着,漫无目的。空气中布满水汽,分不清是雾还是雨。那潮润里带着湘西独有的青草味,绵柔、细微,略带些清凉，与小镇周围空蒙的云气和酉水河上渺渺烟岚构成了一幅淡雅的水墨。古镇很安静，马头墙的翘檐却有着戟钺般地肃然。街面的青石板被雨水浸润，映射着行人凌乱的影子，一些藤蔓植物无声地从墙角向高处爬行着。我不认识那些植物，它们穿过那些雕花窗棂的样子酷似湘西苗家女子轻盈的身姿。

小街对面，一排铺面凌乱的背景里，走来一个女子。短发素颜，短衫束腰，下着有几个破洞的牛仔裤，撑着一把油纸伞，粉色的。很朋克的摇滚风混搭着一许古韵，让你想到某个周末在哪个美术馆墙上看到的肖像画。

忽然有种冲动，想知道这个女子叫什么名字。我若想知道她的名字，此时是唯一的机会，擦肩而过之后，便不再相见。在世间、在各自的生活中，忘掉一个人和一个人的名字只需要几缕袖间带过的细碎的风。遗忘和被遗忘的过程是流走的时间，像所有若隐若现的背影，那些落下的碎片通常被我们称作历史。

这个时节里，里耶的游人很少，很容易把他们同本地人区别开来。在古镇里耶游走，你会觉得与每一个相遇的人都有一种遥远的陌生感，既定的旅程却更像是一次不经意的迷失，周围散发着梦的气息和似曾相识的未知。眼前的里耶，好像也是一个假象，甚至连自己的身份都不免可疑。毕竟，每个人都可能是另一个人的黑洞，熙熙攘攘的行走间总是藏着一些不可告人的秘密。

这是我第二次来里耶，因为一个史书上从没记载过的秦洞庭郡，也是因为一个陌生的女子。这个女子是有名字的，叫杜衡，她生活在秦朝，一枚被几千年雨水浸润的秦朝残简记录着她的名字:“高里户人大女子杜衡。”

这个女人是从酉水河岸的一口古井遗址里走出来的。确切地说是她被埋藏两千多年的名字，与她同时被埋藏的还有数万枚秦朝竹简。我第一次看到她时，她孤独地躺在里耶秦简博物馆一个角落，一束光从上方的幽暗处聚集在她身上，如上古的明月朗照着,缄默中透着一丝诡异巫傩般的魔力。这个女人的前世今生,比承载她的那枚简牍还要残缺，那种残缺却让我的想象力沿着时空一路逆行:明清、唐宋、魏晋、西汉、大秦……残阳血红,四野寥落,一个女子站立在古老的酉水河岸，孤独的身影背后是大秦王朝的车辚马萧,戈钺如林的幻象。

杜衡,其实是一种香草名字,用作一个女子的名字还真会让你的想象里弥漫出几许色香。这女子一定是生在楚地江南，有着江南女子温婉、清雅和灵性的吧。北地的女子是不会有这样的名字的,因为杜衡多生在南方。一部《诗经》,写尽春秋世态,却独独没有“楚风”。你可以在诗三百里读到“桃之夭夭”“蒹葭苍苍”,可以读到“芄兰之支,童子佩觿”“隰桑有阿,其叶有幽”,却找不到杜衡的影子。

当众多草木在《诗经》里“灼灼其华”“其叶有夭”时,楚地的河流如织,水色似靛,桨声欸乃不断,惊起一片片滑行的鸟翼。艾叶、菖蒲、杜衡、蒜兰在南方阳光倾泻的水边、林中、岩下,在巫师们神秘的祭祀里，在夏日庭院的氤氲的熏香里，在亭亭楚女佩戴的香囊里散发着阵阵幽香。在古代南方诗人屈原的诗歌里，杜衡更是与诗人高洁品性浑然一体的经典意象。“畦留夷与揭车兮,杂杜衡与芳芷。”(《离骚》)“被石兰兮带杜衡，折芳馨兮遗所思。”(《山鬼》)“焚芳椒兮为之芳，绕缭之兮乃杜衡。”(《湘夫人》)楚地幸有屈原，让江南不负浪漫。从此，杜衡便留在了《楚辞》里，几千年下来，在那些长短句构筑的奇妙空间里，和那些岸芷汀兰一起继续生长着。它到底是一种什么植物也就变得不那么重要了，反正我是一直没见过这种香草。

杜衡，叶似葵，形如马蹄，含挥发性油，有镇痛作用，民间俗称“马蹄香”。据史料记载，从春秋战国时期开始，古人就发现了这种野生的香草，人们采集它的叶子，做成一种香料，用来熏衣服或熏房子，以除去那些污秽之气。南方多香草，入诗也不免清香袅袅，所以谁也想不到《诗经》中那首缠绵悱恻的《蒹葭》竟然出自彪悍的秦地。《诗经》中的蒹葭，也就是那种叫芦苇的植物，在南方实在是太过寻常，太过泛滥，在屈原看来当然是很难入诗的。我不是特别喜欢《诗经》，它就像一棵被孔子修剪过的树，拘束的枝叶限制了你的想象力，即使有焚香抚琴的优雅，却没有《楚辞》那种飘忽天地的迷幻、妖野和自由的痛感。

我们在屈原《离骚》《九歌》婉转缭绕的音韵中和抑扬顿挫的节奏里认识了杜衡，认识了这株诗意迷离的南方香草。那香草混合着少女的体香，在巫风之中幻化成妖娆的山鬼，弥漫着原始的野性与诡秘。在秦将司马错借道巴中伐楚国之前，湘西北一直是楚国黔中郡的治下，也是诗人屈原流放行吟的地方，所以关于秦简和那个叫杜衡的大秦女子背后的故事就不免让我有些痴迷了。

大秦客栈的大门正对着里耶古镇的城墙，城墙外是西水河。

沿城墙行百余米，南边一片空旷的平地便是秦迁陵古城的遗址。在里耶的日子里，每到晚上，我都要站在城墙上望着那片小镇灯影下的神秘。天气不好，遗址的上空同样幽暗，偶尔有几点孤星若隐若现。看不透的还有那口幽深的古井，像一只巨大而深邃的眼睛。它沉默着，我也沉默着，还有身边那条河流，也沉默着。边陲小镇宁静里分明带着遥远的气息。就是在这里，一次惊人的考古，让两千多年前的秦朝古城迁陵重见天日。三万七千枚秦简被拂去尘埃，一个真实的秦王朝和那个叫杜衡的女子复活在我们的视野里。

杜衡，成年女子，独居，住在洞庭郡迁陵的高里。简牍上的户籍资料显示她是个独居的单身女人。那时候，她头顶上还挂着一轮秦时的明月。那时的里耶不叫里耶，是大秦的迁陵。既然是成年女子，杜衡大约还穿着楚国风格的衣服，说着楚国的方言俚语。这里毕竟曾是楚地，大秦王朝高开低走不过存活了十余年，书同文、车同轨、统一度量衡倒是不难，要说让普天下人都说秦腔、着秦服，恐怕还没来得及。我一直认为秦王朝这十二年其实还是属于准战国时期，六国的势力和文化还未真正消亡。

战国七国中，楚国的服饰大概是最华美和瑰丽的。都说“楚王爱细腰，宫中多饿死”，追求纤细的身材，凸显人的形体之美，楚人不仅有“楚虽三户，亡秦必楚”的勇武，巫风习俗带来的艺术感觉和审美意识也是超前的。曲裾深衣，弧线优美，色彩缤纷，纹饰奇幻，再饰以香囊佩玉，相对于服饰庄重和拘束的中原，楚国绝对是那个时代上演时装秀的 T 型舞台。“浴兰汤兮沐芳，华采衣兮若英。灵连蜷兮既留，烂昭昭兮未央。”那种半人半神、仙气侧溢、巫风十足的华丽，在《诗经》里是绝对看不到的。

杜衡大概率不是秦楚的贵族女子，也不是我们想象中《九歌》里妖冶的“山鬼”。她可能只是迁陵乡下的一个寻常女子，住在泥土茅草筑成的矮屋里。楚服里那些精美的绢、罗、锦、纱、绮、绨、组、绦，应该与她无缘。虽然有一个优雅的名字，但她穿的一定是那种俗称“裋褐”的粗陋布衣。那种用粗麻织成的衣裳，做工粗糙，几乎没有纹饰，穿上怎么也显示不出女性的柔美特征。她的头上没有精致的头饰，发间应该有一支普通的发簪。“足下蹑丝履，头上玳瑁光。腰若流纨素，耳著明月珰”的描述一定不属于她这样的女人，繁重的劳作让她的容颜显得苍老和憔悴。时装，是每个时代的奢侈品，素来与寻常百姓没有太多的关联。从战国到秦朝，强秦的背景纵深是平民的灾难。如贾谊所写：“夫寒者利裋褐，而饥者甘糟糠。”杜衡不过是那个年代众多平民女子中的一个，她一直存在，一直又好像不曾存在，她卑微的另一面是那个时代少数人的丰功伟业和锦衣玉食。

王朝无论兴衰，平民总是裹挟其中的成本。那些人来到这个世界，又从这个世界消失，无声无息。若浮尘，若沙粒，若秋之落叶，很少有人能留下自己的名字。撇开秦陵那些不能说话的兵马俑，在秦王朝历史留下痕迹的除了帝王、文臣武将、纵横家，就是陈胜、吴广、项羽、刘邦那些“反贼”了。普通的平民女子，能留下名字的就只剩下传说中哭倒过长城的孟姜了。孟姜女哭长城，原本也是从西汉到隋唐不断加工演绎而成的民间传说，是没有户籍资料佐证的。秦大女子杜衡能留下自己的痕迹，却是很意外地借助一口古井和一枚残破的简牍躲过了光阴的锈蚀，让自己的名字活到了今天。杜衡是西汉之前为数不多且真实可考的女性平民，她的出现，使满册风云、一本正经的秦朝历史一下子就平添了几分真实的世俗烟火气。

在里耶，随着古城遗址门禁“嘀”的一声，我凭着一张薄薄的卡片走进大秦遗址，实现了想象中的某种穿越。那张神奇卡片叫“居民身份证”，它简约的外表下隐藏着我活在世上的一切信息。身份证这东西其实在战国时期的秦国就有了，据说当时叫“照身帖”，由官府发放，是一块打磨光滑细密的竹板，上面刻有持有人的头像和籍贯信息。里耶出土的秦简里就记录着一个叫吴骚的男子的外形特征：“故邯郸韩审里，大男子吴骚，为人黄皙色，隋面，长七尺三寸。”可以想见即使在秦朝，作奸犯科也是要有顾忌的。据说当年“照身帖”的发明者商鞅亡命秦国时，就是因为忘了带这种“身份证”，所以没人敢收留他，最后商鞅被抓回咸阳，落了个被车裂的下场。这一惨痛的历史教训说明身份证明是很重要的。

秦代的户口本当然没有今天的那么精致，只是一片片经过加工的竹简或木牍，上面用黑色墨字写着每户的信息，所以直到今天哪怕你的身份信息被数字化，“籍贯”的“籍”字都还是“竹”字头的。里耶秦简显示，秦时户籍档案十分翔实，户主是谁、哪里的人、官位、爵位也都要写清楚。之后是妻子、儿女，还会有户主的兄弟姐妹。除了登记籍贯、姓名外，还要注明年龄、健康情况和是否从过军等等。大女子杜衡住在迁陵一个叫高里的地方，是“户人”，也就是户主了。这种女人单独立的户，那时叫“女户”。秦汉时，女子单独为户并不是个例。除了杜衡，在里耶秦简里还可以看到许多类似这样的大女子，如“南里户人大女子分”“阳里户人大女子婴”等，而关注杜衡仅仅是因为我喜欢这个名字而已。

女户的存在，有学者认为可能与秦时“偏妻”现象有关（偏妻即某位男性户主非正式的妻妾，常单独立户），我觉得没那么简单。大量女户的存在，无论是因偏妻还是独居，抑或丈夫的故去，都意味着大量青壮年男人的非正常死亡，这背后真相一定源于从春秋一直延续至秦王朝的无休止的战乱、徭役、瘟疫、苛政和时常发生的屠城。战争总是让男性失去生命，而让女人承受巨大的次生社会灾难。在那个时代，平民除了牺牲和幸存，没有其他的选择。

要说对秦王朝暴虐的诟病和控诉，贾谊的《过秦论》、杜牧的《阿房宫赋》都不及那个失去丈夫的女子孟姜。那个悲愤绝望的女人，在失去丈夫之后，硬是以撕心裂肺的哭泣，让大秦长城轰然倒塌。这种悲愤的巨大力量，是来自她身后站着的、那个年代制造出来的无数的孤儿寡母。这其中或许就有里耶秦简中的女户分、婴和那位叫杜衡的大女子。传说中的孟姜，不过是那些女子苦难和悲凉的化身。杜衡大概还类似《诗经·汝坟》中那位在山中执斧伐薪的女子，在劳瘁之际也会发出“未见君子，惄如调饥”的哀怨。但《诗经》到底是经过圣人修订的，在情绪上，它保留了一些底层的哀和诗人本能的幽怨，但那种“哀而不伤”的“中和”却有意无意忽略了哀怨背后的惨痛，多少淡化了赫赫王道背后苍生的挣扎，终不及三闾大夫一句“长太息以掩涕兮，哀民生之多艰”的慨叹。

如果不被那些秦简之谜所困惑，里耶的秀丽和宁静是真的值得享受的。一片谷地，被一条河流环绕，被几列群山簇拥，景色如一幅山水小品，玲珑怡人。在那口古井和数万枚秦简面世之前，里耶是在康熙年间才逐渐成为酉水中上游一个商埠码头的。翻看《龙山县志》，里耶可考的历史居然只是从清朝开始的，之前的历史消失殆尽。战国前期，里耶在楚国黔中郡的治下，离楚国郢都路途遥远，与秦国更是隔着关山重重。战国前期秦楚争霸多在今天豫、陕、鄂边境的商於之地。武陵山腹地的里耶远离战乱，百姓耕作、纺织、渔猎、为市，生活大概还有着几分宁静。但这份宁静是短暂的，终结于公元前二八〇年。

那一年，一支秦军从西南闯入酉水流域。上万艘战船据说载了十万将士、六百万斛粮米，绵延百里。酉水河上，戈矛横江，旌旗蔽日。这支大军的统帅正是赫赫有名的秦将司马错。正是这位极具战略眼光的将军向秦惠王提出了“得蜀则得楚，楚亡则天下并”的建议，即占领巴蜀，借助巴蜀的人力、物力和地利，从西南方向攻击楚国。如今他的大军兵出陇西，在巴中地区增补了大量巴蜀士兵后，经潜江、乌江、酉水、浮江而下，兵锋直指楚国的黔中地。地处湘、鄂、渝、黔边境的里耶一时间成了这场秦楚战争的最前沿。

这场战争的结果是：楚国被迫献出了上庸和汉水以北地区。但楚国两国在沅水流域围绕黔中郡的战争一直持续多年，黔中郡在秦楚之间几易其手。里耶或是楚国防御秦国犯境的前沿，或也是秦国进攻楚国腹地的桥头堡，连年兵戈不息，势若拉锯。直到三年后白起率军再次伐楚，攻下郢都，刨了楚王的祖坟，秦将张若又夺回之前被楚国收复的黔中郡，迫使楚国迁都于陈郢，至此楚国国力急剧衰落，再也无法与秦抗衡。这时，距秦统一六国不过五十余年。那位大女子杜衡的父辈，无论是秦人还是楚人（也可能是巴人），那时候如果不在阵前挽弓执戈，拼力厮杀，就一定在繁重的徭役中苦苦支撑。

战争是残酷的，腥风血雨，悲壮惨烈。秦楚争夺黔中郡的核心地域是沅澧流域，战争开始时，诗人屈原正在这一带流放。他在《国殇》中关于战争的描写，极有可能是来自这场战争的。“操吴戈兮披犀甲，车错毂兮短兵接。旌蔽日兮敌若云，矢交坠兮士争先。凌余阵兮躐余行，左骖殪兮右刃伤。霾两轮兮絷四马，援玉枹兮击鸣鼓。天时怼兮威灵怒，严杀尽兮弃原野……”今天在沅水、酉水流域发现的秦人与巴人士兵的墓葬就是这场战争的遗存。战乱给普通民众和女人们带来的灾难，没有任何文字记录。

无论史书，还是文学，中国的古代文字里很少有底层的女性视觉。女性的生存状态几乎都被薛涛、李清照、柳如是的优雅和花木兰、梁红玉、穆桂英的飒爽，还有红颜误国和无休止的后宫争斗所掩盖，东汉女子蔡琰“马前悬男头，车后载妇女”这类真实描写并不多见。古诗词中女人的哀怨大都与真正的底层妇女无太多关联，她们的呻吟与哭泣鲜有人去关注。她们在迭至的乱世里被裹挟、被侮辱、被欺凌、被充作军粮吃掉的残酷现实，都散落在那些堆积如山的简牍缝隙间，如尘之微渺。

杜衡出生的年代，大约是在公元前二七七年秦国占据黔中郡到公元前二二三年秦国统一六国之间。她那时居住的里耶，史书上仍叫黔中郡。至于秦国什么时候把黔中郡改为洞庭郡的，史书上又为什么没有关于洞庭郡的记载，专家们至今争论不休。事实上，杜衡的身世和经历已成为一个永远的谜，就像若干年后无数普通的人一样，仅仅就是个名字。她的故事我们只能去猜想或者去虚构，但这个女子背后真实的历史一定是无比血腥和残酷的。

在攻占黔中郡后，秦帝国继续进行着统一六国的战争，统一之后，又开始建阿房宫、修骊山陵、整备驰道直道、北御匈奴、南击百越。浩大的工程和连年的征伐，兵役、劳役几乎牵连到秦帝国每一个人，也耗尽了秦帝国全部的物力、财力。我们可以看到帝国崛起的恢宏叙事，却难以想象黔首黎民，尤其是那些孱弱的女子所承受的巨大苦难。托尔斯泰说："幸福的家庭都很相似，不幸的家庭各有不同。"这话要是以中国历史作注，就很值得怀疑了。自春秋之后，九州大地上普通百姓的苦难都有着循环往复的一致性。兴亡之事，幕前是枭雄们的逐鹿天下、改朝换代，幕后则是苍生黎民的颠沛流离、家破人亡。"高里户人大女子杜衡"，一个女子，一枚残简，一条简单的信息，没有关于她父亲的记载，没有她丈夫和子女的记载。大秦女子杜衡背后到底隐藏着什么样的悲惨故事呢？那些故事如果有人用简牍记录下来，里耶古城那口装着两千年时光的水井还能装得下吗？在秦简博物馆里，我曾长久地与那枚刻着"杜衡"的简牍对视着，希望它能告诉我一些答案，可想象力之外还是广袤的废墟，那些远去的人群如蝼蚁在野，匍匐于荒原。

终于，那只曾装着秦帝国宏伟霸业的青铜大鼎，在"大楚兴，陈胜王"的鬼魅萤火点燃的熊熊大火中轰然倒下，坍塌成无数碎片，散落销蚀在时间之尘里。在两千多年前的某个日子里，洞庭郡烽烟四起、刀光剑影中，楚国故地反秦的烈焰吞噬了这个叫迁陵的西南小镇。混乱中，一群仓皇的秦王朝官吏，把大量文书、档案投入那口水井重重掩埋。他们还做了什么？他们最后的命运如何？没有人知道。至此，那些简牍，那些关于大秦洞庭郡的所有秘密都消失在时间的记忆里。

在里耶古城遗址的护城河的墙基下，一具被砍去双足的男子遗骸赫然陈列在那里，他挣扎的骨骸依然保留着他死亡时刻的惨烈。一个小女孩胆怯地问她的父亲："为什么把他埋在城墙下面？"父亲回答："是修城的人想让城墙更加牢固。"女孩脸上充满迷惑，以她这样的年龄是无法理解这种残暴的人牲祭祀的。即使如此，以无数牺牲奠基的大秦帝国还是崩塌了。天下之鼎，嬴政终究没有举起，如他的先祖，那位蛮力举鼎的秦武王一样。那只大鼎曾经似乎是他的掌中之物，但他还是轻看了这天下。他梦想的万世之业，不过是他的一厢情愿，因为他不知道，万民之重才是天下之重。烽烟息处，九州还是九州。天下，不会因一只铜鼎的崩裂而消亡，成王败寇的大戏还在后世循环上演。兴的是谁的天下，亡的又是谁的宿命？鼎倾之下，那些卑微如尘的祭品，谁又会计算他们的重量？

曾经秦迁陵所有的地名也随着那些简牍一同消失了，那片写着"高里户人大女子杜衡"的简牍被深埋在那口水井里。这位跨越战国和秦朝的女子，在以后的日子里又有着什么样的命运？她是否看到了大汉的中兴？一切都无从知晓。唯一可以确定的是，她柔软的躯体最终也被泥土和野草掩埋，远离她曾经遭遇的苦难，像一只烂掉的蛐蛐,养育着那些无名的山花。也不知从何时开始,这块土地有了一个新的名字：里耶。有人说，里耶在土家语中就是“开拓这片土地”的意思。土家人自称“毕兹卡”,他们是否就是秦帝国迁陵的先民的后裔已无从考证。有专家说，土家人与古代的巴人有着某种联系，或者说部分土家族人其实就是巴人的后裔。从里耶与古巴国地域接近,以及当年大量巴人跟随司马错攻打黔中郡的这些事实推测,这一说法讨论的空间是很大的。

我在里耶古镇游荡了好几天,之所以说是“游荡”,是因为我整天踟蹰在里耶古遗址外面的那段城墙上，行迹很有些可疑。城墙外的河边除了有那种叫蒹葭的芦苇，还有一些细小的河柳、密密的蓼花,和一种生命力极强的叫葎的草本植物,它泛滥着,无忌地爬满堤岸。那天,我站在酉水河岸边深秋的景象里,思维与周围的苇草一起摇曳,有些忧伤。我竖起衣领,耳边不知从何处吹来的风呼呼而过……

我不认识杜衡草,也不知在酉水河岸边是否还能觅到这种香草的踪影。沿着这段城墙,往东行走数里就是里耶秦简博物馆。中间还要经过一个叫溪口的地方，也在酉水河边，那里有距今六千多年的新石器时期的古文化遗址，被泥土和衰草掩盖的曾经,真相都已无从寻觅。大秦,在时光的路上也不过是稍作停留的过客。傍晚，靠近古城遗址的城墙上有女子唱着不知是苗家还是土家的山歌,听上去也仿佛有些缥缈。那些天,我一直在重复地想一个问题：当我们从这个世界上消失后，那些记载我们身份的信息还能以一种什么方式存在着？会在未来的哪一天被偶然发现吗？在那个远逝的时空里，我会沉睡多久？我会不会也是在某口古井里，似一枚残简，几千年后，被翻过身来，再看到这天、这地，还有这陌生的人间，一如那个叫杜衡的女子……

来里耶两次了，因为天气不好，也没能看到那轮映照过秦汉的月亮，还是觉得有些遗憾。离开里耶那天，天倒是有些转晴了。要走了，说不清我告别的是秦迁陵，还是今天的里耶，还有那个叫杜衡的秦朝女子。收拾行李、退房、还卡，才发现前台的小姑娘原来长得很漂亮，来的时候竟没有注意。我问女孩是否是土家族的，她点头称是，微笑着对我说："欢迎您下次再来！"之后，我就一直想用一段文字写意一下土家族女子的形象，却总也找不到感觉。这时我想起了木头西。木头西也是一个土家族姑娘，真名叫吴永英，是我亦徒亦友的小友，家就在里耶附近的花垣，聪慧而灵秀。我发微信问她：能用一段文字写意一下土家族女子的形象吗？不久她就发来了一段文字：

"湘西女子秉承湘西多山多水亦多情的特点，那泥土捏出敦厚，深山养就灵秀，婉转而倔强。她的生活是灶台，是田地，是围裙兜住背在身后的孩子，是心疼男人古铜色的血痂，是被岁月踩踏的卑微的小心和隐忍。圆领大襟短衣沉淀着湘西青涩的底色，盘肩、袖口铺开鸟鸣花枝、五彩凤凰，把不能说的心思都绣在了衣上，穿在了身上。认命惜命，她在苦拙辛劳的命里静候花开。青瓦房下，歌里鸟兽虫鸣，水流山叠。春天的温柔停在她身上恬静轻盈，银项圈盘曲的爱意，夏季里浓绿晴柔，秋日里翻飞飘扬，又回落在炊烟瓦上，循环流淌在血脉里，陪伴着生死丰沛的轮回……"

这样的土家族女子，真的很美，名字也一定馨香四溢。

这就是迁陵大女子杜衡生活过的地方。不管她曾经历过什么样的命运，也不论沧桑之后是否有转世轮回，她身边的那条河流都一直在流，也一直岸草萋萋，如诗人不绝的吟唱。我想，杜衡这芳香的名字，是配得上里耶这美丽山水的。

歌者侯头的城

十五岁那年，我从乡下到县城读书，最先看到的，便是沅河对岸那座白塔了。它站在中午的太阳下，好像是透明的，看着我第一次走进那个现在已沉入水底的小城。

在过去，以水上交通为主的湘西，白塔是一个典型的标志。沅水码头边的小城几乎都有白塔，用来镇妖和保一方福祉。在水上的人远远看到白塔，就知道白塔看护的地方就是下一个停靠的码头，或者是他们可以放下疲惫的家了。

我在那个小县城里，一住便是四十年。这个城市烙在我心里最深刻的印记之一，就是那座七层的白塔，还有那个叫侯头的男人。

那时，我寄居在一个亲戚家，一个四面有高墙俗称“窨子屋”的院子里，院子门楼上刻着的四个大字模糊不清，大约是“德星时聚”之类。某一天，我听到院外突然有歌声传来，接着便听到院子里有人喊道：“侯头来了！”只见一个矮瘦戴着一顶旧草帽的中年男人笑呵呵地走进院子。他挑着两只与他身材不够协调的大箩筐，圆溜溜的眼睛在男女老少不断的招呼声中放着快乐的光。邻居们把积攒的废报纸、空酒瓶、牙膏皮、破铜烂铁等都拿了出来。中年男人认真地核算着收购价格，邻居们倒不急，纷纷说：“侯头，莫急,先给我们唱个歌吧!”

那是我第一次认识侯头,也是第一次听他唱歌。他唱的是那个年代很流行的一首男中音歌曲《五十岁的老司机》,开头两句歌词是“五十岁的老司机我笑脸扬,拉起那手风琴咱唠唠家常”。那时我一直在琢磨:一个老司机怎么会拉手风琴?后来想明白了,侯头是个收破烂的,歌不也一样唱得好吗?在我的记忆里,那是我一生中听到的最好听、最温暖的歌了。

侯头,是最早让我在陌生中获得亲切感的城里人,在我进城之前,他就是城里名气很大的人物了。到现在我还不知道他的名字,只知道他姓侯,可能因身材矮小而瘦削,脸小眼睛大,就被人戏称为“猴头”了。别看他其貌不扬,却天生有一副浑厚磁性的好嗓音,是标准的男中音。一般收破烂的都扯着嗓子吆喝“破烂东西换钱”,只有侯头是以唱歌代替吆喝的。他挑着两只箩筐,筐里放着杆旧秤,戴着一顶印着“为人民服务”字样和红五星的旧草帽,边走边唱着那些老歌,有《我为祖国献石油》《我们走在大路上》《我爱这蓝色的海洋》等等。当年中国著名的男中音歌唱家演唱的名曲都是他的拿手曲子,至少我听上去感觉他唱得跟收音机里的也差不了多少。

在那个收音机都奇缺的年代,侯头是很受欢迎的。只要他走进某个院子里,大人小孩就很愿意地把自己家里的破烂卖给他。虽是买卖,过程倒也随意,牙膏皮、酒瓶按个论价,废旧报纸和破铜烂铁按斤论价。过秤时侯头总要让秤杆向下垂一点,邻居们就说:“不值钱的,随便给吧,多唱几首歌就行了。”侯头则摇头说:

“不行不行，钱是钱，歌是歌。”于是，他那醇厚的男中音歌声便会在小院里回荡。唱完了，侯头把收来的废品分门别类地放进箩筐，便晃悠悠地出了院门，一大帮闹哄哄的孩子跟在屁股后面乱喊：“侯头侯头，再唱一个。”很多年来，侯头唱的也就是那么几首老掉牙的歌，街坊们却好像百听不厌，他的歌声也就成了老街深巷中居民生活的一部分。每当街头那熟悉的男中音由远而近时，老人就会忙不迭对小孩说：“快把废品拿出来，侯头要来了。”如果有好一阵子他没来收破烂，院子里的老人和小孩就会念叨：“咦，侯头怎么好久没来了？”仿佛这段日子里缺少了什么东西似的。

老县城虽小却是湘西名城，位于沅水北岸，像大多数山城一样，水绕山环。因地势狭窄，这里只有一条主街、一条河街和十几条小巷子。主街两边多是些商铺，平时熙熙攘攘的只见人头。由于地势缘故，大多数巷子一头连着河街码头，一头连着半山腰上的民居，进了巷子要么沿着石阶上山，要么沿着码头下河。

侯头通常是从西到东开始走街串巷收破烂的，一个来回，也要十天半个月，这是个很辛苦的活儿。他不是城里唯一收破烂换钱的人，要获得更多回报，需要比别的人更努力。所幸上天赐给了他一副好嗓子，虽然没机会上舞台，倒也为他的生存提供了便利。一次，省里一位艺术编导特地来听了侯头的演唱，听后竟唏嘘不已，说他真是难得一见的男中音。只可惜那时他已四十岁出头，形象也有些猥琐，只好继续收他的破烂。不过，侯头倒是很满足，逢人便要夸耀一番。当然最重要的是他有机会唱他自己喜爱的歌，还有真心地喜欢他的老街坊。

小的县城更像一个大杂院,做菜时多放点辣椒都可能呛到一城人的鼻子。每个小城也都有能让人记住的奇人异事。这类故事大多来自市井底层,人物主角也多是所谓贩夫走卒、呆傻闲人、算命先生或落魄的老书生一类，侯头当然也是其中之一。这些闲人虽上不了这个城市的正史,却可以成为寻常百姓茶余饭后最生动的谈资和市井故事中最鲜活的主角。端起茶杯,嗑着瓜子,围成圈子吃“炊炉子”(火锅),话题总是绕不开他们。

这里的人把吃火锅叫吃“炊炉子”:一只土炉子加上炭火,再架上一只土钵子,围上几个人,热气腾腾的。吃炊炉子是最具湘西市井风格的饮食文化，它最大的优点就是可以把无限丰富的食物煮成一锅兼容百味的杂烩，其中也包括那些乱七八糟的故事。几只炊炉子可以打发所有寂寥的时间，再佐以两壶米酒就可以满足一群凡俗百姓纵论天下的快感。这在他们看来，即使神仙的日子也不过如此，单调的生活也因此衍生出许多快乐，在每个庭院里热气腾腾地弥漫着。这样的氛围下,“侯头”们自然就会成为稗官野史中的名人了。

在县城里,东关的憨傻花痴的凤大姐、西关的力大呆痴的田二佬,都是最知名的人。他们的故事在城中家喻户晓,是这个城市抹不掉的记忆。谁脑袋不清醒或做了傻事,男的就会被讥为“田二佬”,女的就会被骂为“凤大姐”。与他们的知名度不对称的是,很少有人知道他们的身世。侯头也是老城中最有知名度的人之一。与对凤大姐和田二佬调侃揶揄不同，人们在谈论侯头时，多了一些尊重和亲切。他们习惯把家里的废旧破烂卖给他，习惯在街头巷尾和小院里听他唱歌，也习惯他像一只飞来飞去的候鸟在某个中午不经意地来到他们中间，并带给他们短暂的快乐。一切就这么理所当然，却很少有人关注他真实的生活。这听上去颇有些民间传奇的味道，好像人们不知道他从哪里来的，而他出现又似乎是一种必然。

听老人说，侯头的父母是抗战时期逃难来到这座小城的。还听说他曾经有过女人，还有一个孩子，但不知为什么就活成了他一个人，女人和孩子去了哪里也成了一个谜。从此，唱歌和收破烂就成了侯头生活的全部，人们只知道他是一个从来没有烦恼的快乐的歌者，又或许他生活背后全部的艰难与酸涩都被他的歌声和快乐所掩盖。他生活在大家的中间，大家关注面对他的那一刻所产生的快乐，却不会关心他转身而去之后真实的生存状态。他因唱着歌收破烂而成为小城的故事，又因时光的演绎成为一个街头巷尾的传说。

侯头的收破烂生涯就这么一直持续着。他唱的依旧是那几首老歌，所不同的是他的腰有些佝偻了，声音也略带了些沙哑。那座有着几千年历史的老县城也因下游兴建水坝而开始了整体拆迁，侯头熟悉的那些老街坊陆续开始搬迁到新修的县城。侯头依然走街串巷收他的破烂，因为搬迁，他开始还能收到比平日更多的废旧物品。那时节，孩子们欢天喜地期待一个新家，大多数年轻人没有意识到，随着最后搬迁日期的临近，这里将成为他们终生回不去的地方。

一些老人徒劳地、要死要活地闹着不肯搬迁，理由是：生不离乡，死不离床。在这些走过人生大半旅程的老人看来，他们要搬去的那个地方不过是个空壳，没有属于自己的东西，装不下属于自己的念想，不过是另一种意义的背井离乡罢了，这大概就是所有乡愁的根吧。有时候我还真想不明白，一个有着根深蒂固乡土和故园情结的国度，怎么会有那么多流离失所的历史。

刚开始的时候，侯头还是会开导那些不愿搬迁的老人，说些诸如“搬家后日子更好过些”“树挪死，人挪活”之类的话，到了后来，看到那些邻居一家家离开，他自己也变得沉默了。侯头知道人们最终是要抛弃这座城的，听他唱歌的人一天比一天少了。侯头不知道前面有什么在等着他，他对未来的惶惑也就一天天增加。

终于要告别他的城了，在剩下的日子里，侯头只是无奈地等待它最后的消失。他仍然唱着那些老歌去那些熟悉的院子收破烂，每一次都像是一次努力隐藏着伤感的道别。这期间，他学会了那时大家都熟悉的一首新歌《滚滚长江东逝水》，这也是他学的为数不多的新歌。每每唱到“是非成败转头空，青山依旧在，几度夕阳红”时，他那略带沙哑的声音有着很真实的残缺。

存在千年的城，不是一天可以拆掉的。那是个煎熬的过程，并伴随着不断加深的失落和惶恐。那些日子里，侯头每天都会弓着腰走在这座正在走向末路的城。有一天，也是在一个黄昏，我在杂乱的街上碰到他，晚霞将他的背影和那条河染得通红。他落寞地走着，两只空荡荡的箩筐的背后是一地瓦砾，偶尔驻足停下来，身形就像一棵空了心的佝偻的老乌桕，那是我最后一次见到侯头。

街上的行人一天比一天稀少。一座筑于西汉有两千多年的城,要拆掉它居然那么容易。先是河街,然后是正街,再后来是那些小巷。空气中弥漫着旧砖瓦和灰土的气息,整个城市仿佛都在收拾行李,街道两边高大的悬铃木也显得比往日沉默,好像已知道自己最后的结局。这座城最后是要淹没于水底的,房拆了,人走了,那些走不动的树,锯子成了它们的终结者。很快,那些无比熟悉的门楼、小院、窨子屋、吊脚楼终于从侯头的眼前彻底消失。看着断垣遍地的废墟上一大群鸽子因找不到巢而仓皇无助地飞翔,侯头心中已是一片瓦砾。从那一刻起他开始苍老,这意味着他将告别这一块曾叠满他几十年脚印的土地,在故园的天底下逃亡,他最后的歌声也将散落在这破碎人间,沉入水底,无从打捞。

不知何故,那年春天温暖的阳光下,旧城那片瓦砾满地的废墟上竟开满了粗壮的黄灿灿的油菜花. 老人们说因为那都是老屋场,有人气。

日子还在继续,一些日子过去了,另一些日子也就来了。当那片灿烂的油菜花渐渐谢去,下游的水坝开始蓄水,旧城原址就此沉没于沅水之下。

侯头也走了,搬到了新城与沅水之间的一隅坡地。那里因地势较高,是旧城唯一的一片残存,房屋低矮密集,一片黑色的瓦屋顶夹杂着些绿树。湘西吊脚楼、破旧的小院落、西方风格的小砖楼,拥塞而有序地挤在一块不大的区域内,就像这个城市的一片极不协调的补丁。这里的房屋大多低矮老旧,随处可见倾斜的门楼和半截的残墙。一些随意生长的爬山虎、薜荔和蔷薇,在旧墙之间安静地呈现着一些不规则的生动和绿意。走过老旧的墙角,你还会看到一些猫慵懒地躺在阳光的斜照中如死去一般。这里的住户大多是些拒绝搬迁到新城的平民。他们在喧闹的新城边缘过着一种孤岛式的生活，不少人还活在过去的光阴里，在旧式木门吱呀的开合声中梳理着一些旧事。周边的世界，更像是一个海市蜃楼,存在,又不存在。

对侯头来说,离开老城的生活似乎突然失去了意义。他居住的小院里那棵高大的皂角树上栖息着很多八哥，叽叽喳喳的,而他的歌声却从此消失。也许,他真的没唱了,要么,他唱过了,我们再没有听到。失去了属于他的城,失去了那些街坊,他的歌就是失去巢的鸟,就算有也是居无定所。

那些听侯头唱了多年的街坊们,就像被一阵风在一个早上吹散。新的县城是在推平了大大小小数十个山头之后新建的，高楼林立,临水而卧,不乏灵气雅致,却已经完全没有了当年旧城的影子。陌生的道路两边,生硬而缺少温度的楼房像一棵棵疯长的树,彼此分离;充满戒备的高度,让家离地面越来越远。

听别人说,后来侯头也尝试过去新城继续他的老行当,但终于作罢。我想他是本能地把自己囚禁在那座老城里,走不出来。我理解这种陌生感，就像我当年一个人来到这里，如果没有那座白塔,我可能不会那么快找到我的归宿感;如果没有侯头的歌,我也不会觉得这世界上还有不期而遇的温暖。

像所有曾经的事物一样,老城的名人侯头,不可抗拒地淡出了人们的视线,和他的那座城一样,成为一个彻底的传说。当那些曾经与他朝夕与共的,熟悉得与自己浑然一体的老物件、老街坊、老巷子、老光阴逐渐从身边消失，那活着也就是一种等待消亡的过程。那种用余生所剩无几的光阴，去怀念一座消失的旧城的孤独是刻骨铭心的，只是所有的日子都不是能倒着过的，它固执地朝前走着,好多东西侯头带不走,我们也一样。有人说故乡是唯一能够囚禁一个人灵魂的地方。从根本上说，侯头是属于那座沉于水底的旧城的。我们又何尝不是这样？侯头应该是幸运的,就算剩下的日子多么残缺，他还可以像沅水边上的那座白塔，站在那里守望他的过去,等着他的将来……

很多年过去了,渐渐没有了侯头的消息。在新城的挤压下,那片老城仅剩的遗存早已成了人们怀旧的标本，吸引了无数寻访者。侯头居住的那个小院已经颓塌,无人居住,疯长的蒿草和杂乱的野花遮掩了院中的人迹。有传闻说他被他的女人和孩子接到外地去了,也有人说他早已经死了,谁知道呢。

大家都忙,总有一些事会被淡忘,也总有一些事会被记起。那帮在老城长大、曾听过他的歌的小孩子,如今都过了天命之年。孩子都已长大，不再忙碌，总算有时间回忆一下那些远去的老城旧事了。一些栖息和奔波于他乡的同龄人也时不时回乡凭吊一下那座沉于水中的旧城，咀嚼当年没有来得及咀嚼的回忆。每当这个时候，收破烂的侯头和他的歌便会被不断地提起，好像一切都发生在昨天。

那座城就在水下,偶尔,在枯水的时节,它废弃的残墙还会露出水面。那座白塔也还站在岸边的小山上,现在的侯头会在哪里呢？

芸庐之痛

湘西，还是那座静卧在沅水边的小山城。城不大，只一条长街，有水的环绕和白塔的护卫，显得很别致。清晨的薄雾渐次散去，长街上依稀可听到隐约的江声、吆喝声和船桨的吱呀声。较高处的瓦房依次显现，朦胧如梦中的宫殿。在一片有着翘檐的灰黑色的瓦屋之间，斜长着几株高大的皂角树。小巷里斑驳的砖墙上，爬山虎延伸着几片不规则的绿，几簇狗尾草和零星几枝不知名的蓝白小花在墙头摇曳着。当城垣的轮廓在早晨的阳光下刚刚显得清晰时，一群白色的鸽子扑棱棱地掠过那片错落有致的黑色瓦屋……

在城的最高处一个略微凸出的山角上，一幢黄色的别墅样的房子在一片灰黑色调中显得格外入眼，房子由两所黄土色的新式楼房并排而成，楼上楼下都有宽阔的走廊。房前随地势自然围定一个精巧的三角形小院，墙隅屋角点缀着紫竹、蔷薇和一些枝叶细弱的杂果。三个花坛中栽种着一丛天竹和两树红梅，花架上山茶如火一样盛开……那房子叫芸庐，是沈从文先生及家人在沅陵的故居。

遗憾的是，当我努力用梦幻般的文字描述芸庐时，心中隐隐生出几分痛楚。因为此时芸庐和那座沈先生用美妙笔触描述过的老城都已不复存在。那座老城因一座大型水电站的修建而永远沉入沅水，而芸庐也在二十世纪末被人为拆除。我只能在某天读完沈先生的《芸庐纪事》之后，在几幢残留的老墙和旧屋之间寻觅和想象着它当年的模样。之后，便是一场稀疏的小雨。雨中我在芸庐原址附近的一条石板铺就的小巷里徘徊，那里有一口老井，曾经是芸庐主人取水的地方。如今井已颓废，只有些野花和野草点缀着残破的井台。在那里我想象自己在穿越一段历史，始终不愿回到那个由钢筋和混凝土构筑的真实的世界里去。我想象着那残损而滑湿的石阶上一定叠有沈先生的足印，那青灰色斑驳的墙上一定有先生沉思的目光。而芸庐是建在沅水北岸的天宁山上的，在夏天的晚上，芸庐窗前的灯光也一定很亮很亮吧。当然，在此时此刻想象芸庐，不过是一种很美丽的无奈与落寞罢了。

沅陵，古称辰州，地处湖南西部，素有“湘西门户”之称。战国时期楚国在沅陵置黔中郡，为秦朝三十六郡之一。西汉于高祖五年在沅陵置县，历为郡、州、路、府、道和湘西行署治所，是大湘西地区政治、经济、文化、军事中心。由于地处沅水、酉水交汇处，在水路交通发达的年代，沅陵是连通云贵及整个大西南的交通要冲。一九一七年，十五岁的沈从文从军入伍，第一次到沅陵，他在《从文自传》中这样写道：“我很满意那个街上，一上街触目都十分新奇。我最欢喜的是河街，那里使人惊心动魄的是有无数小铺子，卖船缆、硬木琢成的活车、小鱼篓、小刀、火镰、烟嘴，满地是有趣味的物件。我每次总去蹲到那里看一个半天，同个绅士守在古董旁边一样恋恋不舍。”一九三七年，日本侵华战争爆发后，从文先生从北平南下，于次年再次来到沅陵。这时，由沈从文大哥主持修建的新居“芸庐”已经落成。能在沅陵置业是一件颇不容易的事，也凸显了沅陵在湘西的实际地位。沈先生的作品集《芸庐纪事》大抵是对这期间生活的描述。书中对沅陵的风土人情，对芸庐及兄长“大先生”的为人处事多有描摹。“凡到过沅陵的人，在好奇心失望后，依然可从自然风物的秀美上得到补偿。由沅陵南岸看北岸山城，房屋接瓦连椽，较高处露出雉堞，沿山围绕，丛树点缀其间，风光入眼，实不俗气。”抗战时期，沅陵县是抗战的大后方，是国民党湖南临时省政府的所在地。国民政府的机关、工厂、学校、报社向川、黔、滇由水路转移也必经此地。沅陵一时间五湖四海，名人荟萃。小小山城一时会聚了二十多万人口，人称“小南京”，包括林徽因、梁思成、金岳霖、闻一多等文化名流都曾路经沅陵并曾到芸庐做客。一九三七年十二月，林徽因夫妇逃难至沅陵，曾在芸庐小住多日。在芸庐做客后，林徽因抑制不住激动的心情，很快给沈从文写了一封信，信中写道：“今天来到沅陵，风景愈来愈妙，有时颇疑心有翠翠这种人物在沅陵也极好玩，我爱极了。你老兄的房子在小山上非常别致有雅趣，原来你一家子都是敏感的有精致爱好的。”至于为何冠以“芸庐”，沈先生并未说明。辞书载“芸”是一种能散发特殊香气的草，即芸香草，古人藏书为防虫蛀，往往在书间放置该草，借以保护藏书，故古人称藏书楼为“芸台”“芸阁”或“芸窗”，莫不与书有关。而沈氏兄弟的字或笔名中也各有“芸”字，沈从文的大哥又叫沈云麓。而据沈先生描述，这幢非中非西的两层楼房外观颇像一片“黄色的蒸糕”，“芸”又有极黄之貌的意思。把这幢房子命名为“芸庐”，各种意义大概兼而有之吧。

读中学的时候，我是常去芸庐的。那时房子已划归县第一中学做教师宿舍，房子稍显有些陈旧，院中的花园也无当年的景象，只感觉即使在略显破败的氛围中，房子、花园依然透出几分典雅和幽静。那时候在中国，大多数人还不知道沈从文先生的名字，当然就更不知道芸庐与先生的关系了。值得回味的是，正是在芸庐的某一房间里，我填下了我报考中文系的志愿，以后便在书中认识了从文先生，也才知道了芸庐背后的故事。说实话，当时崇拜从文先生还颇有点盲从的味道。肤浅的人生体验，用政治诠释文学的思维模式，使我们无法真正走进沈先生的心灵世界，无法深刻地体会其作品看似普通的故事和平淡的语言，以及清新的意境背后深沉蕴含的关于生命的悲剧意识。在与不少自称喜欢沈先生作品的人的交流过程中，我发现许多时候谈沈先生，谈沈先生的作品，不过是他们点缀言谈、自命风雅的一种装饰和时髦而已。在一片近乎时尚的“沈丛文热”背后，先生其实依然是寂寞和孤独的。这是一种悲哀，这种悲哀与当年我们漠视沈先生、漠视先生为人类构筑的精神空间的价值，并无实质性的差别。

依我的理解，简而言之，沈先生一生只做了两件事，一是以平淡而深情的笔触“描述十个水边城市平凡人民的爱恶哀乐”（沈丛文《一个传奇故事》），二是撰写了一部《中国古代服饰研究》。这两者之间多少有些风马牛不相及。沈从文先生在考古方面的才华是值得称赞的，但我固执地认为，把《中国古代服饰研究》称为沈先生的又一大成就是具有讽刺意味的。研究中国古代服饰，只是因为沈先生要在那个特定时代为自己找到一种活下去的方式。若干年后，沈先生在一次演讲中说道:“在中国近三十年的剧烈变动中,我许多很好很有成就的旧同行、老同事,都因来不及适应环境中的新变化而成了古人……我把写字当作一束草，一片破碎的船板,俨然用它为我的下沉时有所准备。”闪烁其词,无不隐晦的表达,正可说明一代文学巨匠是如何放弃了他热爱的那些水边的城市和平凡的人民。他知道自己必须活下去,信天由命地、达观泰然地活下去。于是，一位大师沉默了，转而面对那些同样沉默的文物。整整几十年,一只从水边起飞的美丽的鸟儿,停止了清新而忧郁的歌唱。那些曾被他深深感动的人，从此就像他笔下的那位清纯的少女一样,在忧伤中等待着那个会唱歌的年轻人的归来……

逝者长寂寞,生者犹自嗟。在经历了一场空前的文化劫难之后,沈先生有幸活了过来。除了他物质状态的生命,他还给这个世界留下了那本《中国古代服饰研究》。可是,我们再也无法通过鲜活的文字去了解他后半生几十年的精神状态。因为我们永远也无法知道,因为一本《中国古代服饰研究》我们失去了多少本应属于我们这个民族的宝贵的精神财富和伟大的文学遗产。代价太大了！用先生几十年的光阴换取一本《中国古代服饰研究》是一个民族精神世界里永远抹不去的痛！沈先生是宽容的，或许他原谅了这个世界上所有的不对与不公,但他的达观却没有引起人们足够的反思；沈先生可以忘记个人的恩怨，但在经历一场文化劫难之后,我们是否意识到我们不能忘记的有太多太多。先生是达观的,这种达观包容了他承受痛苦与委屈，但绝不说明他没有痛苦和委屈。据说，一次在接受一位女记者采访时，沈先生自嘲地说："那个时候，我每天的工作是扫厕所。我做得很好，尤其是女厕所，总扫得特别干净。"那位女记者感动了，走过去握着沈先生的手动情地说："先生，真委屈你了。"先生闻听此言，一反常态地号啕大哭，哭得像个孩子。那是先生几十年委屈的宣泄，除此，他还能对这个世界说什么呢！他还需要这个世界对他说什么呢！如今《中国古代服饰研究》被列为向外国贵宾赠送的礼品，足见其学术价值之高，亦有人称之为沈先生人生的又一高峰。我从不认同这一观念，也从不想去读那本书，我只要先生笔下的那些边城，那些渡口与白塔，那些强盗、水手、妓女、市井之徒和美丽的萧萧与翠翠……

与孔府的遭遇相比，芸庐尚属幸运。与中国众多的文化灾难和沈先生几十年酸楚经历相比，芸庐被毁，真算不上是一场大的灾难。可悲的是芸庐是在逃过了一场劫难，却在劫后余生之后被拆除的。拆除它的目的是为县一中修一幢新的教师宿舍。几位本土的文化人闻拆芸庐，痛心疾首，四处奔走呼吁，但最终芸庐还是被拆除了。芸庐有沈先生与家人享受天伦的美好回忆，也有他难以言表的隐痛。先生的三弟最终冤死于沅陵，他钟爱的九妹也从这里走失而流落于民间。在权力、世俗、功利和无知面前，芸庐自然是没有价值的，而文化也是脆弱、无力而苍白的。其实没必要去指责那些拆除芸庐的人，芸庐不是毁于他们的手中，而是毁于我们对文化、对人类精神家园的冷漠与麻木。这也正是所有文化灾难的先兆与基础。在整体漠视文化的氛围中，大众的价值取向可想而知，我们有过沉重的教训。要在不断出现的文化废墟上重建文化，虽不是遥不可及，但却极其艰难！

在离沅陵不足二百公里的沈丛文先生的故乡湘西凤凰，如今是风光无限，游人如织。我实在无法想象熙熙攘攘的人流中有多少人真正地了解沈先生和他的作品，有多少人是出于对文化的敬仰和感悟。在沱江里，在老街上，在南长城，在齐梁洞，游客们摩肩接踵，但丛文先生简朴的墓前则略显冷清。好在先生是不会计较这些的。在经历了一世坎坷之后，大彻大悟的他最想得到的，我想一定是宁静——宁静地在听涛山上守望故乡的沱江。我想不理解他的人，还是不要去打扰他吧。

最近，听说又有人建议要重修芸庐了，心中竟平添了几许失落。再造一个芸庐似乎并不是一件难事。不论它是否修旧如旧，它都不可能是我心中珍藏的那个芸庐了。如果果真那样，我宁愿让芸庐在我的心中永远是一片废墟。那样在面对这片废墟时，在苍凉的凄美之中我们或许不会忘却历史。想沈先生的时候，我就去读读他的书，在那些文字里去寻找那个真正的芸庐，寻找心中那一个梦，那一个永远的痛。

江天云鸟

去坡头是一个很偶然的想法。沿洞庭湖平原一条狭窄的公路曲折而行,路程过半,空气逐渐潮湿,不断有各种飞鸟掠过头顶,又消失在一片苇草之中。行至路穷之处,视野骤开,洞庭湖豁然闯入我的眼底。

坡头是西洞庭湖旁一个不知名的小镇,水边的船比我看到的人还要多。我寻得一位渔夫,他答应用他的船送我去湖里转一圈。渔夫乃独臂,立在船尾,如在平地。一只手熟练地扳着桨,一只空袖管像古人的长袖在风中飞舞。他不解地问我为什么要到这么一个偏僻的地方来看洞庭湖,我说我想找个人,他问我找谁,我说,王阳明。渔夫望着我,一脸的迷惑。

多年前,当我第一次翻开《传习录》,没读几页,其实也是一脸迷茫。

我不知道为什么要读王阳明,或许像我这样的读书人不读王阳明是一件没面子的事,至少不好意思说自己是读书人吧。集哲学家、思想家、政治家、军事家于一身,王阳明也算是古今第一人了,还需要其他理由吗?

那就读吧,结果却有些尴尬:在那个空旷的周末,我无比自卑地迷失在一片云雾里，虽然窗外阳光很任性地弥漫着，天空也蓝得很辽远。我承认，要读懂王阳明不是件太容易的事。

我也可以选择从王阳明的书里找些似懂非懂的句子，加上自己模糊的解读，熬成类似鸡汤的东西给自己一些安慰。因为对大多数人来说，王阳明的“心学”肯定不是生活必需品，就算我的理解离他的本义相去十万八千里，那又有什么关系呢？我揣摩有不少人就是这么干的，反正王阳明也不会知道，但这个念头很快让我羞愧不已。

不管王阳明愿不愿意，他现在已经被后世膜拜成一座山，成了半人半神的圣者。可是我觉得面对一座高山，除了仰望，我们还是可以选择走近它的。就像一条河流，你可以选择绕过一座山，但你仍然躲不开山的注视，这种注视多少会让你的流动有些不安或不甘。所以我想知道的王阳明，不必是我在画像中见到的那个高冠修眉、丰额异骨的圣者，而是我能走近的、我自己心目中的王阳明。我希望在我想象的世界里，他是个敦厚慈善的长者，捋着须髯朝我微笑，面前案上的清茶和线装书清香扑鼻。

我决定按自己的方式走近王阳明，从我身边的一条与阳明先生有着千丝万缕联系的河流开始，那条河就是沅江。

沅江，发源于贵州都匀市苗岭山脉斗篷山，全长一千零三十三公里，是湖南省第二大河流。五百一十三年前，正德元年，王阳明因御史戴铣案触怒刘谨，被杖四十，入狱，继而远谪贵州龙场驿。明代，进入大西南有两条重要的古道。一条是广为人知的滇川藏古道，生发于民间，以易茶为主要目的，以马为运输工具，故称

"茶马古道"。另一条则是滇楚古道,生发于官方,东起湖南沅陵,西至云南昆明,途经辰州、锦屏、镇远、黄平、贵阳、普安。滇楚古道在文献中也被称为湖广入滇"东路",明代以后又常冠以"一线路"之称。王阳明便是选择这条路线,沿沅江经这条古道入黔的。三年后,当他结束贬黜,又是沿这条路线顺沅江而下,再历洞庭和湘水前往江西庐陵的。

一五〇七年初春,王阳明由江西入湖南,过醴陵,到长沙。他知道真正的流放即将从沅湘之间开始,那里是屈原、贾谊、李白、王昌龄、刘禹锡诸多前贤的漂泊之地,他的忧思在湘水的风中,消融掉了最后一丝早春的温暖。"醴陵西来涉湘水,信宿江城沮风雨。不独病齿畏风湿,泥潦侵途绝行旅。"(《游岳麓书事》)数月前被杖击的屁股似乎还在隐隐作痛,在岳麓书院短暂地停留,拜谒偶像理学泰斗朱熹和张栻获得的那些欣慰,还远远不能抵消他对未知旅行的惶然与落寞,五首《去妇叹》道尽了心中的酸涩。"明月秋风洞庭水,孤鸿落叶一扁舟。"那只装满失意和疲惫的木船,载着王阳明一路漂泊向西,沿湘水,到湘阴,在岳阳楼的注视下一头扎入洞庭湖。他将从这里上溯沅江,沿滇楚古道抵达流放他的那块蛮荒之地,而他与沅江最初的邂逅和不解之缘,差不多就开始于洞庭湖边这个名叫坡头的地方。

坡头是沅江与洞庭湖的分界处,这个分界在地图上只有一条虚线。现实中,沅江尾闾与大湖却没有明确的界线。这里是真正的江湖,湖即是江,江也是湖,江和湖就像两个紧密交融的生命体,血脉相连,不分彼此,一同构成了天地之间那无边的浩渺与苍茫……

我站在坡头堤岸上，空气中夹杂着湖腥和泥蒿、岸芷的气味。大湖的风把我黑白杂糅的头发吹得如堤岸边纷乱的芦苇，一些小鸟停在芦苇之上摇晃着。我很惊讶那些纤柔的芦苇，居然承得起天空和鸟的重量，天地间，总有一些我们无法理解的事物以其寻常的方式存在着。在横无际涯的湖面上，一只孤舟从低旷浩渺的天心湖荡过坡头，峨冠博带、衣带飘逸的王阳明直直地站在船头，孑然地眺望着天那边陌生的沅江。江湖之上，一只大鸟沿着他目光远眺的方向飞去，翅膀和水的尽头便是云贵高原逶迤的群山……当然，这只是我的想象，我只能以这种方式站在坡头，虔诚地迎接数百年前的王阳明。

那一年，王阳明三十五岁，年轻，完全没有后世画像中时常看到的那种长者的肃然和圣人般的庄严。

在进入沅江之前，王阳明经历了一场惊心动魄的湖上风暴。那天，大泽之中黑月惊涛、暴雨迅雷、云雾冥冥、涯涘渺然，这一切似乎预示了他此去龙场的困顿与凶险。王阳明心有余悸地把这些记录在《天心湖阻泊既济书事》诗中，并冷静地把此行的未知与凶险告诉了他的随从，一行人顿时陷入悲壮。好在在这条河上，他也不算太孤单。地处五溪蛮地的沅江，之前还曾经流放过屈原、郦道元、王昌龄、刘禹锡、黄庭坚等诸多大师，他们深深的足迹和不绝的咏叹还是可以稍稍安慰一下他当前的失意。他感同身受地还原着命运的某种轮回，在猿猱凄清的啼声和江湖夜雨的萧瑟中与那些至今还在江上漂泊的灵魂为伍，在晚舟如豆的灯火下隔空对视或做一夜长谈。只不过，这一次王阳明要比这些迁客骚人走得更远。“江草远连云梦泽，楚云长断九嶷山。”(《桃源东禅寺》)前方不可预知的命运跟接下来艰难的旅程一样不可捉摸，他要像一条受伤的鱼一样在自己不熟悉的河流里颠簸漂泊，逆行千里，抵达沅江的源头。

旧滇楚古道的起点是沅陵，是我现今居住的城市，因沅水而得名。传说水边的武陵山上埋葬着蚩尤的头颅，酉水的汇入使这里江面开阔，江水丰沛。北岸的虎溪山有一座建于唐代的古寺——龙兴讲寺，王阳明曾寄居在这里。寺中立有一尊阳明先生的雕像。站在虎溪山落日的余晖里，透过寺庙微翘的飞檐，把目光折向西南，群峰隐绰的那边，就是“远客日怜风土异，空山惟见瘴云浮”的五溪蛮地和古夜郎国了。

王阳明的雕像被安放在古寺高地的一片茂盛的竹林旁，其神态安详，就是有些苍老，一副圣人的模样。古寺中无尼无僧，也没有佛像(据说原来是有的)，空空荡荡的，王阳明成了这里唯一的主人。雕像底座上刻的是王阳明的名字和写于寺中的诗《辰州虎溪龙兴寺闻杨名父将到留韵壁间》，很多字已经有些模糊。所以，大多数来这里的人也不知道这老头儿是谁，偶尔，顽劣的孩子还会爬上去摸他坚硬的胡须。五百多年前，王阳明就在他眼前这条流放过屈原的江上写下《吊屈平赋》：“逝远去兮无穷，怀故都兮蜷局……累不见兮涕泗，世愈隘兮孰知我忧！”吟罢，王阳明黯然登舟，开始了滇楚古道到龙场的旅程。“昼出阳关已断肠，那堪真别更凄凉。痴人刻水方求剑，一息舟行过夜郎。”宋代诗人方翥的一首诗道出了王阳明此时的仓皇。

发端于云贵高原的沅江，无疑是王阳明人生中最重要的一条河流，我认为这也是促使王阳明哲学思想发生重大转变的一条河流。从沅江的河口到上游黔东南的舞阳河，一千多里水路，正如屈原在《九章》中所描述的："深林杳以冥冥兮，乃猨狖之所居；山峻高以蔽日兮，下幽晦以多雨。"曲折西向，山渐峭，滩愈险，舟困人疲，远谪龙场仅在沅江上就要耗费两个多月时间。我无法想象这一旅程的艰难，但还是可以从王阳明在此期间写的诗中，窥见他的内心世界儒、释、道人格的纠结与挣扎。漂泊在千里沅江上，看着闲云卷舒，江鸟渡滩，王阳明倍感身心双困的疲惫；羁留驿站，更夜听雨，王阳明清晰地触摸自己无奈的孤独和绝望；借宿山寺，独对青灯，王阳明在空寂中品悟着佛法"戒能生定，定能生慧"的要义……

很小的时候王阳明就要做圣人，所谓"读书做圣人，方为人生第一等事"。我想他所理解的"圣人"不过常人眼里的"立言、立德、立功"和学以致用、出将入相、兼济天下。这跟一个乡下穷孩子一心想做个"有钱人"吃香喝辣也差不了多少，谁还没个理想。王阳明是"官二代"，自然希望在仕途上成就一番事业。可正德丙寅年的那顿乱棍，打烂了他的屁股，也几乎打碎了他的圣人梦。既然打烂的皮肉会流血，就证明王阳明还是个凡胎肉身。比之其他文字，我更喜欢读王阳明的诗。康熙年间平定三藩的功臣李光地，对王阳明的"心学"颇不待见，却也赞誉王阳明的诗"信手写来，便有唐人风韵"。他的诗能让我们看到一个更加真实的、血肉饱满的王阳明。

从文化角度来说，能流放到沅水流域，也不是一件很坏的事。忧愤出诗人，从屈原开始，这块传统的流放地还真不缺少诗和诗人，诗中也不缺少像“洛阳亲友如相问，一片冰心在玉壶”这样的佳句。写诗大约也是流放路上最能自慰和消解无聊的一件事，王阳明也不例外。在到达龙场前，王阳明在沅江上留下的诗有三十余篇，几乎完整地记录了他的行程和心迹。“委身奉箕帚，中道成弃捐。苍蝇间白璧，君心亦何愆！”（《弃妇叹》）在流放之初，王阳明自比弃妇，可见他有多沮丧和失落。这也是所有同命运者相同的屈原式的自怜自艾。中国古代的知识分子总是徘徊在儒、释、道的交叉路口，要去哪里，能去哪里，很难自己去决定。这就不难理解他们早上可能还是天下大儒，没准晚上就成了被抛弃的黄脸婆。既然不能济世，哀怨之后，还要活下去，老子、庄子和释迦牟尼就成了很自然的选择。或为苏东坡的旷达，或做李太白的狂放，再不行那就找个有山有水的僻静南山之地，结个草庐、筑个篱笆、种点菊花，做悠然的陶公。在我看来，此时的王阳明身上除去李白的狂放不羁，道家和儒家人格是他心内自然生出的两条河流，这一次，他没办法做一只同时穿越两条河流的鸟。失意之际的王阳明在诗中叹道：“道意萧疏惭岁月，归心迢递忆乡园。年来身迹如漂梗，自笑迂痴欲手援，”（《阁中坐雨》）又生出“问津久已渐沮溺，归向东皋学耦耕”（《霁夜》）和“却忆鹿门栖隐地，杖藜壶榼饷东皋”（《沅江夜泊》）的归隐之心，间或还有“却幸此身如野鹤，人间随地可淹留”（《沅水驿》）那种苏东坡式的旷达。但这些只是他人生无奈选择中的一种状态，或许他做圣人的心依然执着，可茫茫四顾，在颠沛流离的谪途中，那颗内圣外王的心又将到哪里去安身呢？在王阳明之前，还没有人能从那个三岔路口完美突围，即使苏东坡也不例外。

其实，在汇入洞庭湖以前，沅江，也是一直在突围的。在黔东南陡峭幽深的峡谷里，缭绕的云雾、岩石间渗出的水珠，汇集成无数涓涓细流和大大小小的支流，从云贵高原逶迤的群山峻岭中蜿蜒东流，始趋盈满，终成浩荡之水。在那个近乎神话般的“悟道”之前，王阳明是从沅江这条河流抵达龙场的。人生的一次低谷，让这条曾经邂逅于郦道元《水经注》文字中的河流，真实地奔流在眼前。上古尧舜时期隐于武陵的高士善卷，那些忧愤的流放在湘沅之间的诗人，还有沅江边的陶渊明笔下的桃花源和马援将军马革裹尸的壶头山。我相信三年后，如果他真是在龙场悟出了什么，一定是从这条河流获得了某些解读人生的密码，并通过这条河流为三年后“龙场悟道”开启了一扇通往智慧与觉悟的大门。

我曾经有一个愿望，约二三好友，寻一条船，沿沅江上行，从滇楚古道取道贵州修文。这个有预谋的想法终因太过浪漫，且操作性复杂而放弃。当然，最后我还是一个人到了修文。

怀化，是沅江支流舞水旁的一座城市，王阳明当年就是从这里经芷江、新晃进入当时的兴隆卫，到达贵州境内的。如今从这里去贵州已经有一条高速铁路。我花了一百七十一元钱买了一张去贵阳的票，上车，放好行李，冲了杯都匀毛尖，喝着茶，车窗外被苍翠掩映的喀斯特地貌在眼前匆匆闪过，还没来得及酝酿情绪和打个盹儿，贵阳就到了。虽然是第一次来贵阳，但我还是无心逗留，从一帮殷勤地拉住宿客的妇女中脱身后，便直接上了去修文的大巴，一小时后又到了龙场镇。如此，三小时不到我便走完了王阳明当年两个月的路程。

在修文，我看到的龙场是一个熙熙攘攘的小镇，与阳明有关的遗迹都扩建在一个宏大的“中国阳明文化园”。园中的广场上竖立着一尊阳明先生的雕像和一尊王阳明与弟子们的群像，神态庄严，眼神透着忧患。创作者大约认为非老不足以称圣吧，所以我们见到的古代先贤塑像莫不老态龙钟，要知道王阳明离开龙场时也不过三十八岁。文化园里能称得上阳明遗迹的，是王阳明居住的、被他称为“阳明小洞天”的山洞和附近那几棵相传是他亲手所植的“文成柏”。广场上立着八根大方石柱，分别写着“浙中王门”“南中王门”“北方王门”“泰州学案”“黔中王门”“江右王门”“楚中王门”“粤闽王门”，门前牌匾赫然书着四个大字“知行合一”。一切都表明，我沿沅江一路追寻的那个流放的王阳明，已经在这里成了圣人，我除了膜拜，还能再做一次像洞庭湖口那样的走近吗？我不敢肯定。眼前的龙场已非当年的龙场，当年的那个历经磨难的王阳明又在哪里呢？“阳明小洞天”里游客有些吵闹，我不堪其扰，一个人独自坐在一个写有“培养元气”的亭子边望着龙场的天，突然有些情绪低落。

龙场驿是明代贵州西南彝族女政治家奢香夫人为沟通滇、黔、湘在贵州境内建立的九个驿站之首，位于黔西北的峻山丛棘之中，蛇虺魍魉，蛊毒瘴疠，生存环境极其恶劣。我要找的那个王阳明一路颠沛，终于到了他的流放地。面对边鄙的荒蛮和未来的凶险，王阳明想必是有足够心理准备的。虽然眼前这个所谓的驿站只是几间破草房加一个老驿卒，其荒凉和破败已远远超出了他的想象，但我相信，数月羁旅，他的沮丧、失意、忧思在山重水复的磨砺和思考中也趋于平静，内心深处“天将降大任于是人”的追求早在幼时就已渗入骨髓，曾经笃志的释、道之学此时又能恰到好处地维持他内心的恬淡。对之前家境优越、仕途通达的“官二代”王阳明来说，没有毙命于廷杖之下已是幸运，向死而生，活着才是当下的圣人之道。

王阳明搭个了茅草棚，开始了他在龙场的谪居生涯。他颇为自得，赋诗道：“草庵不及肩，旅倦体方适。开棘自成篱，土阶漫无级。迎风亦萧疏，漏雨易补缉。灵濑响朝湍，深林凝暮色。群僚环聚讯，语庞意颇质。鹿豕且同游，兹类犹人属。污樽映瓦豆，尽醉不知夕。缅怀黄唐化，略称茅茨迹。”（《初至龙场无所止结草庵居之》）不久，王阳明又在龙场东北的龙岗山上发现一个山洞，颇有天然之趣，“营饮就岩窦，放榻依石垒。穹窒旋薰塞，夷坎仍洒扫”。稍加收拾后王阳明就搬去居住，过起“穴居生活”，并得意地谓之“阳明小洞天”，还为之赋诗《始得东洞遂改为阳明小洞天》三首，野趣自然之乐跃然。在生存环境恶劣的龙场，王阳明在洞庭和沅江漂泊时的那种消沉、忧郁、压抑、孤愤，竟然烟消云散了，取而代之的是一种身心的自由与超脱。他就像是经历了一场疾风暴雨，风雨之后，闲云从容，山色空蒙。

在最艰难的时候，我们看到的是一个亲切、自然、豁达而坚韧的王阳明，他走在龙场的崎岖的山道上，背着一大捆柴火，回到他简陋的茅屋，生火、烧水、做饭，山风让他灶前青烟迷乱。清早，他负着禾耜，踏着恶蛇毒虫出没的荒径，开荒种田。“谪居履在陈，从者有温见。山荒聊可田，钱镈还易办。夷俗多火耕，仿习亦颇便。及兹春未深，数亩犹足佃。岂徒实口腹，且以理荒宴。遗穗及乌雀，贫寡发余羡。出耒在明晨，山寒易霜霰。”这种绝境里的“晨兴理荒秽”虽然没有了陶渊明式的悠闲，但王阳明心态依然安详，像山月当空，清澈而澄净，好像天下万物和人生从来没有这般地美妙。这绝不是一种偶然，它预示着一次蜕变、一次涅槃、一次大彻大悟即将来到。

王阳明的心从来没有停止过飞翔，在龙场，他有足够的时间梳理自己的思考。远离了官场内斗，他看到黔黎苍生的疾苦，追寻历代儒家之道，回首自己“格物致知”的困惑。他与当地苗蛮土人相守如亲，与慕名而来、向他求学的年轻人席坐论道。龙场的夜，寂然而幽冥，不断传来野兽凄厉的啸声，王阳明在黑暗中意静洪荒，端居澄默，参悟着古今之理、世道人心、功名利禄、苦厄疾难和生死之念。那个从小立志做圣人的王阳明，那个曾七天七夜不吃不喝“格竹子”的王阳明，那个曾在儒、释、道三家之间反复徘徊的王阳明，那个为论道而忘记新婚的王阳明，那个被廷杖打得皮开肉绽、血肉横飞的王阳明，那个在沅江上漂泊无助的王阳明，终于为自己的心打开了一扇大门，原来“圣人之道，吾性自足，向之求理于事物者误也”！

这是一扇向死而生的门，这是一扇历经磨难、幻灭、恐惧、无奈，于黑暗中洞开的门，像一道闪电刺破了亘古沉重，像一个惊雷震醒了万古空寂。那是无数行者苦苦寻找的智慧之门，钥匙竟藏在自己内心深处。原来，他所有的颠沛、所有的苦难、所有的混沌、所有的磨砺都是在引导他走向那扇大门。光明在前，月霁风清，一个如婴儿般通透纯净的王阳明诞生了！

在后世人的眼中，龙场悟道，是很有传奇小说的色彩，仿佛王阳明一夜顿悟。在一棵树下冥思、在一个山洞里面壁、在石椁里苦苦修行，一念之间，便大彻大悟。这样的故事被渲染成传奇和神话，更多是信众造圣的结果，如释迦牟尼和达摩祖师一般，王阳明也不例外。龙场之行的那个晚上，在“阳明文化园”旁的小酒馆，老板向我推荐了一种当地的米酒，言之凿凿地说是“阳明古方酒”。明知是瞎说，我还是喝了几杯，味道一般，很上头。我问老板王阳明到底是个什么样的人，他操着西南官话一脸崇拜地说：“那是个狠角色呢。”

王阳明的确是个狠角色，他从小就想做圣人，如果是真的，这念头的确让他走了很多弯路。因为在小孩眼里，做圣人是一件很无聊的事情，孩子的心是通透的，纤尘不染，他们身上那些美、善、和谐都与生俱来，所以他们的世界才会那么阳光、安静，这大约就是所谓的赤子之心吧。比如，突然邂逅一只猛虎，大人会恐惧万分，而小孩子则充满欣喜。王阳明说“人须在世上磨，方能立得住，方能静也定，动亦定”，可见“大道至简”，能在苦难中回归自己的赤子之心。寻得从容和安静，大概就可以称之为圣吧。此时此刻王阳明才明白：世上哪有什么圣贤，只有心中装着万物天理的人啊！在痛苦的“格物”路上徘徊了二十年之后，王阳明终于找到了答案，这个答案原来一直就在他身边，如此明了、如此简单。在一片神化、圣化王阳明的氛围里，我倒觉得在龙场，越到后期，越是接近圣人之道，王阳明反而越像一个真实普通的人，他的心变得宽厚而柔软。

正德四年秋天，一个阴雨昏沉的日子，一位从京城到贵州赴职的吏目，携一子一仆路过龙场，因旅途劳顿，不堪瘴瘟，先后死于蜈蚣坡下。吏目一行人的惨死，触碰到了王阳明“同是天涯沦落人”的敏感神经。他悲悯万分，含泪掩埋了死者，长歌当哭，写下了凄婉的《瘗旅文》：“呜呼伤哉！緊何人？緊何人？吾龙场驿丞余姚王守仁也。吾与尔皆中土之产，吾不知尔郡邑，尔乌为乎来为兹山之鬼乎？古者重去其乡，游宦不逾千里。吾以窜逐而来此，宜也。尔亦何辜乎？”这种伤感在王阳明谪居龙场的日子里是绝无仅有的！这是我看到的最率性、最哀伤的王阳明，是周身散发着人性光芒、真实的王阳明。可能有人觉得这应该是他初到龙场尚未悟道时的凡夫之态，而事实是，在这个故事发生两个月之后，王阳明便结束了谪贬，踏上了前往庐陵的旅程。三年的贬谪生涯结束，一旦离开，归心和别意又化作王阳明的百转柔肠。

正德四年除夕，在沅水上游的镇远，空气中弥漫着节日的祥和，舞阳河上少了许多船来船往。在有些冷清的驿馆里，王阳明思念故人，写下了《镇远旅邸书札》：“别时不胜凄惘，梦寐中尚在西麓，醒来却在百里外也。相见未期，努力进修，以俟后会。即日已抵镇远，须臾舟行矣。相去益远，言之惨然……”在这封书札里除了“凄惘”“梦寐”“惨然”的愁绪，王阳明还仔细交代了一些日常生活的琐事，诸如锡、碟、碗、盐、酱、梨木板和如谁患病，谁甚可怜可悯，应该如何给予方便、调理将息，等等。这还是那个在龙场悟道的圣人王阳明吗？分明是一个在孤旅中多愁善感的、有些唠唠叨叨的、有血有肉的邻家老头儿。他离我们是那样近，就如我们身边熟悉的亲切而敦厚的长者，完全没有所谓圣人的光圈和格调，这就是我要寻找的那个圣者：一个真实的王阳明，即使面对后世的神化与圣化，他也一定心如止水，捋须一笑。

王阳明又回到了沅江上，这是他第二次面对这条河流。三年前，突兀而至的厄运让他结识了这条曲折的河流。他从浩渺宽广的洞庭湖，蜿蜒千里，一路追踪到它的源头。他终于明白，原来所有的江河湖海，都发端于那些细小的涓流，点滴汇聚，沛然汪洋，那是因为每一滴水都隐藏着一个江河湖海的本心。读懂了河流的智慧，王阳明知道那些失意、那些困惑、那些磨难、那些苦难的历程，都是为了让自己抵达自己的内心。从心出发，他找到了自己，也就找到了世界。那个被后人渲染得神奇玄幻的“顿悟”，不过是王阳明最后的抵达。

从云贵高原沅江的源头顺流而下，王阳明再度体验到的是沅江东去带给他不断的豁然开朗、不断的百折不挠、不断的丰盈和宽广。他没有“轻舟已过万重山”的豪迈，没有“白日放歌须纵酒，青春作伴好还乡”的欣喜，更没有“逝者如斯”的感伤。“年来夷险还忘却，始信羊肠路亦平”，此刻穿行于山水之间的王阳明不悲不喜，云淡风轻，从容而安详。就像他在坡头遇见的那只大鸟，在江天之间获得了任意翻飞的自由！

江天云鸟自来去！王阳明又回来了。此心光明，夫复何求？此刻，在他的面前，云梦大泽浩浩汤汤。

辑二

与父亲的几个瞬间

父亲去世一年了,我一直琢磨着为他写点什么。他在世的时候,我们之间很少有实质性交流。很多话你可以跟母亲说,跟兄弟姐妹说,甚至跟要好的朋友说,却不一定能跟父亲说。等到我想说了,他却不在了。

二〇二〇年六月二十八日,父亲死了。

得知他病情恶化,我从南方急速赶回河南老家,还是没能见上他最后一面。祖屋的正房里摆放着一口森黑的棺木,父亲已经躺在里面了。主事的族亲问我要不要打开棺木看他一眼,我摇了摇头。不是因为悲伤,是我不想看到父亲死亡时的模样。在我的印象里,他一直有着北方人的高大和帅气。

很久以前我们就知道,父亲一定会死的,一定会在某一天离开我们,这是个无法改变的事实。现在,他终于死了。那一瞬间,我脑海里突然浮现童年的一个片段:年轻的父亲,捡起我脚边的篮球,潇洒地投向篮筐,球落入篮筐前,在空中划出了一道漂亮的弧线……

五月的一天,听到九十二岁父亲突然重病的消息,我心里就已生出了几分不祥。在启程去看望他的路上，我分明感到父亲离我越来越远了，他这回好像注定要去某个地方，我很害怕赶不上他，来不及跟他道别。

这一次，他没有像以前那样在家旦等着我。往常，推开门，他总是坐在那张堆满书和文房四宝的桌子旁边，微低着头，眼睛从老花镜的上端缝隙里看着我，一点也没有久别重逢的感觉，只是放下手边的书，淡淡地说了句："哦，来了。"之后就仍然看他的书。他就是这个样子，哪怕心里怎么怎么在乎你，也不会在脸上有任何表现。对外人倒永远一副笑眯眯的样子，像个"笑面虎"。这次，我是在医院再次见到他的，距上次见面还不到一个月，他的苍老与憔悴完全超乎了我的想象。

父亲躺在病床上，身体被各种管线连接着，呼吸机的面罩遮掩了他大半个明显消瘦的脸，仅剩下紧闭的眼和额上稀疏零乱的白发。此时他的生命状态已变成仪器上一组组绿色的数据、一行行高低起伏的曲线和不时响起的嘀嘀声。那些仪器记录着父亲生死之间的徘徊与流连。我顿生悲戚，原来生命还可以以这样一种方式存在。那些声音与曲线噬咬着我的灵魂，让我无助且无奈。父亲一直闭着眼，陷入昏睡之中，好几天没说一句话。偶尔睁开眼睛，神智看上去迷离恍惚。他连那句"来了"，也没有力气再说了，平常看似平淡的应答在此时成了一种奢望。

这时候，真说不清是父亲在坚持，还是我们在坚持。我们试图在他稍纵即逝、微弱的生命火花中，寻找着能把他留在这个世界上的最后的信心。一丝虚弱的笑意,一个清晰的表情,一次无意间的呓语和一次间或的紧握，都让我们感到欣喜。那些平常司空见惯的生命信息，在此刻变得如此珍贵，足以让我们重新审视我们对光阴流逝的态度。我们曾经挥霍轻掷、不加珍惜的每一个过往瞬间,都是我们应该敬畏和珍惜的生命结构。

还记得很多年前,在我刚读小学的时候,一个漆黑、雷电交加的夜晚里,我感到了莫名的恐惧。死亡,这个冰冷的词第一次在我的生命里投下阴影。这种阴影源于未知，是我生长期里面临的一个严重的危机,我需要知道答案:死,到底是怎么一回事？我试图摆脱困扰,终于在某一天鼓足勇气,去向父亲寻求答案。

那天,父亲坐在那儿看着《参考消息》。我怯怯地提出我的问题,他难得一笑地回答我:“人都是要死的,有什么好怕的。”那时的父亲可能没有意识到，这个问题的答案对于一个刚刚萌生出生命意识的孩子来说是很重要的。他当然也想消除我内心的阴影,所以，他选择了一种貌似轻松的解答，严肃的脸上还有些少见的笑容。其实,这是个谁也说不清的问题。从那天开始,死亡对我内心的纠缠反而更加不可摆脱。我知道,总有一天父亲也会死的,我也一样,只是不敢更多地想象那个时刻。在中国人的观念里,死,是个忌讳的字眼。虽然大家都知道,死是我们一生里最重要、很有仪式感的事情,但在很多场合,我们还是会有意识地选择回避,选择回避是因为我们注定无法回避。

那是我跟父亲唯一一次认真而严肃的交流。父亲告诉我,人死了就什么都没有了。他是个彻底的唯物主义者，不相信有灵魂的存在，而我却是笃信人是有灵魂的。因为我曾经在冥冥之中看到过我和父亲的背影。那一次,他把我从另一个世界拉了回来,避免了我在他之前见证我们曾经谈到的死亡。

十六岁那年,我患上病毒性痢疾。一开始被小诊所的医生诊断为普通肠炎,一天后,我的病情突然危重,身体严重脱水。在丧失意识之前，我记得自己是被人扶到父亲的背上，随之就陷入休克。接下来发生的一切是有些诡秘的,天空有些昏暗,我飘浮在半空中，从高处清晰地看到这样一个场景：虚弱的我趴在父亲的背上,我看着满头大汗的他背着我,走过一条熟悉的小巷,急匆匆地赶往巷子尽头的人民医院。那条巷子边有一棵高大的老树，还有屋顶上竖立着十字架的教堂，我甚至还看到有路人在跟父亲打着招呼。当他从一个小门走进了医院之后,我完全失去了意识。再后来,我感觉自己在一条黑色的隧道里高速穿行,眼前忽然一亮,就听到一个声音在说:“好了,醒过来了。”那是抢救我的医生的声音。我睁开眼,看到了父亲,他两手紧紧地抓住我的一只手,手心里满是湿湿的汗,如释重负的脸上浮现着我们很少见到的慈祥。

那一次,我和曾经恐惧的死亡擦肩而过,对死亡因此有了更直接的体验。我开始相信人可能真的是有灵魂的。我们对死亡的恐惧与其说是害怕死亡本身，还不如说是因为我们对未知事物有着本能的惧怕。若干年后,我把那次经历告诉了父亲,他坚持认为那只是我的一种幻觉。他是坚定的唯物主义者,笃信科学,对我灵魂出窍的说法嗤之以鼻。但他也承认,如果那天晚去医院十分钟,我可能真的没救了。

病中的父亲和死亡纠缠着,他时而清醒,时而恍惚。在 ICU(重症监护室)里的他,最后几乎是竭尽残力,以北方人固有的执拗,清晰而坚定地表达了一个强烈的愿望:回北方。这是要我们把他送回河南老家。

我的老家在河南辉县市一个叫茅草庄的村子。村后是逶迤的太行山。山体是巨大的岩体,草木稀少,雄浑如北方汉子。村前,华北平原一望无际,春天是看不到头的碧绿,麦子熟了则是遍地金黄。父亲像一只南飞的大雁急切想回到他的平原,那里有他出生的老宅,还有早逝的祖父和守寡一生的含辛茹苦养育了四个儿女的祖母。我们没有理由不满足他的要求。那年,年少的父亲,带着祖母给他的那双布鞋,随着南下的解放大军跋山涉水,来到遥远的湘西武陵山区,这一走就是七十余年。现在他疲惫了,我们用一辆救护车把他送回家乡。

载着父亲的救护车一路向北,窗外的风景匆匆而过,那是他南下途中曾经跋涉的山水和接管的城市。由南向北,这一路就是父亲一生的回放,但虚弱的他却再没有力气去看上一眼。每过一地,我们就附在他耳边告诉他,过临湘了,到武汉了,到信阳了,到许昌了,到郑州了,到新乡了,到家了……每次,他都微弱地点点头,神情安详。我又想起了多年前父亲和我关于死亡的那段对话,从最初的朦胧到眼下现实的面对,原来生和死的距离是如此之近,近得可以被忽略或形同一体。

在中国古代，人们对死亡还有一种豁达和温暖的表达叫“归”。归的意思就是死,就是回家。佛经里说“圆满菩提,归无所得”,就是告诉我们当一切放下,回归到出发点时,回归于自然清净时,就是觉悟,就是最好的归宿。南渡北归,从北方平原那个黄土筑成的院子里走出家门，父亲像一只大雁兜了一个大圈子,季候到了,这次他是真的想要回家了。

马尔克斯说:“死亡,是我们生命中唯一永远不变的,一定会到来的事件。”这一宗教式的哲学抚慰,大致可以抵消一些我们对父亲可以预见的最终结局的忧伤。

回到了茅草庄,父亲很平静。他拒绝了再去医院,这就意味着他想在这个他出生的老宅里等待最后那个时刻。那个记录着父亲九十二年人生的沙漏，即将在这里漏完最后一粒沙子，这让我们几个儿子纠结不已。明知奇迹不会发生,却还有挽留的责任,这是一个两难的道德抉择。父亲曾把我从另外一个世界拉了回来,我却没有办法做同样的事。父亲不是圣人，一定也对死亡产生过强烈的恐惧,一定也想知道死亡到底是怎么一回事。他没有我幸运,他在童年的时候就失去了父亲，又在少年时离开了母亲，有谁能告诉他这些呢?

回到老家后,在父亲的眼里,我没有读到对死亡的恐惧,反而好像有一种期待答案与结局的平和。老宅的墙上挂着祖母的遗像,她是个慈眉善目却又无比倔强的小脚女人。听老家的人讲,祖母去世的时候，流浪在外的父亲辗转回到家乡时，祖母的灵柩已在前往坟地的路上了，父亲的愧疚是刻骨铭心的。在南下六十二周年之际，父亲在一首诗中曾写下这样的句子："常忆年少出太行，千里南下到湖湘。征人迟暮思故里，几回梦里见爹娘。"现在父亲回来了，大概也是为了弥补他身前不能侍奉双亲的遗憾。

老宅是河南农村很典型的独立传统小院，有黄土和石块垒成的院墙，主屋一院五房。院子里高大的女贞树高过房子，葱郁如盖，鸟嘈鹊噪，很是热闹，不像在城里头住的房子都比树高。把家安在比树高的地方，总是缺少那么一点安全感，不及住在有绿荫庇护的院子里踏实。那里有先祖、有炊烟、有烩面、有玉米丝儿，那里才更像一个家。

父亲异常安详，或许是没有力气说话，或许是根本不想说话。他能清醒地辨认出老家每一个前来探视的亲人，并对他们报以微笑。小院里有一种温暖的宁静，时而会吹过几丝风来。夜里，月亮翻过院墙，从树间洒下细碎的柔光。院子里，一只将要羽化的蝉从树根的泥土下钻了出来，沿着树身缓缓往上爬着。接下来，它会钉在那里，蜕掉一层外壳，翅膀渐渐变硬。天亮时分，它就能振翅飞过院墙，变成一只鼓噪于树林的蝉，我或许还能在枝叶间听到它的歌唱。豫北平原，每天都上演着这样一些新生与衰亡，如那些地里的小麦，黄了又青，青了又黄。父亲虚弱地睁开眼，看到我，紧抓住我的手，脸上露出一丝满足。我们彼此沉默，一起感受着久违的故乡……平原，太行，麦田里的刺猬、野兔，还有我们曾经有过的关于生与死的对话。

父亲死了。但他死的时候我不在他身边,没有感受到他手心里的余温是怎样一点一点散失的，直到最后变得冰凉。父亲没有留下任何遗言，他如愿地死在了他出生的平原，就如一次荣耀体面地回家。

父亲去世的那一刻，我正坐在时速350公里的高铁上赶去向他告别。但速度在此刻失去了意义,我再也看不到他离去的背影。望着车窗外疾速退去的大地和杨树,我想起西塞罗的一句话:“死亡不是生命的毁灭,而是换个地方。”我的眼睛开始有些模糊,但很快一种肃穆超越了我那一时的凄恻。我记不清上一次哭泣是因为什么,是在什么地方。

在豫北平原,一棵老槐树如果活到一定年龄,就会享受到乡民们的膜拜和香火。高龄老人的死,在乡村是一件很大的事,何况是叶落归根的游子。故乡,以宽厚的黄土接纳了父亲,父老乡亲用地道的中原习俗为他操办了葬礼。出殡的那天,天突然下起雨,平原和太行都笼罩在厚厚的阴霾里。我手持着一根裹着白纸的俗称“哭丧棒”的孝棍,默默走在送葬的队伍里出了村头,两支唢呐如泣如诉,在阴雨里吹出了肝肠寸断的曲调。那曲子叫《大出殡》,有着豫剧的激越和秦腔的苍凉,在村子上空缭绕着,久久不散。我觉得只有这种乐器的张力，才能穿透这黄土沉积的大地，直抵尘俗中众生的沧桑。唢呐声中,我看到了父亲那张年轻英俊的脸。他斜挎着驳壳枪,唱着歌,走在南下的队伍里,一队人马越走越远……父亲入土时,唢呐声停了,一阵大风吹散了雨,也吹散了平原上空的阴云。

父亲就这么走了,我成了一个没有父亲的人。没有了父亲,父亲的形象倒比他在世时更加清晰。他的朴实善良、勤逸节俭;他的耿直刚正、嫉恶如仇;他的那种北方农民式的满足、隐忍和智慧;还有对我们貌似严苛、绝不显现的深藏于内心的慈爱……都历历在目。或许,父亲是我们生活中一道过于寻常的风景,没有惊艳的外在,因为可以被心安理得地拥有和依赖,而常常被我们忽略。

有一天,我站在某一座山的峰顶,忽然发现从这里居然可以看见我居住的那个小城。原来,当我们远远地看着那些山的时候,那些山也同样一直默默地注视着我们。只是因为这种注视是有着某种距离的,我们从来不曾有过被凝视的感觉。父亲也是一座山,因为被我们仰视和依靠,因此很多时候,我们忽略了他对我们的凝视与关怀。他是不是也曾像那些山一样孤独着,等待着我们走近呢?

少年时那一次特别的经历,让我笃信人是有灵魂的。我愿意相信父亲是去了天堂,可我还不能确定。在南方,在我生活了半个多世纪的这座小山城里,父亲当年背着我去医院的那条小巷子还在,那已经是这座城市为数不多的旧时遗存了。有一天,我不经意地路过那条老巷子,忽然想起父亲。我下意识地看了看头顶上那片狭长的天,想着不知父亲是否也能在天上看到我。巷子边,那座教堂还在,那棵老树不知什么时候倒掉了,巨大的身躯还横在路边。我脸上忽然感到几滴清凉,下雨了……

过了很久,我才接受一个事实:父亲是真的死了。

翌年惊蛰,雷雨大作,我第一次梦见了父亲。他看上去还是很年轻,手里拿着一只很大的花盆,似乎要告诉我什么,却欲言又止……从梦中被雷惊醒,我翻开父亲留下的那本名叫《南栖行吟》的诗集,一时泪如泉涌。

惊蛰过后,豫北平原万物沉睡的厚土,又会铺满郁郁葱葱的麦苗,父亲将在那里永久沉睡,惊蛰的雷声也唤不醒他。

外婆的菖蒲溪

外婆是在她八十四岁那年去世的。在此之前,身体虚弱的她其实很久都没有出门了。那天傍晚,快要吃饭的时候,母亲发现外婆不见了。我急忙出门寻找,在一个路口看到了她。那个路口刚好能看到远处山峦起伏的天际线,她出生的村子就在那个方向。夕辉下,外婆拄着拐杖,像一棵佝偻的老乌柏树,面朝着西北,在路边一动不动地看着远方。周围浸润在霞色里的楼群,她的背影显得格外衰老和孤独。回家后,我把看到的情形告诉母亲,母亲突然哭了,说:“你外婆要走了,她是在看路了。”在民间流传着这样的说法:一个老人去世前总要先看看自己去另一个世界的路。而外婆所凝视的方向正是她老家的方向。第二天黄昏时分,外婆安然辞世,弥留之际只留下一句话:“把我送回去,我要找她们去了。”母亲听罢放声大哭。

我一直不太明白外婆离世前这句话的含义,虽然我们兄弟几个都是她一手带大的,可除了不时提到对过去穷困日子的恐惧外,很少听到她说起自己的过去。直到她故去后,我才从母亲那里听到关于她的很多往事。那些往事让我心里发颤,从此便积郁于心,萦绕于怀。让我惊讶的是,这位平和安详的外婆的身上,竟有着那么多坎坷酸楚的故事。之后几十年,我不断地梦见她,在那些梦里,环境总有如黄昏的晦暗。外婆也总是一句话不说地看着我,充满慈祥,那眼神跟我曾经躺在她摇晃的摇篮里看到的是一样的。所不同的是,在梦里我一次也没抓住过她的手。某一天,我忽然明白,在苦难中挣扎大半生,没读过一天书的外婆,生前或许有许多话要说。好多事她没想明白,没能说出来,也不知该对谁说,冥冥之中,或许我负有某种使命,要把她的故事告诉后人。

湘西的酉水(也叫白河)串联着很多小村子,外祖母便生在一个叫菖蒲溪的小村里。村子旁有一条小溪,溪的两边长满了浓密的菖蒲,溪水仿佛是在浓郁的绿色和清香中潺潺流淌。菖蒲在中国古代是被视为灵草的,端午之际人们会在屋檐下悬挂一束借以祛避邪疫。但在湘西的乡下人看来,菖蒲也是一种很"贱"的生命力顽强到可以胡乱生长的植物。外婆的家就在小溪边,家境贫寒的她,也就在这里胡乱地长大了。在一个菖蒲花开的夏天,山坡上的野菊刚爬上这个少女的发际,在几只咿呜的唢呐催促下,外婆便早早嫁到白河码头一个叫活龙口的地方,做了一户陈姓人家的媳妇。那个陈姓男子不是我的亲外公,在与我外婆结婚大约十年后,他便去世了,撇下了年轻的外婆和年幼的女儿。那个女儿便是我从未见过的大姨。虽然失去了丈夫,外婆却没有太多时间去体会忧伤。死去的丈夫是独子,她需要独自撑起这个家,供养公婆和养大女儿。外婆从此仿佛失去了她女人的特质,开始像男人一样劳作,扶犁耕田、插秧收割、上山伐木、酿酒喂猪,甚至去码头帮船夫拖船上滩。失去男人庇护的外婆还时常与那些欺负她们孤儿寡母的叔伯妯娌泼妇般地争吵打斗。后来,在族人的撮合下,邻村洪树坪的另一陈姓男子,以“招郎上门”的方式与外婆结为夫妻。这是我外婆的第二次婚姻，她的第二任丈夫便是我的亲外公。外公不是个正经的农民,混过码头,会些检瓦打灶的手艺,生性倒是善良豪爽，却有些游手好闲，整天一根长长的竹烟袋不离身，外号“土地公公”。他不喜欢也不屑去干农活儿,喜欢抽烟喝酒,喝了酒便去码头上跟一帮闲人天南海北地聊，夸耀自己的能耐和见识，所以这次婚姻除了把母亲和小姨带到这个世界之外,于家境却并没多大改善。对外婆来说，每一个孩子的出生都是山一般沉重的负担,她甚至没有时间和气力多看她们一眼。她依然起早贪黑,日夜劳作,为明天的生计忙碌。如遇灾年,生活便难以为继。命运让外婆过早地老去，她的花样年华在还没开始时就已经走到了尽头。外婆生于一九〇四年,与民国名媛林徽因同岁。但外婆一生下来就注定没有所谓的“人间四月天”。那个年代是中国社会急剧动荡的时期,辛亥革命、袁世凯称帝、张勋复辟、军阀混战……在历史书上我们看到的是波澜壮阔、风起云涌、英雄辈出,但这一切仿佛都与外婆没有无关，在她最有活力的年龄，她像那个时代大多数民众一样,始终都生如蝼蚁,苟且在生存与死亡的边缘,所有史诗的背后都是他们的血泪。所以即便是外婆的生命力也如菖蒲般顽强,可命运的残酷和不断降临的厄运,对外婆来说也是难以承受的。

外婆一生先后育有三女，最后母亲成了她唯一幸存的女儿。外婆弥留之际要去找的“她们”就是我的大姨和小姨。我从来没见过她们,也不知道她们的名字。大姨在她出嫁前上吊自尽,小姨则在出生的当天被外婆含泪装进一个木盆里让她随白河漂走而生死不明。很久以来，我一直不知道自己的家族里还曾经发生过这么凄婉的故事,也不曾见外婆流露出对往事的悲哀。或许,这样的故事在她们那个年代，普通得就像是山风吹落了几朵野花。毕竟活下去才是外婆最本能的选择。我眼里的外婆一直都是慈祥而平静的，我丝毫也不怀疑她的善良与仁慈。一个半生挣扎于贫困中的女人，一个经历过这么多惨烈往事的女人，如果不是因为苦难到麻木，如果不是活着是她最本能的选择，那她到底需要多么强大的隐忍力才能平和地走完她的一生呢?

外婆去世后,母亲遵从她的遗愿把她葬在一个小山坳里。那里地势低洼，因有一条溪沟经过而显得有些潮湿，山坳周围长着许多低矮的柏树，略显阴森的幽静中不时会传来几声诡异的鸟叫。山脚下有一条公路,像一条长蛇从山坳边蜿蜒而过。路两边,是那些蓝色的、白色的、黄色的野菊花,开得满坡满地。到了路的尽头就可以看到缓缓流淌的白河，还有从河岸边不时飞起的白鹭。我一直奇怪外婆为什么要选择孤单地葬在这里，而不愿归葬风水更好的家族坟地。终于，山坳里一个长满野草和杂花的小土堆和一个在此地流传很久的传说揭开了这个答案。原来，这个不起眼的小土堆正是我大姨的坟冢,外婆生前曾多次对母亲说:“我死了就去陪你姐姐,我对不住她。”而多年来,外婆一直被一个流传甚广的和我大姨有关的传言所困扰。

大姨死去时只有十七岁,正是女儿家花一样的年龄。穷人家的女儿就像野地里生长的马尾巴草，即使你不去管它，它依然会不停地疯长。转眼间在山风和野花的润泽下，大姨出落成村子里数得着的美女。高挑的身材，一双黑多白少的大眼睛，背上惹眼地垂着一条油黑发亮的大辫子。一时间，上门提亲的人也络绎不绝。外婆很现实，她穷怕了，巴望着女儿找一个殷实的人家，既让女儿今后衣食无忧，家里也能有一笔可观的彩礼。不幸的是，正是外婆这种很朴实的想法最终把大姨送上了死路。

外婆不知道，码头旁长大的女儿跟菖蒲溪边长大的她是不同的。白河的码头从来都是一个演绎故事的地方。船夫、水手、客商、书生，东去西来，往来不绝。见多了，看多了，码头边的女儿就有了心事，就有了心思和梦，哪怕那个深藏于心的梦像草尖上的露珠那么脆弱。外婆是不会想这些的，她只想女儿嫁一个好的人家，不再像她那样受穷受苦。若干年后，外婆坚持让母亲嫁给比她大十二岁的父亲，也就是这么想的。

外婆终于为大姨选定了人家，是城里一户小商贩，家境很好。大姨对这门婚事却是极不满意的，但那时外婆的坚持是很决然的，大姨心中的郁闷和无言的抵触注定会被忽视。同样被忽视的还有大姨刚烈而倔强的个性，这门亲事便不可避免地走向了悲剧。

那天下午城里婆家的媒人到了，两家商议嫁娶事宜，讨论的重点最后落在彩礼和陪嫁上。弱势的一方话语权自然是有限的，家境的贫困使外婆在争取更多彩礼和几乎没有什么可作陪嫁的问题上陷入两难，因为娘家几乎没有陪嫁的东西，让对方感觉没面子，于是也不愿在彩礼上做出太大的让步。大姨一直在旁边默默听着,不时揉搓自己的辫子。在这一过程中,我想这个在贫困中长大的女孩一定受到了强烈的刺激，并隐隐意识到：没有尊严的日子，比没有饭吃的日子更加可怕。于是刚烈的她做出一个决绝的选择。面对争吵,她只轻轻地说句“我不嫁了”便独自走上了阁楼。过了一会儿,外婆忽然感到不祥,慌忙上楼去看:大姨的身体已悬在了房梁上,身后那条大辫子还在轻轻摇晃……

大姨上吊了,死了,死在即将出嫁的前夕,死在一个没有霞色的黄昏,那年,她十七岁。母亲那时还小,记忆中姐姐的模样也有些模糊，只记得她留着漂亮的辫子。我曾经努力地想象着大姨的模样，我甚至不知道她的名字，印在脑海里的也总是那条大辫子和那方荒冢前任性开放的野菊花。

大姨是早夭,也是横死,是进不了家族坟地的,于是便被草草安葬在那个阴冷潮湿的山坳里。不久又遭遇盗掘,坟头几经陷塌,野草丛生,渐渐难以识别了。外婆伤心欲绝,但没人能分担她的忧伤。小码头上，花季少女上吊而死的故事已成为人们津津乐道的谈资，且随着白河水被带到很远很远的地方。外婆来不及舔舐自己的伤口,因为她没有矫情的理由。多年后,从外婆的经历中我对一句话感悟极深，那就是：我们现在所体会的忧愁其实是吃饱了撑的!

外婆顽强地活着,她还要支撑起这个有些破碎的家,作为女性她没有可以依靠的肩膀，她这时的坚强或许就是一种无奈。外面的世界依然动荡不安,国民革命、抗战、国内战争……但在白河边这个小村里,这一切似乎就从来都没有发生,卑微若草的外婆仿佛从来都不属于历史。比起那些死去的人,活下来的人或许更应该得到拯救。但也就在这个时候,我的小姨呱呱落地。而外婆又经受了生命中一次痛苦的煎熬与抉择。大女儿的婚姻悲剧无疑在某种程度上动摇了她生存的勇气,她对自己能否有能力再养活一个孩子产生了动摇,何况这次又是一个女孩。她决定放弃这个女儿。今天我们已无法揣测外婆做出这个决定时,是否会有撕心裂肺、肝肠寸断的痛楚,而那时她心里的菩萨又在哪里。但外婆最终还是这样做了,这不仅让小姨生死成谜,也为自己的余生留下了又一个巨大的伤痛。那时候,大多数中国农民是相信命运的,因为命运可以减轻他们承受的痛苦,同样,命运也可以宽恕他们为生存而不得不犯下的罪孽,他们需要宽恕的理由。于是外婆把小姨的生死交给了苍天。

母亲告诉我,那是五月的一个正午。天下着些微雨,白河上笼罩着一层薄雾,外婆独自抱着降生不到一天的小姨,拿着一个木盆来到河边。外婆把小姨放进木盆,决绝而小心地推开,木盆便缓缓顺着白河的流水漂向下游。就这样,我那刚刚来到人世间不久的小姨,就这样被生育她的母亲交给了那条河流和不可捉摸的天命。这样的事在那个年代并不罕见,但听母亲说,那天,一直到黄昏,家里冷火秋烟,死一般寂静。外婆虚脱无力地躺在床上,仿佛没气力去伤心,而外公一言不发地大口抽着旱烟,烟袋上火星一直闪到半夜……

很多年后,我把这个故事讲给几个女性朋友,她们没有我预想的悲悯,而是显露出对外婆的不解和责难。以她们母性的本能无法理解那个时代穷苦女性苦难的挣扎。

多年后，白河上游新建了一座水电站，菖蒲溪边建了一个很大的砂石场，许多装载砂石的车辆都要经过大姨埋葬的那个山坳。一天，在一个晦暗的黄昏，一位司机猛然发现路边站着一个女孩，虽然看不清模样，但身后垂着的一条长长的辫子格外显眼，一晃又突然消失在林间的薄暮里。起初人们并没在意，但后来很多司机都有过类似的经历，他们都曾在傍晚，在经过那个山坳时看到一个大辫子少女在路边徘徊。或许是以讹传讹的幻觉，但是人们还是笃信遇到了鬼魂，一些司机甚至在路边烧起纸钱以求平安。这一神秘灵异事件在周边引起了很大恐慌，也终于传到母亲耳朵里。那时外婆已随母亲在城里居住多年，终于衣食无忧，安度天年了，母亲很是不安，但还是把这件事告诉了外婆，母亲是相信灵异的，她觉得那可能是大姨的灵魂不得安宁。外婆听了默默叹了口气，却什么也没说。后来，外婆几次告诉母亲，等她死了，就把她葬在那个山坳，她要去陪着大姨。弥留之际，外婆仍念念不忘。而且在那个山坳是可以看到白河的，小姨曾漂泊在那条河上不知所终。或许在外婆的潜意识里，如果冥冥之中真有来世，她还能把小姨找回来，母女在地下团圆。在外婆离世那一刻，母亲才明白：看似安详平和的外婆，其实一生都没有走出失去女儿的阴影，她是她们的娘亲，没办法把那些痛苦都交付给所谓的命运，所以只能背着这份沉重走完她人生最后的黄昏，如溪边岩缝里一株卑微的菖蒲草。

外婆是在夏天去世的，她说死在六月是一种福气。下葬那天，外婆的灵柩是要经过菖蒲溪的。那个季节的菖蒲花开得正盛，山风中透着菖蒲的清香。落井之时，天空忽然飘落起一阵稀疏的小雨，我想那大约是大姨流浪已久的灵魂，迎接久别的母亲喜极而泣的眼泪吧。说来也奇怪，自从外婆归葬在这个山坳之后，那些曾经广为流传的灵异现象便再也没有出现过。

如今，每到清明，我们照例会回去祭拜外婆，并按她身前的吩咐多烧一份纸钱，多上几炷香，再给大姨送上几朵白色的栀子花，好让她装点她漂亮的辫子。想到一老一小从此相依相伴，我心里也不免生出几丝慰藉。山坳里的那些柏树和山核桃树如今已经长得很高大了，树下杂草渐渐稀少，阳光能从树间依稀穿出，山坳里少了许多阴郁，变得明朗而清新。山坳下的路两旁依然铺满了各色野花，在菖蒲花的香气里，白河安静地流过……

野柘钟声

舒溪旁的野柘是个很大的村子,四面都是山,山的中间是块小盆地,地势平坦,像一个很大的棋盘,摆放着稻田、农舍、阡陌和绿树,精致而清晰。虽说地处偏远,但野柘也是湘西北有名的富庶之地,有着“野柘熟,舒溪足”的说法。野柘的山上,据说生长着很多柘木,合抱之树不计其数,只可惜在二十世纪被砍伐殆尽,大部分山头只剩下些杂灌木和稀稀落落的松树。

野柘小学坐落在村南面的一个高坡上, 虽说是个农村小学校, 却还有些历史, 最初是九十年前曾做过蔡锷将军云南都督府秘书长的名绅修承浩先生逸居舒溪时开办的。那里是整个村子树木最多的地方。树很普通, 多是树冠很大的樟树和长得很快的苦楝树。从山上看去,你看不到房屋,却可以看到树和天之间那点红色,那是国旗的颜色。在乡间,学校是唯一挂国旗的地方。

乡下总是安静的,当雾霭散去,你能听到露珠从乌桕叶上滴落在一个早晨,鸟儿穿越于树丛与田垄,狗吠、鸡鸣、隐约的人语和叮当的牛铃声从村子那头通透无阻地传来。这时候从山坡上的那片绿色深处溢出的清脆的钟声, 让整个乡村变得更加空旷,像夏天的山坡上刮过的凉风一样沁人。

如果不是受《中国教育报》之托做一个关于乡村教育的专访，我也许此生都不会走进野柘小学。刚进校园，便听到了钟声，是那种现在很难听到简朴的钟声，感觉有些遥远。钟声是从一块环形的铁块上被一把小铁锤敲出来的：一长两短是上课钟，均匀短促的三声是下课钟，急促而延续时间长的是集合钟……这个被称为钟的东西，过去曾经是某种机械的一部分，现在被一根铁丝悬挂在教师办公室的一方屋檐下，它周身泛着黑褐色的光泽，显示着它或是这里最老的居住者。这种简陋的钟的代用品，几乎是那个时期乡村学校的标配，到现在倒成了稀罕物了。现在的学校用的都是电子铃，铃声是很时尚的音乐，准确、便捷，避免了人工操作的麻烦与失误，却不怎么耐听。我觉得音乐铃声都是带情绪的，会跟人的情绪产生冲突，不如那种铁器发出的声音干净、敞亮，任何时候听到都会使人产生一种安详之感。透过铁环看去，是几幢有着粉红色装饰的教学楼，楼前运动场不大，居然也是塑胶的，两侧安放着五六座知名人物的塑像，不大的校园看上去精巧别致。恰逢九月，教学楼前的几棵桂花树正值花季，圆形的树冠顶着金黄的花粒，花的香随着钟声弥漫到整个校园，就连教室里传来的书声也透着浓浓的香气。

除了那个环形的褐色铁块，这所只有几百人的小学校差不多颠覆了我先前对农村小学的所有记忆。野柘小学负责人叫张勇，不是本地人，年龄四十岁上下，可前额上头发已经有些稀疏了。他办公室的窗子紧挨着一棵枝叶茂密的苦楝树，我们到时，从树叶缝隙漏下的几缕阳光和几只麻雀还逗留在窗台上，几枝蓝色的野菊花随意地搁在桌上的书架边，这多少勾起了我当年做乡村教师的一些回忆。那时的我住在一个简陋的阁楼上，室内唯一的装饰就是学生时常送来的各色野花，阁楼外也悬着一个跟野柘小学差不多的被我们称为钟的铁块。二十年后，我再回到当年工作的那所学校，记忆中的简陋破旧已不复存在，取而代之的是一所高标准的农村学校。高兴之余，我还是有些落寞，像丢了什么东西没找到似的，由此生出了许多感叹。

我去野柘小学的那天，正是周五，是学校放月假的日子。中午时分，张勇和他的老师们依例站在校门口，送走了最后一名学生。没有了学生的野柘小学一下子就像棵没有了鸟儿的大树，安静得只听到风吹动树叶的声音。那口悬挂在桂花树上古旧简陋的铁钟也纹丝不动。我疑惑，它的形象和作用跟今日的校园环境已明显不协调，这所乡村小学已完全具备了教育信息化的条件，连黑板都是镶有触摸屏的电子白板，为什么学校还要选择一种很传统的方式来作为学生的作息信号呢？是一种延续的习惯，还是具有某种仪式上的意义？张勇给我的答案是："它可是我们学校的活化石啊。"

原来，自野柘有学校以来，这个其貌不扬的铁家伙就一直在这里，还是这学校真正的"元老"。它是谁找来的，从什么地方找来的，已经没人记得了，但它被敲击所发出的清脆空灵的声响，已经在这个村子的上空整整回荡了九十个年头。从民国一间堂屋的私塾发展到今天软硬件设施齐备的标准化小学，学校已完全看不出它最初的模样。一代又一代先生走了，一代又一代学生走了，唯独它被保留了下来，成了这所小学独特的标志。它的外形透露出沧桑，单调中性的声音却让很多人牢牢记住。那声音贯穿于他们的人生，不经意地就贮藏在记忆里，其实也就是他们的童年、少年，是那些值得怀念却又寻不回来的书声琅琅的岁月。

跟张校长谈了很久之后，我在那口钟下站了一会儿，我觉得那钟是有灵性的，我可以与它在相互的对视中交流，因为此时我们都伫立在这所学校的旧事里，回溯着光阴。它让我意识到，时间并不能带走过去，至少在这个校园里，那些证明它们曾经存在的事物一直都在，一直都在以我们可能感悟的方式存在着，等待着我们在某一时刻去发现、去触摸，看着它们被唤醒，看着它们在一个早晨被太阳照亮。

那天下午，野柘小学的钟在微风里悄无声息，我耳边却分明有钟声不断在回响，我的思绪和张勇校长讲述的故事都纠缠在那若隐若现的钟声里。

我在钟声里依稀看到了李明钊老师的模样。中等身材，眼窝深，颧骨突出，眼睛很有神。他曾是野柘小学那个时期为数不多的公办教师，也是学生眼中多才多艺、无所不能的人。他教语文、算术、音乐（那时是叫唱歌）、美术、体育。他能拉二胡、弹风琴，更让大家羡慕的是还能吹口琴。在此之前，乡下的孩子基本上不知道还有一种叫口琴的神奇乐器（那口琴平时被一块红绸小心地包着），双手将其握住，放在嘴边左右移动，居然还能发出那么美妙的声音。学校每年一次的运动会大多是李老师唱主角。那时候的学校，只有一栋砖混结构的两层教学楼，比操场要高出五六米。操场很小,要跑步就得围绕教学楼跑上一圈,学生从东头跑过去,消失在教学楼背后,不一会儿又从西头冒出来,这让学校每次的运动都会变得紧张而有趣。学校仅有一把发令枪,每次开运动会时,李老师总是要换上他那件绿军装,拿着那把枪,站在用石灰画定的起点,看上去威风凛凛。只是那把发令枪不是很争气,常常在他喊完“预备”的时候哑火,搞得他很有些尴尬。于是李老师就叫人搞来一些鞭炮,一个个拆开,夹在发令枪上,喊完“预备”,迅速用香头点上引线,再举起枪,像模像样地等待那“叭”的一声。即使如此,也还是免不了有些意外,因为有时候引线点着了,等到的却是一阵“嗞嗞嗞”的声音,鞭炮没炸!乐得师生们好一阵哄笑。由于地形之故,起点的“枪声”响起之后,那些在场边上助威的学生就分成两部分。东边的一帮人在选手屁股后面追着鼓劲儿,西边的一帮人等着选手从教学楼后跑过来,一看到选手冒出头就大喊“加油、加油”。操场上所有的人都忙得不亦乐乎,整个场面就像赶场和过节一样喜气洋洋。

明钊老师是外乡人,家在舒溪的那边,妻子是个农民,所以他属于俗称的“半边户”家庭,平素很节俭。除了那件绿军装外,李老师大多数日子里都穿着青布裤子和显得很旧的军绿色或蓝色的中山装。每逢放假回家,他肩上都挎着一个洗得有些褪色的,那个时期人们常用的印有“为人民服务”的军用挎包,回学校时手上就多了从家里带来的大米和蔬菜。一天早上,当上课钟声在野柘小学上空响了很久之后,教室门口却没有出现李老师的身影。原来,在返校的路上,李老师在涉水经过一条山溪时,陡涨的山洪一瞬间将他吞没，找到他时他已衣不蔽体。人们在溪水下游的灌木丛中找到那只挎包，挎包里还装着用红绸包着的那把口琴。

李老师就这么走了，校园里钟声一如以前那样清脆，只是少了他悠扬的口琴声。在一张泛黄的旧照片里，我找到李老师的身影，他站在一大群孩子后面，很幸福地笑着。

每到秋收的日子，刘国秀的周末都是在那片稻田里度过的，忙碌的身形在那片密密的稻田里被挤压得有些瘦弱。她熟练地挥舞着镰刀，不时用手擦拭着额头上的汗水，在身后留下的是她割下的一地金黄。这时的刘国秀是一个地地道道的农妇，她另外一个身份是：野柘小学的民办教师。

民办教师，是二十世纪那个年代乡村教育的独特标志，在那些只有民办老师的乡村小学里，乡下孩子上学跟门前的牵牛藤开花一样随意。什么时候上学，什么时候放学，完全要看老师的作息时间。农忙时节，老师要忙农活儿，墙上的作息时间表就没有了意义。在乡下你从早到晚都可以在田边路旁看到背着书包嬉戏的孩子，三三两两的，像一群自在的麻雀，后面还跟着一两只或黄或黑的大狗。与现在的孩子相比，他们的童年有更多的快乐。

高中没读完就做了民办教师，刘国秀一生的梦想就是能转正，成为一名正式的公办教师，可惜直到退休，她也没能如愿。野柘人提起刘老师莫不说好，因为她对学生很负责，像个慈爱有耐心的妈妈，学生们自然也很喜欢她。只是刘老师有三个孩子，丈夫也是个农民，负担重，日子过得拮据，要在学校和田地两端奔忙，所以她跟人们想象中的老师形象还是有很大差异的。一次，教育局的人来学校听课，匆匆上课的她把偏旁部首中的“反犬旁”教成了“猫旁”，被县里来的教学专家狠狠批评了一番，这一教学笑话后来还间接导致她失去了最后一次可能转正的机会。

刘老师是有两次转正机会的。一次是以民办教师的身份去芷江师范读民师班，毕业后就能转正，不巧年龄超标了三个月，没能去成。另一次是县里在民办教师中选拔部分人转正，刘老师被学校推荐上去了，却被区教育办刷了下来，原因是业务能力差，佐证就是上课时她曾把“反犬旁”教成了“猫旁”。当然，这只是个借口，因为这事情背后不免是有些猫腻的。在旁人的指点下，刘老师犹豫再三，还是觉得应该去区教育办那里走走关系、求求人情，毕竟这是她最后的机会。于是她抓了两只自己养的母鸡去了，还买了些东西，可是到了晚上她又把两只母鸡和东西拎了回来。她从来没做过这种求人的事，这是第一次，觉得像做贼一样，最后还是做不了，转正的事从此也就不再提了。

五十岁那年，刘老师离开了学校，走的时候学校送给她一床毛毯和一个电热壶。那几年，大批师范毕业生进入了乡村教师行列，余下的民办教师也大多转成正式的在编教师，刘老师成了这个乡村小学最后的民办教师。我没有在学校找到刘老师的照片，除了旧花名册上的名字，她把很多的空白留给了这所学校。同时代的老师先后离去，校园里那些新鲜的生命灿烂地绽放着，看不到过去的影子。刘国秀和她的那段时光仿佛在某一天恍然变成了一声钟声，沿着她回家的方向回响，一如山那边在暮色中慢慢飘散的炊烟。

张勇能记住这些故事，一个很特别的原因是他也曾在这儿读过小学，他的父亲张万国还曾是这所小学的校长。说到父亲，张勇脸上露出一丝不易察觉的伤感，因为他父亲是历任校长里唯一在任上去世的，那时张勇刚上六年级。在他的印象中，父亲身体不太好，瘦削，脸上有些发黄，但精干、和蔼，公私分明。他们家也是“半边户”，张勇的母亲在家务农，他跟着父亲在外读书。在学校食堂吃饭时，为节俭，父子两人常常是打两份饭，一份菜。一次，大师傅看不过意，抖抖手给他们父子多打了些菜，硬是被父亲退了回去。跟一心转正的刘国秀老师不一样，作为校长的张万国在他不长的任期里，最大的愿望是把那栋已经破旧、已经开始掉石灰屑的砖混结构的教学楼拆掉，重建一幢新的，这其实也是大家的愿望。为了这个愿望，他四处奔忙，上下游说，耗费了许多精力，可这个愿望在他生前到底还是没有能实现。

对于父亲的死，张勇曾一度很纠结，他觉得上天很不公。父亲死时不过四十岁，而且走得那么突然。那是个周末，也是放寒假的日子，下午，父亲匆匆忙忙从外面赶到学校，敲响了集合的钟声。张勇清楚记得，那天的钟声有些急促，似乎还透着几分喜悦。张万国兴奋地告诉大家，新建教学楼的计划上级领导同意了。放学的时候，他高兴地站在校门口，和所有人打着招呼，直到最后一个学生离开。吃过晚饭后，略显疲惫的张万国早早地睡下，只是这一睡，他就再也没有醒来。

张万国是在那晚睡梦中猝然离世的，平静而安详。但按当地习俗还没满六十岁的他属于早亡，必须在当天下葬。那天早上，天上飘着大片大片的雪花，雪是半夜开始下的，这里的人们很久都没见过这么大的雪了。学校没有担架，老师们只好把他瘦弱的遗体固定在一架梯子上，裹上被子，一行人抬着他，把他送回几十里外的家乡。起灵的时候，没有特别的仪式，校园的钟再次被敲响。间隔很长的钟声，在野柘空旷迷乱的天空衬托下有些苍凉，仿佛寺庙中单调的磬声。一位老师大喊："张校长，回家了！"几位女教师一路痛哭失声。

张校长匆匆走了，他一直想新建的教学楼最终也还是没有修成，这其中的原因不得而知。在相当长的一段时间里，张勇都陷于哀伤之中，不能接受父亲去世的事实，也拒绝人们谈论父亲。他甚至把父亲的遗像从墙上取下，藏在一个箱子里。他很怕看到父亲那双眼睛，慈爱的背后分明透着忧郁。三年后，初中毕业的张勇报考了一所师范学校。这个选择更多是出于生活的考量，父亲不在了，作为家里唯一的男性，他需要早些谋生自立，养活母亲和妹妹。他也承认父亲意外故去对自己的影响。那个冬天，野柘早晨的那场大雪，一直在他的记忆里纷纷扬扬，每片雪花里都有父亲那张瘦削的脸。

我是有些相信宿命的，相信那些隐藏在人生背后的某种无法摆脱的确定性，就像我相信那悬于校园的钟也是有灵性的，相信那些远去的钟声是有故乡的，不会一直在外飘荡。师范毕业后，张勇回到家乡的学校任教，从教师、教导主任、副校长一直做到校长。若干年后，由于乡镇合并，县里决定依托国家学校合格化工程，把野柘小学扩建成一所标准化的农村完全小学，张勇又被任命为野柘小学的校长。他有些意外，他自己从来没想过要重新回到这里，这里虽然有他父亲的印记，可他一直缺少面对的勇气。临行前，他从那个箱子里取出父亲的遗像，从父亲久违的眼神里，他看到了父亲无法拒绝的愿望，或许这也是他的宿命？

两年过去，野柘小学教学楼、实验楼、生活楼、运动场相继落成竣工，一所全新的现代化乡村小学掩映在如画的田园风光里，一切都是新的，包括那些充满朝气的青年人。所有的旧物件都被丢弃，只留下这环形铁块和它发出的阳光般明澈的声响，那就是在野柘上空萦绕了近百年的钟声。

我能够理解张勇的那种执着，你不能把它简单地视为一种怀旧，我更愿意相信那是一种传承和一种仪式感很强的坚守。每一次钟声响起，那些远去的日子和消失的灵魂都会在这里集合并重新出发。我同样理解那个时代的乡村教育，理解像李明钊、刘国秀、张万国这些普通而平凡的几代乡村教育人。在那个时代，我们很难在他们的专业与坚守之间做出判断。或许以现在的专业标准，他们中间的很多人都难说是优秀的，但他们为坚守乡村教育付出的奉献和牺牲，也是今天的人们难以想象的，我们需要用某种方式记住他们。

虫鸣、犬吠、窗外三两点灯火映衬着乡间安静的夜，滞留于野柘的那个夜晚，我毫无睡意。我忽然忆起 R.S.托马斯的那句诗：“山峦依旧，拥在天边，我远远注视，这静穆之景……”我开始怀念我曾经工作过的那所学校，想起那口悬挂在小阁楼上的钟。我想起那些若鸟巢栖息于乡野之树上的每一所乡村学校，想起那些远去的背影、正在走来的青春和那些钟声缭绕的往事。我们称为沧桑的那一切，都在野柘的上空聚合、重叠，泼洒成一幅长卷，收起，静默如册；展开，一地馨香。

有一天，即使你不在了，那些钟声还是在回响……

城市是斑鸠的吗

城市是属于斑鸠的吗？不好说，现在城市里住着很多斑鸠，说城市不是它们的，的确也说不过去。

城里有斑鸠，也有蝉。蝉是很吵闹的，夏天，城里有树的地方，蝉的叫声都是铺天盖地的，像张网，密不透气，连一丁点儿风都漏不下来。那些树一动也不动，每片树叶都在单调嘶哑的蝉噪的共振中隐忍着。它们始终步调一致，巨大的树冠里到底藏着多少只蝉，始终都是个谜。仅就数量而言，这城市更像是那些蝉家族的领地，它们的声音覆盖了整个夏天。

与蝉叫声的浮躁和无节制的大合唱相比，斑鸠是很克制的。我的楼下就有一些斑鸠，它们都住在树的高处。小区里的树多是常绿的，有樟树、杜英、女贞、桂树和广玉兰，有着葱郁树冠的樟树和浓密枝叶的杜英是很适合斑鸠们筑巢的。斑鸠的声线极富磁性，辨识度很高，低沉而徐缓，"咕咕咕""咕咕咕"的，轻柔悦耳，一听就让你想起雨后某个乡村的早晨：山前一抹湿润的岚烟、水田里耕牛的倒影、泥路边豌豆花上的露珠……脑海里顿时生出"斑鸠声里叫春晴，绿水如环抱画城"的意境。

我知道那些斑鸠就住在我家附近的树上，但我还是不知道究竟是哪一棵树。斑鸠的叫声带着些隐秘性，你很难准确判断那“咕咕”的声音到底是从哪里发出的，虽然那些高大的树枝甚至靠近了我的阳台。经过那些树，我有时刻意停下脚步，在树下认真聆听，“咕咕”的叫声清晰可辨，但还是无法判断，那听上去有点飘忽的声音是来自哪片枝叶。后来看约翰·巴勒斯的《湖畔小屋》，羡慕不已。很显然，我没有约翰·巴勒斯对自然的那种惊人的观察力，他能区别湖水在一天内细微的颜色变化，而在寻常人看来那不过是一种普通的蓝。他对一只歌雀吟唱可以有视觉上的感受：“我追寻过去，发现一只吟唱的歌雀，这歌声悠长清晰激昂有力而又甜美凄婉，宛若一条长长的弧线”。约翰·巴勒斯甚至能够通过歌雀的声音判断是去年的那只歌雀又回到了那片栖息地，在他的意识里，他和那只歌雀有着某种天然的感应。当然不止一只歌雀，还有那些同样蓬勃在自然里的每一种生命，它们每一次的回归和复苏，都与人类心灵的期待有着神秘的契合。这是约翰·巴勒斯与大自然亲密无间的结果，是注视、聆听、触摸的结果。我们不具备这种能力大概是因为远离自然太久，感觉早已经迟钝和退化。

在城里，高楼密密麻麻，生活在这里的人，理论上是有很多邻居的，可大多数其实也就跟陌生人差不多。彼此隔离着，都不在一个屋檐下，大家在各自平行的几何空间里忙碌着。只有小区树上的斑鸠大概算得上大家共同的邻居了。每年我们都能听到斑鸠们的叫声，有时还能在地上的落叶间看到它们觅食的身影，多是那种褐色的珠颈斑鸠，脖子上围着一圈黄白色的斑点。它们小心翼翼，不单是因为害怕人类，还源自城市寄居者天然的警觉。在你还没看清它们模样时，它们便急速离开，让人只瞥见展开的尾巴露出一圈白色的羽毛。当然，我们还是没法辨别这个春天在树上鸣叫的还是不是去年那些斑鸠。那些落在地面上的叶子倒是跟去年没什么区别，斑斑驳驳的，细细一看，每一片都酷似一幅抽象画。

我有时觉得，那些斑鸠像极了我 1103 单元那户神秘的邻居，他们一直存在于我的生活中，却一直很陌生，偶尔看见也就一个匆匆的背影。这单元共有四户人家，对门是一家三口，一对夫妻和一个女儿。他们住的这套房子是租的，原来的住户是一个独居的老人，儿子常年在美国，后来老人去世，房子也无人看管，就低价租了出去。这两口子在附近开了家“小珊快餐店”，早出晚归，难得一见。小珊是他们读小学的女儿的名字，她的作息时间跟她父母很一致，都属于那种起得比鸡还早的人，一年下来能看到他们的时间很少。她十岁了，梳着两个小辫子，遇到我总是很短暂地一笑，然后就是一副跟她年龄不相称的行色匆匆，走起路来，搭在书包上的小辫子一跳一跳的。

很长一段时间，我一直错把斑鸠看成是鹧鸪，后来才知道这有多么风马牛不相及。鹧鸪是一种体型很大的鸟，还是一只与诗共生的鸟。“江南远，人何处，鹧鸪啼破春愁。”因叫声凄清惊心，自唐宋以来，这种鸟就一直在诗人忧郁的情绪中出没，千百年都没飞出那空旷孤寂的羁旅，充满各种同质异构的离愁别绪。我没见过这种鸟，却总是与它在一些典籍中不期而遇。它不时从某一行文字里飞出，藏在寂寞的时空里，在津渡寥廓，在驿馆孤寒，叫声里夹带霜月亘古的清辉。后来，我在网上听到过鹧鸪的叫声，完全体会不到那种古老的忧郁，没有了颠沛的情境和体验，我们与那些古老的诗意终究还是隔着一层什么东西。

与鹧鸪相比，鸠也算是一种频繁出入古典诗词的鸟，从《诗经·召南·鹊巢》的“维鹊有巢，维鸠居之，之子于归，百两御之”和《周南·关雎》中的“关关雎鸠，在河之洲”，到唐诗里的“屋上春鸠鸣，村边杏花白”。但这里面的鸠，多数都不是我们现在看到的斑鸠。有的可能是布谷，有的可能是杜鹃，还有的可能是八哥或云雀之类的。古代是没有现代生物学概念的，人们对鸟类的划分大概只是凭感觉粗略归类，如鸠、鹊、鸦等等，鸠大概就是今天鸠鸽科中体小尾长，属于鸽子表亲的那一类鸟，斑鸠只是其中的一种。随着人们对鸟类的细分，现在的鸠就特指斑鸠了。

与鹧鸪相比，斑鸠现在已经是一种很平民化的鸟，它早就飞出了《诗经》，成了人间一只很普通的鸟，离我们世俗的生活更近，更接近田野和炊烟。当你路过一棵树，能听到斑鸠的叫声，你会觉得你的生命很真实，毕竟我们活着的状态还是需要有些东西来证明的，就如一阵风吹过无声的原野、一只水黾掠过安静的池塘。可见世间万物，彼此都是参照，不同的只是它们栖息的姿态。

几乎所有的鸟都是酷爱阳光的，斑鸠也不例外。我们几乎不知道，在下雨、飘雪和刮风的天气，它们是如何生活又如何死去的，它们是怎么做到不让雨水打湿羽毛的，它们的巢穴是如何不被树上的积雪压垮的，它们在大风中又保持着怎样的身姿……这一切对我来说始终是个谜。关于斑鸠的故事，我只听说春天樱桃熟了的时候，有些斑鸠会因贪食太多的樱桃而醉醺醺的，变得比较容易捕捉。

在所有那些气候恶劣的日子里，你是很少能听到斑鸠们的叫声的，它们好像已经逃离城市或从来不曾存在过。在那些阴郁的日子里，你带着烦恼走过那条熟悉的小道，忽然听到斑鸠久违的"咕咕咕"的叫声，心情顿时变得愉悦，因为你知道好天气马上就要来了，阳光又将穿过树荫，落满潮湿的地面。古人说"今朝雨声绝，又听斑鸠啼"，诚不欺人。我们未必能够听懂那些鸟语，可我们知道那一个时刻，所有的鸟叫声此时都透着欣喜。在很喧闹的都市里，一天的好心情是可以从一声鸟叫开始的，从这点来看，斑鸠算得上是个好邻居。

晴好的日子，斑鸠声里，树叶缓慢飘落，铺在树下的石凳上。石凳上通常都会坐着一个头发花白的老人，他扶着杖，安静地享受着余生的阳光。不远处一只花狸猫眯着眼躺在女贞树稀疏的光影里，对斑鸠的声音无动于衷。女贞树的花是浅黄色的，由无数米粒大的花簇拥而成，每遇风过，或一只鸟儿落下，花粒便从叶间跌落。猫的皮毛上也覆盖了一些花粒，它眯着眼，一脸不耐烦，不时地扬起爪子划拉着那些从空中落下的细小花瓣。这里是小区老人常聚集的地方，他们都在这里晒太阳、聊天、打牌或者唱歌，他们的来历和生活轨迹跟栖居在树上的那些鸟很相似。他们中间很多人原本不属于这座城市，却住在比树更高的楼群里。

斑鸠和麻雀、布谷一类的鸟都具有浓厚的农耕文明背景，它们和现在城里的大多数人一样，不是城里的原住民。它们的传统居住地通常在山地、山麓或平原的林区附近，很少接近人的集居地，最多在村庄周围的边缘地带活动。我的童年就是在乡下度过的，在那里人们把斑鸠叫作“斑鸡”。鸠可入诗，鸡差不多就成美食了。一字之差，尊卑处境迥异。据说斑鸠肉质鲜美，还能治偏头痛，常常被人当成一种野味猎食。斑鸠种群数量不是很大，也不喜欢成群结队，所以知名度远远不及体量更小、数量庞大的麻雀。一个种群过于兴盛，总会招来一些麻烦甚至灾祸，麻雀就是一个例子。小时候，乡村里的麻雀可以说是无处不在，山林、草丛、田野、屋檐、晒谷场，包括城市的公园，到处都是它们的领地，这种其貌不扬的小鸟，机灵、胆大，毫无忌惮人类的存在，也最易受人类的攻击。我当年那些小伙伴的弹弓几乎都有射杀麻雀的记录。它们还曾被当作“四害”遭到大规模捕杀，差点被搞得灭族，等到后来得以平反，乡村的麻雀已日见稀少，一度成了人们怀旧的对象。

斑鸠们一直都很小心地生活在乡村，努力避免成为人类的食物。随着乡村农耕文明某种程度的衰退，一些斑鸠迁往城市。这是它们无数次生存迁徙中一种本能的选择，所有动物都是如此。我们也一样，在自然面前，众生都不过是寄居者。

追寻城里斑鸠的来路可能不是一件特别复杂的事。我居住的小区旁边是一条铁路，很多年前这里还是城市的郊野，现在，高大的楼群和街道代替了原先的山林和荒野。一些鸟继续向城市边缘的乡村迁移，一些鸟儿们在仅存的绿色植物之上开始它们的城市生活，这里面当然包括斑鸠。和那些突然拥有城市户口的城中村的居民不同，斑鸠们是不需要上户的，它们有迁徙的理由和自由。

只要有翅膀，有树林和天空，家园大约只是它们一次飞翔和驻足之后的选择。所以，有的斑鸠可能来自很远的地方，它们只是这个城市的过客，有的则在这里长期生息繁衍，有了二代、三代、四代……最后成为这座城市另一个平行空间的主人。

夜晚，当城市安静下来的时候，火车穿越城市的轰鸣声不时传来，透过桂花树的淡淡清香，偶尔也有斑鸠的叫声，声音有些撩人，让你微微泛起些愁绪。你无法分清那缕愁绪是属于你的，还是属于斑鸠的。这里肯定不是它们的原乡，它们也会有“抬头望明月，低头思故乡”的牵挂吗？当然，这样的情境是不常见的，喧闹的城市一般不会在意一只斑鸠的情绪。

在城市里，河流是熙熙攘攘的人，每天匆匆邂逅的人都是有迹可循的，只不过他们的来历更加复杂。就像我这个乡下孩子，后来进了县城，再后来又到了省城。我 1103 单元那个开快餐店的邻居，在小区里晒太阳的白发老人们，还有那些匆匆来去的快递小哥、送餐大哥，每一次开门，见到的都是不一样的面孔，说着夹杂不同口音的普通话。他们大多都有相似的经历，来这个城市的理由要么是因为生存，要么是因为梦想。他们中间很多人永远不会有城市户口。户口这东西，红色的塑料皮夹着几页纸，却决定着大部分人的归宿感和安全感。没有对应的户口，你永远只能是某个地方的寄居者，那种不安就像小时候在小河里游泳，一只嗡嗡的牛蝇不断地叮着你。

我非常理解这种感受。少年时，我从乡下进城读书，也曾是一个寄居者。一次，隔壁班一个同学试图欺负我，班上一个同学站出来替我出了回头。这事儿过去了数十年,我仍然心存感激。后来那位同学成了一名军官。一次见面时,我很感激地对他说起这事,他居然不记得了,说:“怎么?还有这事?”他是在城里长大的孩子,当然不知道这件事对一个乡下孩子的心理是一个多么大的支撑。

我的邻居还是早出晚归。他的快餐店开在附近一片棚户区旁边,周边是一些小理发店和茶馆。说是茶馆,其实就是小市民打麻将的场所。那地方是个老厂区,路边有着高大的法国梧桐,曾经有过很多家小印刷厂,如今几乎都倒闭了。低矮的房子被改造成许多门面,斑驳的墙上贴满了各种广告,最多的是治疗各类皮肤病的。有几次路过,我远远看到他们在店里忙碌着,生意好像不错。离开很远了,稀里哗啦的麻将声还是清晰可闻,中间夹杂着一个长沙女人的吆喝声:“糖油粑粑,臭干子……”不远处一个住宅小区正在修建,一些头戴红色安全帽的身影在混凝土搅拌机的轰鸣声中晃动着。

按照城市规划,这片棚户区很快就会消失,在城市里,那些高楼总是比树长得快。

上楼下楼,我还是能经常碰到邻居家的小女孩小珊。我写下这些文字就是受了她的启发。据说她的老师布置了一篇作文,题目是《我的好朋友》,别人都是写的张三、李四,只有她写的是楼下树上的斑鸠。当然,老师的评价说她是胡思乱想。我没有读到过这篇文章,但我觉得她说的是真话。她从乡下来到这座陌生的城里,斑鸠大约是她记忆里最熟悉的事物了。我理解她对于那种鸟的感情,就像我当年从乡村来到城里,看到一只麻雀都会觉得有久违的亲切。她每天都要从那些树下走过,那些斑鸠就在树上,“咕咕咕”的叫声落到她书包上,被她独自背到学校,又被她背回家中。我想她的语文老师很难理解孩子敏感而真实的内心世界。一个孩子,觉得一只斑鸠是她的好朋友,一定有她的道理。这种想法只属于很少的人,因为大多数人因为习惯会变得迟钝,不知道这个世界上还有人会这么诚恳地对待一只素昧平生的鸟。这孩子的心就像记忆中的乌桕林,田野荒芜,林下的草很软很软,她的梦静静地升了上来,她希望那些翅膀驮载的阳光是温暖的……

我一直想对她说:小珊,你那篇作文写得真好。

我不是一个鸟类爱好者,对这个城市里寄居的大多数鸟类,都叫不出名字,从它们翻飞腾挪的姿态中我不能确定它们的身份,就像那些每天从我身边走过的人。每个人都有自己的瓦尔登湖,一些人前往,一些人放弃,真正能抵达的人并不多。当自然被微缩在公园和绿地里,在城市里想象自己的《湖畔小屋》,大半都是矫情的,完全没有生物学的意义。人是很奇怪的物种,有些东西,我们宁愿想象和怀念,也不愿去真实地拥有。我们离开乡村,我们让乡村凋敝;我们砍掉那些树,让老房子烂掉,然后待在一个混凝土搭建的空间去怀念自然。这很像《雷雨》中的周朴园怀念鲁妈一样,你不能说是假的,但其实还是不想拥有。我知道这其中必然有许多无奈,如果我真的是一只斑鸠,我又会做出什么样的选择呢?不好说。

记得很多年前,好事者在城市五一广场仿修了一条小溪。看着一大群孩子打着赤脚在那里玩耍，我不免心生怜悯。那不是一条真正的溪流，没有湿润清新的自然气息。

水里没有小鱼、小虾和螃蟹，岸边也没有苔藓、芷兰和菖蒲，但孩子们是开心的。现在，很多孩子衣食无忧，倍受宠爱，却唯独少了开心。缺少了对自然的体验，生命当然是不完整的。

去年年初，邻居告诉我，他们要离开了。这两年生意不太好做了，那片棚户区改造后，门面租金可能也很贵了。他们打算去宁波打工，让孩子回老家去读书，还说孩子可能不太习惯城里的生活，有点抑郁。我问他们，孩子有什么表现，他们说也没什么，就是不太爱说话，还经常问一些古怪的问题，其中有一个问题是：如果我死了，我那几个洋娃娃怎么办？我笑着对他们说："呵呵，没事，孩子长大了。"

我在童年时，是有过类似经历的，不免有些心疼这个小姑娘了。她还小，还有很长的路要走，那些不时袭来的阴影可能还要折磨她很久。

走的那天，一家人向我道别。小珊好像很开心的样子，背着书包，抱着一个大白鹅布偶。她朝我招了手，怀里的鹅脑袋不断地点着头。我不确定小珊是不是在心里跟那些隐藏在树上的朋友道过别了，那天天气不太好。

不是每个人都能适应某个城市，得到善待和获得生存的空间。一些人还会不断地迁移，在不同的城市寻找下一个栖息的地方。城市是不会感知到他们的离开的，穿梭来去的火车、大巴，把一些人带来，又把一些人带走，不会留下痕迹。在乡间，关于斑鸠还有一句谚语：草窝里的斑鸠，不知春秋。这句谚语对斑鸠是不公平的，春秋是什么，不就是活过来的日子吗？城里、乡下、树上、草间都是日子，也是春秋。

我可能还会待在这座城市里，曾经的邻居自此消失，这样的流动每天都会有。我希望那两口子能挣到钱，希望小女孩能够找到更多的快乐。

又一个春天来了，天气晴好的日子里，楼下的绿荫里能听到斑鸠们的叫声，我依然不能确定它们是否是我去年看到的那几只，可这又有什么关系呢？

城市是一棵很大的树，不会因为少了一两只鸟儿就减轻它的重量。

石头和夜一样空旷

一

溯沅水而上，高庙是必去的，不仅因为它在水边，还因为这里有一处距今七千八百年的新石器时期的史前遗址。

在省博物馆里，我曾见到了那只来自高庙遗址的白陶罐。残缺的器身上，戳印着两只让贫困山乡联通了世界的神鸟。头冠、长喙、修颈，拖着长长的尾巴，它们背负着太阳，飞在高庙的上空。这是华夏已知最早的凤凰雏形，比距今七千年的河姆渡遗址出土的象牙雕刻碟形器中的“双鸟朝阳”凤凰图案还要早四百余年。在另一个陶罐上，远古的制造者还留下一张獠牙兽面的脸孔，它们在一组石器之间幽幽地注视着我，如我在傩戏中看到的傩神和山魁……

所有的古代遗迹都拥有不可抗拒的魅力，这种魅力来自真相的遗失。一天，久霾的天突然有了放晴的迹象，我坐在书桌前读着那本《山海经》：“此诸夭之野，鸾鸟自歌，凤鸟自舞。凤皇卵，民食之；甘露，民饮之，所欲自从之。百兽相与群居。”一派人间乐象。这显然是对上古某个生活场景的描述，可能是河姆渡、马家窑、二里头，也可能是良渚或高庙。那种随之而来的想象，是狭窄的书房禁不住的。我无法抵御这种诱惑，所以决定要去高庙走走。

高庙，在湖南洪江市，距诗家天子王昌龄曾谪贬的古镇黔城（古龙标）不远。好友志政兄的家就在那里，离传说中的“冰心玉壶”的芙蓉楼不远。

我在一个有马头墙的院子里找到了志政兄。院子是先前的杨氏宗祠，里面有个老的戏台，是业余艺术爱好者聚集的地方。志政兄正捧着一管萨克斯，呜呜咽咽地吹着，这是他赋闲之后的新爱好。我说我想去发现高庙遗址的那个村子里住上两天，他说，行，我陪你去。说完他就把萨克斯装进盒子，又打了一通电话给那边的朋友安排村里的食宿，然后，开着他那辆老旧的汽车上了路。

前往高庙的公路在沅水边，随山向水，如另一条平行的河流。这里属沅水的中上游，春天的绿草向四周蔓延，让河流看上去消瘦了许多。河岸边传统干栏式民居差不多都已消失，取而代之的多为白墙红瓦的两层小楼，点缀在翠山清江之间倒也十分相宜。志政兄在这里的岔头乡做过乡长，是半个“土著”，曾经两次协助省考古队参与了高庙遗址的挖掘。他告诉我，我要去的高庙其实是岔头乡的岩里村。在湘西，“岩”的读音近似声调阳平的 ɑi。

岩里，在沅水北岸的土台之上，四周长满了橘树和柚子树，此时正开满星星点点的白花。昨夜这里想必是下过雨的，地面很潮湿，通向村子的道路边的草丛缀满水珠，旁边散落着细碎的花瓣。我的鞋子无法完全避开那些落花，只好任它们与泥土一起沾满我的鞋底。

进村的路看上去是有些年头的老路，志政兄说这里原来是一条古老的驿道，因后山修建了公路，现在很少有人走了。路几乎被野草覆盖，行走中还能感受到脚下一些石板的光滑，那是岁月长久踩踏留下的痕迹。不远处，一棵老树寂寞地站在村头。它是这里最大的一棵树，它的身后就是我们要去的地方。我忽然觉得这时候树下应该站着一只土狗，或摇尾，或狂吠，最好是黄色的，身后还要有些炊烟，那才是乡村最亲切的活性。

走过那树的阴凉，即是一片种满油菜的土台，高庙已在视野里了。风从河的方向吹来，在钻出一片白杨林后，变得舒展而柔和。遗址上的村子安静如画，空寂中混合着各种鸟的叫声和浓郁的柚子花香，如它过去所有的雨后。我寻思着，这里的第一个春天是什么模样，离今天又有多远。这些或许只有身边这条叫沅水的河流才知道答案。

河流当然是很古老的存在，看上去也都是无头无尾。从那枚楚国的"鄂君启舟节"中得知，公元前323年，楚国的一支商船队从今湖北的鄂城出发，沿汉水流域、长江流域，抵达湘、资、沅、澧流域。这是关于沅水这条河最早的文字记录，那时候它已经叫沅水了。像所有的河流一样，它一直都在行走，或在地上或在云端，走在诡异的《山海经》里，走在郦道元的《水经注》中。它穿过亿万年重叠的时空和云贵的山脊，流淌成了今天的样子。河流是人类最早的行走方向，要了解河流你也必须要不断地行走。

岩里，高台临江，开阔的谷地依山傍水，是很适合人类居住的地方，在这里发现古人类的活动遗迹并不意外。岩里的河对岸是一个名叫安江的古镇，曾经是沅水边无比繁华的商埠码头，也是以前一个叫黔阳的地区行署所在地，一个叫袁隆平的学人在那里研究出了著名的杂交水稻。

逐水而居，源于人类对水的需求和敬畏；依山而穴，源于人类对山的索取和依赖。河里的鱼虾螺蚌、山间的飞禽走兽，都是神赐予的食物，是远古先祖们繁衍所需的供给。他们猎兽捕鱼、采集野食、钻木取火、结绳记事，然后走出穴居山洞，在河流旁的高台边上找到岩里这块栖息地。他们最初选择的居住地，在以后的千万年来一直都没有改变。事实上，已经发现的史前遗址地，到现在大多仍然是今天人们重要的栖息地，这说明了人类最大的智慧其实就是生存本能。遗址是一个物证，它证明我们出现在这里不是一种偶然。

由于遗址保护的原因，高庙遗址上只有稀稀落落的十几户人家，房屋大多老旧或残破，在此居住的村民也很少。志政兄联系的住户是这儿房子最好的人家，住户是一对老两口，男主人姓杨。房子坐北朝南，院子干净敞亮，四周是密密的木槿花围成的篱笆。老两口说他们很早就想在原地盖一栋两层楼房，因为地下有从旧石器时代到青铜时代各个不同时期的文化遗存，不能动土，只好作罢。老杨的儿子杨华是村里的干部，成家后也搬离了这里。两位老人恋旧，舍不得离开老房子，陪伴他们的是十余只鸡鸭和一只猫。杨氏是这个地方的望族，祠堂和传奇遍及整个沅水流域。

午时时分，太阳出来了，我的影子第一次被印在了高庙遗址的地面上。如果我一直站在这里,我的影子会不断被拉长,直到太阳消失在河流出现的方向。这里是北纬二十八度，高庙的柚子花如熏香缭绕。我闭着眼,站在那里,像一尊古老的日晷,近八千年的光阴,在我身边倾泻。一瞬间,河流、山脉、村庄、树木如潮水般退去,那只从白陶残片上复活的凤鸟,飞在岩里无边际的寂寥中。

所有的遗址都是寂寞的,它是时间的废墟,是喧嚣之后的沉默与空旷。我来到高庙，希望能找到一枚尖锐的石器，它藏在地下,藏在漫长的夜里,藏在被它砍斫过的时空里。

二

如果不是村头那块刻着“高庙文化遗址”的石碑,岩里这个村子看上去和其他村子没有什么两样。志政兄告诉我，前后几次的考古发掘现场都已回填复原，是对遗址的保护。我现在看到的高庙遗址已被杂乱的野草重新覆盖，有的被村民种上了蔬菜。路边的泥地里还能看到许多石器的碎片。高庙遗址是典型的贝丘遗址,村里的路面、土坎边,分布着数量惊人、堆积如山的白色螺壳,那是沅水中常见的江螺的残骸，这说明江螺是早期高庙人重要的食物之一。那时候,原始农业还没有萌芽。

杨家的屋后是一座简陋的庙,传说沅江发再大的洪水,淹到了庙的檐下便不再上涨。乡民都以为这是神佑的表现，此庙一时香火旺盛,高庙也因此而得名。这处史前遗存之所以叫高庙遗址,是因为遗址范围分布在这座寺庙的四周。说是庙,其实早已颓废,如今不过是间低矮的平房，看不出有常见的庙的特征。供着一尊神像，奉上些香火，大约也能给无从知晓来路和去向的众生提供一些慰藉吧。神的存在,不过是人类的一种心理需要,所以粗陋的形式并不影响对神的敬畏。在乡间,乡民随便弄几块砖瓦在路边搭建出一个神龛,就能随时点燃香火,那种膜拜的虔诚是毋庸置疑的。

高庙的先民很早就开始崇拜神灵了。高庙前那块长满野草的空旷之地，被考古证实是一处大型的祭祀场所。人们在那里发现四个近方形、边长与深度各近一米的大柱洞,正好组成两两对称、略呈八字形排列的“双阙”状建筑。在高庙出土的另一件精美的白陶罐上有这样一幅画面：长有双羽翅的獠牙兽面，两侧各竖有一个由两立柱构成的四级“梯阙”,环梯盘旋而上达于阙顶。这与祭祀场所的情景还原是十分吻合的。而那些以戳印神灵图像为主的白陶制品，正是祭祀神灵的祭器。这祭祀场地就是高庙先民最早的广场吧,而“梯阙”大概就是远古传说中的“建木天梯”。《淮南子·地形训》记载,古昆仑山“建木在都广,众帝所自上下……”所有的神话其实都有现实的投射,这也是《禹贡》和《山海经》《穆天子传》这类古典籍的奇妙之处。

在高庙出土的白陶,是华夏发现的最早的白陶文化,它表明上古的先民已经区分了实用生活用品和礼器的功能。白陶是专为神祇制作的,镌刻有精美的獠牙神兽、神鸟、太阳等图像。这是中国古代祭器上常见的图像，它们既是标识一个族群的族徽，也是族群信仰崇拜的图景。这些白陶已摆脱了它最初的实用功能,成为有神性意义附着的礼器,成为一种物态的精神产品,成为高庙文化的核心，成为人类艺术最初的源头。

现在我们知道了，在被我们视为漫漫长夜的上古，石器没有我们想象中那么冰冷坚硬。一群打造和使用石器的工匠，用他们粗糙的手，把那些优美线条和神韵，从温饱的原始欲望里分离出来。他们选土淘泥、制坯修坯、绘纹焙烧，把对神的敬畏烧结成一件件精美的白陶。

一位农夫牵着一头黄牛缓慢走过，沾满泥巴的蹄子，踩在高庙布满白色螺壳和石器残片的小路上。他可能不知道，那里曾是高庙最早的广场，那里曾有过一场盛大的祭祀。那是个黄昏，我看到四周燃起一堆堆火，听见石磬被撞击、木头被敲打的声响。人们身着兽皮草裙，匍匐于地，又疯狂地扭动着身躯。广场中央，高大的梯阙前供奉着精美的盛满植物果实的白陶器和动物的尸骸。一位男子戴着兽骨串成的项链，手握一柄玉钺，涂满红色朱砂的嘴唇神秘地开合着，神志恍惚如天神附体，一双手在火光照映的黑夜里伸向天穹……

对神的崇拜是上古人类理解世界的一种方式。白陶上的神秘纹饰表明高庙人对宇宙的认识是天圆地方。天神们总是从天上降临，因为人类头顶上的虚空和他们内心一样茫茫无边。对环境有限的认知，使得高庙的先民们需要消除他们对生存环境未知的疑虑，需要摆脱对死亡、洪水、地震、雷电、瘟疫的恐惧。于是，神便出现了，天神、地神、风神、雷神、雨神、山神、河神……万物有神性，神灵无处不在。自此，古人的生活方式里除了渔猎、采集，还增加了祭神。

神出现后，恐惧与疑惑还是无法得到彻底消除，这让古人觉得活着可能是源于某种罪孽。他们不断匍匐、献祭、祷告，试图让灵魂逸出躯壳，从神巫身上找到所需要的答案。那种叩问的方式与数千年后的屈原仰问苍天的身姿是何其相似。“九天之际，安放安属？隅隈多有，谁知其数？”这是日后屈原流放的河流，是《楚辞》的故乡。高庙或许就是这些天地之问的源头，是淤堵万年的堰塞湖，只是在屈原的忧愤中才一泻千里。

考古学家布莱恩·费根说：“人类是与众不同的。我们是唯一把文化作为适应自然环境的主要方法的动物。”那些由太阳、獠牙神兽、神鸟、八角星构成的原始标志表明，数千年来，高庙文化一直在以一种隐秘的方式沿着大地与河流行走。在沅澧平原、在良渚、在河姆渡、在二里头，甚至在两河流域的神庙里都能看到它的影子，这其中的联系不免让我们浮想联翩。

有西方学者认为，两河流域的苏美尔人很可能是来自遥远的东方。在苏美尔人的神话传说当中，人是神用黏土做成的，他们对宇宙的认知也是天圆地方。他们长着黑色的头发，曾经用树木造房子，还修建了带有旋转天梯的通天神塔……东方学者甚至认为他们跟炎帝和蚩尤有着某种神秘的联系。而关于高庙遗址所处的沅水流域是炎帝部落发源地的猜想，也不断被证明不是空穴来风。

那些散落在高庙地面上的石器碎片告诉我们，我们与远古文明的联系，还有史前人类文明的迁徙与交流，可能远远超出我们想象。在原始农业出现之前，河里的江螺逐渐枯竭，植物籽实的采摘、狩猎已不能满足部落的繁衍，迁徙就不可避免地发生了。动物驯养和原始农业的产生，则需要更加丰沃的冲积平原。为开拓生存空间,沅水中上游的文明开始向更广阔的领域扩张。

远古的人们追逐湿润的阳光,追逐丰沛的土地,追逐更多生存资源。数千年漫长的时间,他们可以走得很远,可以抵达你无法想象的远方。寻找新的生存空间也会引发文化冲突和部落战争。这些远古的记忆,隐藏于我们熟知的神话和传说里。如后羿射日、共工怒触不周山、夸父追日,如炎黄阪泉之战、黄帝战蚩尤、大禹治水等等。我们所知道的历史，很多是由一些时间的碎屑拼凑而成的幻象,真相注定是永远的谜团。

面对那些古老的史前文化遗址,我很庆幸自己不是个严肃的学者,不必为那些一本正经的历史负责。我就像我面对的那本《山海经》:“蛇巫之山,上有人操柸而东向立。一曰龟山。西王母梯几而戴胜杖,其南有三青鸟,为西王母取食。在昆仑虚北。”上面这些文字让我困惑、着迷,也让我心骛八荒,穿越虚空。我眼里的高庙就是一部包含无数密码和隐喻的典籍，我必须为它保留更多的自由与浪漫的猜想,不需要为谁提供证据。

从高庙遗址向南望去，雪峰山的最高峰苏宝顶云雾杳渺,看上去有一种天然的肃穆。有专家考证《山海经》和《穆天子传》里提到的古昆仑山,就是高庙文化所处的雪峰山,我是相信的。

踩着螺壳和碎石,我独自来到了遗址旁边的河畔。沅水在这里制造了一个河湾,地势平缓开阔,河水的流动无声,寂静如壁画在室,我们之前看到的堆积成丘的螺壳就是来自这里。河岸边有很多大大小小黄褐色的砾石，高庙的石器就是用这种砾石打造的。这种砾石圆滑且坚硬无比,要砸击出人们需要的各种工具,肯定是件既费力又费时的事。制造出一件合用的石器也就会留下大量碎石片，它跟那些螺壳一样成为早期高庙人的生活垃圾。通过这些垃圾,我们可以拼凑出高庙人遥远的历史和生活原型。

我在散乱的碎石堆里拾到三枚石器残片，它们边缘锋利,很显然是为了制作工具，通过砸击，从一块大的砾石上剥落下来的边角,也可能是某种有实用功能的切刮器。我不会像那位叫大卫·卡恩的比利时考古学家那样幸运。他曾在一堆碎石中还原出一块完整的石头，还从一块石斧的缺口上判断出它的制造者是一位习惯用左手的人。这就遗址的魅力，那些沉默的石头和陶片是有能力讲述往事的。这一天，有个高庙人为一枚冷峻的石头制造了巨大的空旷和联想。被河水冲击而来的石头，在他一次次砸击中分散成不同形状的碎片,随后又附着上不同的故事,隐匿于时间,隐匿于泥土与衰草之间,我捡到的是一次凝固千年的迸裂。

随着日影的不断拉长,在古老的河流之上,我第一次看到了高庙的夕阳，它血一样的颜色，是大地坠落于黑夜前的最后的图腾。一些翅膀从河面蹿起,剪影穿过那红色的轮廓,定格在天上。我看到那只栖息于陶器之上的凤鸟，呈现在高庙黄昏那变幻的光影里,绚烂无比。

三

岩里的夜降临了。主人在堂屋里为我们准备了丰盛的晚餐。

酒是必不可少的，那是杨家的私酿，配方来历还有个传奇故事，如金庸书中的故事。

在人类饮食文化里，酒是有神性的，为礼之大成。在所有的祭祀活动中，酒都是不可或缺的角色，酒最初就是用来祭神的。《尚书·酒诰》说："饮惟祀。"在商周时代，酒与祭祀的关系已定格为"礼"。所以喝酒须遵从一定的规则，要有谦让、尊卑、虔诚的仪式感。在很多地方，喝酒前你须用筷子蘸一点酒洒在地上，以示与天地诸神及列祖列宗分享，即使独饮也不能例外。

在远古的高庙，那些神祀中是否有酒呢？酒未沾唇，我已觉迷离。在杯盏频繁触碰中，我有些恍惚。一些来自夜空的飞虫穿梭于灯光之下，如赶赴盛宴的不速之客。

老杨喝得开心，他说我是第一个住在高庙遗址上的游客，还说这地方也没有什么可看的。微醺中他把知道的所有传说和逸闻都说了个遍，又神秘地打开神龛上的一个暗格，取出一部嘉庆年间修订的《杨氏族谱》。这是杨家的家传，平时轻易不示人的。家谱显示这里的杨姓为唐末五代靖州"飞山蛮王"杨再思之后，后裔遍及包括黔东南在内的沅水中上游地区。在高庙遗址被发现之前，可考的历史只不过两千余年。岩里人是在二十世纪末才知道，他们的脚下竟深埋着距今八千年的上古人类遗存。

我坐在院子里，血液里的酒精让我产生一种飘浮于夜的幻觉，柚子花的香气让暗夜透变得有些缥缈。志政兄又吹起了他的萨克斯，这乐器带着一些异域的孤独，在高庙的夜里也如游荡的陌生幽灵。这让我想起贾湖遗址的那枚骨笛和半坡村的陶埙，那些古老的乐器如果在今夜的高庙吹响，那天地该有多么辽阔苍凉。我坐在那里，摆弄着白天捡来的石片，等着黑夜更持久的入侵。这正是我期待的夜晚,在上古,在岩里或高庙。

老杨家的猫就坐在门槛上,它对萨克斯好像没有兴趣。它诡异的表情配合从村子上空降临的夜的潜行，似灵魂出窍。它蹲在那里，尾巴不时僵硬地微微摆动，警惕地盯着被黑夜覆盖的那些看不见的东西。它眼里出现了绿幽幽的光,活脱脱地像个巫师,仿佛暗夜里有一场神秘的祭祀正在酝酿。云层有些厚，一弯残月在头顶时隐时现。有一只夜枭在叫,好像来自村口的那棵大树。它的声音凄厉、突兀,在夜的寂静里透着些惊悚。我听到了我的心跳，听到地底下的那些石头在说话，这和我白天踩着螺壳和碎石发出的摩擦声是不一样的。

我走出院子,又来到白天到过的那块空地。我如杨家的那只猫,用柔软的脚爪行走在暗夜。我踩着石头、陶器的残片和沉睡的废墟,如幽灵游荡。我喜欢那种天圆地方的空虚和沉寂,喜欢被一个黑夜掏空和填充的感觉。我需要一个浮想联翩的晚上，试图跟远古的先人隔空相视。这是我来到这里的目的，而不是为了寻找一个具体的答案,比如他们是从哪里来的,在什么时候,然后又去了哪里。

南方的空气温暖而湿润,他们在靠近河流的高地上停下迁徙的脚步，成为这里最早的居民；一些粗壮的手用一块石头砸开另一块石头,打造出各种尖锐和锋利的石器;在森林的边缘,一只鹰在天上搜寻着地面的目标，一群男人追逐着仓皇的野兽，他们猎获了几头野猪和麋鹿;秋天,河两岸的洼地里,女人们采摘着灌木和野草成熟的籽实，为即将到来的冬季储备食物；独木舟在河流里穿行，绑着石镞的长矛让河里游动的鱼感受到了威胁，大量的江螺从水底被捞起；树木在石斧不断的砍击中倒下，与茅草和树枝搭建成圆形的棚子,一群孩子在嬉戏着。人们围坐在篝火四周,开始了晚餐,那里升起了高庙最初的炊烟……

黑夜中,我看不到身边那条河流,但它仍然能够穿过我的身体,在我意识里恣意流淌。我不停地在想,七千八百年前,在高庙的不为人知的洪荒里，是河流唤醒了人，还是人唤醒了沉睡的河流？如今,他们共存的时空和共同构成的早期人类生活场景,都坍塌在我冥想的废墟里。

河流是大地的眼睛,一眨眼就是一千年。那些会说话的石头和陶器，连同它们制造者灵魂的印记，却顽强地抵抗着岁月的剥蚀,在冥冥中等待着,直到有一天,一位考古工作者走到岩里。

曾经丢失的日子熬过了漫漫长夜，又呈现出它神秘的模样。高庙最初的先民，留下了动物的骨骼和自己的尸骸，留下了神秘的祭祀痕迹,留下带有凤鸟、八角星纹、太阳纹、獠牙兽面纹的白陶碎片,留下了燧石、石斧、石钺、石刀和谜一样的去向。他们会是哪个神话里的主人?

有人说:“天不生仲尼,万古如长夜。”但从某种意义上来说,黑夜或是比白昼更加永恒的存在。高庙遗址的发现为华夏文明的起源打开了另一扇窗户:在孔子出现之前的五千年里,在南方,上古华夏文明分明早已如晨曦微露。那些先民以神的名义存在着,他们创立的辉煌的上古文明史诗，隐藏在后世那些绚丽奇幻的传说里。高庙人或许就是传说中的伏羲、女娲、蚩尤和神农氏的部族,他们与今天的关联在久远的繁衍和迁徙过程里如烟而逝。

夜,像一只巨大的章鱼,吸附住了所有的声音。遗址之上,仿佛能听到柚子花掉落在地上的声音。我无法抑制我那些超越逻辑和认知的想象,那些虚幻的念头,一会儿占据我的大脑,一会儿又消失于眼前看不穿的夜幕。这种感觉是大白天我在空旷的遗址上体会不到的。唯有这种空旷,才装得下八千年重叠的时光吧。遗址的魅力正是在于因为一端的绝对残缺，需要我们在另一端去填补想象。只是高庙的空白,是我的想象力无论如何也无法填满的。我希望我能保持这种状态,像那些猫和夜枭一样,有穿透黑夜的本领。

如果有人问我,为什么喜欢去关注那些史前文化遗址,我觉得就是“诱惑”两个字。田野考古的成果,能帮助我们探究人类的来路和文明的源头,打捞失去的远古。当我们离开这个世界后,不出意外，曾经生活的空间最终都会变成空空荡荡的遗址，或因为天道的法则或因为人类的愚蛮。先民们给我们留下了那些石器、陶罐和青铜器,留下了众神、金字塔、楔形文字和繁衍的密码,让我们得以隔空对话，那么我们又能留下什么让后世的发现者肃然起敬?

千万年来,从搭造木天梯试图沟通神灵,到搭乘火箭去探索宇宙的奥秘,人类的足迹已能抵达月球,甚至火星。我们对未知的恐惧和对自身归属的迷惑,究竟是减少了还是在与日俱增呢？有了圣人之后，那些不断降临的黑夜又该如何去理解？我突然有些迷惑。

志政兄的萨克斯又响了起来，这大概是他催促我回去的信号。夜的高庙，只有老杨家里还亮着灯光。透过那排白杨林和油菜地隔河看去，那个叫安江的古镇倒是灯火阑珊。

我回到老杨家，院子里没见到老杨和猫，他们应该都已回屋歇息了。云层已经散开，月亮又明朗了起来，老杨家院子里落满清辉。这明月大约比张若虚看到的那轮月亮还要古老很多吧，一时间我想起了王昌龄在此地写下的著名的诗句："青山一道同云雨，明月何曾是两乡"，此时倒是很应景。

志政兄还坐在院子里等我，见我回来了便递上一支香烟。两人坐在铺满月光的院子里，有一搭没一搭地闲聊着，两颗烟头在高庙幽暗的夜里一明一暗地闪烁着。

在浦市

我是希望能坐一条船去浦市的。浦市在水边，它的故事总是开始于江湖，最后收藏故事结局的是那些船。那些船不是我们现在看到的那些船，只行走在少数人的记忆里。所剩不多的船，因为禁渔都上了岸，有的船已经死了，它们躺在河岸边，像一条条鱼的残骸，骨架旁长满了一种叫水杨柳的灌木。

没有找到船，我只能坐车去浦市，把公路想象成一条河，而那辆挤满人和背篓的中巴就是船了，它可以把你带到你想去的地方。面对如今河流上那些如肠梗阻一样的水坝，还有谁能奢望拥有一条完整的河流呢？

浦市是水和船带来的。一直自西向东的沅水，在浦市上游折向，从南向北流去。长滩尽处，一溪汇入沅江，水面豁然平缓开阔，岸可泊船，树可系舟，从此便有了这个曾经商贾辐辏、舟楫络绎、木排浮江的浦市。

现在的浦市就剩下两条船。一条船是渡船，往返于浦市与对岸的江东村；一条船是开往上游的辰溪的客班船，早出晚归。渡船是属河对岸江东的，是为了渡江东的人到浦市赶集用的，这样算起来，曾经有八个码头的浦市实际上只有一条船了。

没有了船，浦市看上去有些冷清，这可能是它最初的原点。浦，是水与水相聚和分别的地方，后来就来了许多船，也就停泊着许多离愁别绪。陆游诗“数只船横浦口，一声笛起山前”，没有了船，河流就少了远浦帆影的景观、芦花萧瑟的忧伤，只有长在岸边的蓼花依旧很盛。

蓼花是水边的寻常之物，仲春一到即红白满洼，如一岸水粉。那是所有浦的底色，跟那些疯长的葎草一起在欸乃的橹声里蔓延和摇曳。现在，青石铺就的浦市码头老了，江面上没有了各色的船只和桅杆，也没有了浮荡在黄昏景色中的催橹歌声和吆喝。有船没船，蓼花还是蓼花，浦市也还是浦市。那久远的光阴还在那河岸边泊着，像那位坐在石阶上的老者，抽着旱烟，在空阔的老码头晾晒着一些晒不干的旧事。我对他说：“这河水好清啊。”他很不屑地回答：“这算什么，你不晓得以前这水好清，河里每一条鱼都看得见呢！”他说这话时，混浊的眼睛里出现的分明是另一条河。

浦市的老街，风景大多是黑白的，像一张久藏于箱底的老照片，有了隔世之感。行走于街巷，本已沧桑的脸不免又平添了几分张皇。摩肩接踵的嘈杂，还是被我从来时的预想里删除了。每一条街巷看上去都有恰到好处的闲适，稀疏的行者踩不破它的深幽，辨不出它是闲静还是寂寞。三两位街坊、一只老猫、半张躺椅和一壶清茶，许多板着面孔的春秋都消磨在没有边界的闲话里。

老街也是条河，我的到来不过是河风一缕，吹不动那些高墙和深宅的斑驳。我在古镇纵横的街巷里游荡着，那里有镖局、钱庄、驿站、宗祠、茶馆，还有风尘女子的楼阁。风华一时的熙攘已成了遗迹，即使努力搜寻，也拼凑不出当年的繁盛。在七弯八拐的深巷里、马头墙边、青瓦缝里，狗尾巴草焦黄的细杆被屋头的风吹得左右乱摆，看上去却不会有什么悲凉感。老院墙的墙洞里，几只麻雀缩头缩脑，有趣而活泼。而我的顾盼却暴露了我的身份，我终究是那些舟船载来的过客。泊在黄昏，歇歇脚，拂去颠沛的疲乏，转过身去还是被身后的视线忽略，就如同那些消失在长河里的帆影。

驿馆在老码头旁，檐下挂着红灯笼，在逐渐暗淡的天空下被点亮，看得到河流，也能听到河水的声响。浦市仅有的两只船在日落之前就已泊岸，一只泊在老码头，一只泊在江东。飞虫窜动的灯影下，有一些孩子在嬉戏，很远的地方有广场舞的音乐传来，楼下的小酒馆，几个男人在半酣的酒意里嘈杂着。这些声响，还是搅不动浓稠的夜，如水面荡起的轻微的波纹，很快消失在你的感觉之外。

浦市的月色古老而典雅。月是从江东那座寺庙背后升起的，它落下的地方是那条向西的驿道。每个夜晚，它如霜的清辉，都会跨过河流，倾泻在吊脚楼那些雕着梅花的窗棂前。江月、山月、霜月、梧桐月，浦市的月算哪类月呢？在我来到这里之前，浦市的这轮月应该是被很多人仰望过的，在漂泊的船头，也在那些清冷的客栈，这其中就有屈原、王昌龄、王阳明、沈从文、查良镛……

在浦市，时间是可以被触摸和咂品的，你只需静默，让自己也长满青苔，任日光重复不断地返照，如王维在辋川的松间明月和石上流泉。偶尔，它会在一个被旧蒲扇摇醒的午后，让白首的老人又一次说起，浦市的过去是在一张布满褶子的脸上。席慕容写过一句诗:“就这样地俯首道别吧，世间哪有什么真能回头的河流呢？”浦市用几个世纪的繁华,换来橹声归去和一摊蓼红的沉寂，这样的结局,算不算是一种完美的归宿?

浦市的江东寺是很有名的,它之前的名字是浦峰寺,因毁于一场大火,才迁建到对岸的江东,名字也就改成了江东寺。白天，隔河看去，寺庙的半截红墙色彩斑驳，隐匿在一排绿树掩映的民居中,只有高出的黄色琉璃飞檐还能看到它隐约的庄严。

船还在河那边,要去江东寺,只能坐在码头边的大石头上等它过来。在浦市,坐一条船和等一条船都是有意义的事,该来的时候船自然会来,一切随意,没有时间约束。天上照样有云,河里却没有了帆，岸边的空气单一而纯净。我愣愣地看着阳光斜照在水边的石头上，闻到了河水夹杂着青草气息的味道。当几只水鸟在对面的沙洲上时飞时落时,我有了一种想要虚度光阴的快乐。

很多年前,十七岁的沈从文在这里登上了一条船,那条船把他送到了河下游的辰州大码头，又送到了外面的世界。后来沈先生回乡探母，在另一条船上漂泊了七天。而浦市是沈从文回乡的必经之地。在抵达浦市之前,他曾夜泊曾家河、兴隆街、鸭窠围、杨家咀……忧伤而美丽的长河、羁旅孤独的寒夜，还有对爱人的思念,晃荡成一行行柔情如水的文字,汇集在一部《湘行书简》之中。浦市在那本书的末页，来这里的人都得翻翻，试图从那本书里获得某种滋润。

今天,我们拥有了速度,所以旅程都变得短暂和匆忙,天涯也果真成了比邻，目的地很明确却也迷茫，我们的情绪因没有时间发酵和润泽而越发枯燥，变成了一条干涸的河道。我终于明白我们为什么会变得单调和浅薄。在空乏的时间里，我们可能很久没有认真地去想一个人或一个地方了。你要去的地方其实不陌生，是你在找它，也是它在等你。这大约是我来浦市的原因吧。

花像荼蘼，也许就是一种野蔷薇。它开在我去江东寺的小路边，在深深浅浅的灌木丛旁。单瓣，纯白里透着些许的粉红，自带着几分喜悦和蔷薇科植物的野趣。荼蘼是春天最后盛开的花，所以就有了“开到荼蘼花事了”的说法。我很疑惑古人为何要赋予这花忧郁和伤感的气质，想必是那些文人墨客情绪无处堆放、自怜自艾的结果。《牡丹亭》中“原来姹紫嫣红开遍，似这般都付与断井颓垣”式的忧伤只属于人类，和花草无关。浦市的繁华不在，却也不少尘俗的烟火气，四季的花事自然一点也不冷清。各种颜色的不知名的野花在河岸和田地间虔诚地开着，一直匍匐到那寺庙的墙角边。荼蘼还有个很有禅意的名字叫“佛见笑”。佛典中也说它是天上开的花，色纯而柔软，见此花者，恶自去除。看到那种花，想起那句偈语：一切有为法，尽是因缘合和。在路上我碰到两三个去地里干活儿的村民，他们遇见我这个陌生人时，总是不吝惜他们的友善，那自然流露的微笑，让我相信在江东寺旁开的那种花一定就是传说中的荼蘼了。

这季节，江东的天是很蓝的，平畴里的房屋在宽阔的河面和晴空的映衬下显得低矮。油菜花有着凡·高一样的色彩，布谷鸟的叫声制造了旷野的立体感。这旷野的边界就是它声音消失的地方，像一簇被风吹走的蒲公英的花絮。一辆摇摇晃晃的公交车捡起三两个路人,轰隆而去。从前的浦市是看不到边界的,它的边界是码头上那些东去西行的船只,能到达视线之外的地方。

在众生云集的地方,人是需要神祇的,所以浦市也曾是众神聚集的地方。这里有过数目众多的道观、寺庙,古老的楚辞、傩堂戏、目连戏中,还保留着楚地遗民对先祖亡灵、鬼魂、本土神祇和河流本身的敬畏。这渡人的释迦牟尼大约也是在某一天坐船来的。那些往返于河流之上的凡夫俗子,在尘世的躯壳之外,还需要另外一种抵达和停泊。在浦市,古老的迷信活动,带来的其实是世俗的快乐。

在浦市这样的大码头,神都有着很尘俗的一面。寺庙大多建在离河岸不远的地方,方便人们祈愿和祷告,也没有大庙唬人的威严和金碧辉煌的神殿。这种简单实用的规制,缩短了人与神的距离,也让人与神的交流变得更加亲切。只要心足够虔诚,水边的人是不必舍近求远。人们频繁地"做会"(一种民间祭神仪式)、万人空巷地抬着黑龙菩萨游街、唱傩堂戏,祭鬼、娱神又娱人,个个都快乐无边。中元节一到,长街窄巷便青烟腾腾的,浦市的鞭炮也远近闻名。人们祈求长生不老,是因为人间的烟火还是很值得留恋的。

江东寺就在河岸边的平台上。地虽不偏僻,却很有些山深的幽静。寺前大树不是常见的柏树,而是一棵树冠浓密的香樟。寺院有些破败,我去的时候空无一人。走过狭促的山门,可见大雄宝殿前面的空地四周栽种了很多花草,有清雅的芦荟、兰草,也有花事正盛的月季、蜀葵和三角梅。花草清新的景象中透露着欣喜,冲淡了寺院寻常的肃穆和压抑,仿佛一农家小院,散发出朴素宁静的世俗气息。我一向不太喜欢寺庙那种俯视众生的庄重与神秘，我想这世间的安详和温暖未必都是神可以给予的。

跟很多寺庙不同，江东寺一直有种花草的传统，在香火极盛的当年也是如此。沈从文先生从军期间就在寺里驻扎过，在他的记忆里，“在市镇对河的一个大庙，比北京碧云寺还好看……那庙里（指江东寺）墙上的诗好像也很多，花也多得很”，在沈先生的描述中，当时的江东寺有一棵需要五人才能合围的古松树，还有一棵三丈高的老梅树，开花时如一树绛雪，花落时铺满庭院。

老梅树和古松，自然是无处可寻了，但寻得这一院清静，几许幽香，也合我此番的来意。大殿前，新种了几棵柏树，都不过一人多高，等到它们长到参天之时，光阴里的浦市又会是怎样的模样？在我意识里，一直有一个冬季，雪覆盖着古镇和河岸边的船，那棵老梅树繁花绽放，暗香和着缭绕的檀烟越过高高的院墙。入夜，寺内的那座转轮藏“声音如龙吟，凄厉而绵长”，离浦市很远的地方都能听到。

即使失去了很多曾经的存在，浦市寂寥的体表之下，血脉里的积淀依然会像身边那条河流一样自由奔放。它生命的原始张力如潜行于地底的草根，托举着四季的更替。那蛰伏在潜意识深处的野性、虔诚、不羁、粗犷和渴望，总是在端午节、在中元节、在万寿宫前攒动的人流里复活，这时节的浦市才是当年的浦市。

看龙舟，听辰河戏，是浦市人最传统的娱乐方式。这里的苗歌，源于祭祀祖先的唱和，祭鬼、娱神而娱人。楚国南郢之地，“其俗信鬼而好祠，其祀必使巫觋所乐，歌舞以娱神”。浦市码头有着与浦市一样古老的剧种——辰河高腔。它保留着浓厚的巫傩色彩和楚辞的余韵，融合了水与船带来的南腔北调，南戏、弋阳腔、目连戏、祁剧、川剧……艺人或围堂而坐，或在简陋戏台上一唱就是半日。但见锣鼓击节，唢呐帮腔，众人帮和。那腔调高亢粗犷时，唱腔响遏行云，荡气回肠；婉转优雅时，哀怨缠绵，极尽沉郁悲壮之气象。这戏里的人物像极了码头上的男女，真挚豪放，却又不肤浅。他们赋予了辰河戏独特的个性和兼容品质，而辰河戏又反过来影响着他们对生活的理解。再大的世界，都是可以浓缩于一个戏台的。那戏台上写着："作赋作诗，圈外文章殿外句；扮文扮武，水中月亮镜中天。"浦市码头也是个戏台，戏里戏外，脸谱和面具之下，哪一个更真实，在落幕之时，想必就有了答案。

有了辰河戏，浦市是不会走失的。即使偶尔迷失，人们也会在戏里把它找回来。那戏和水是有灵魂的，它不只属于眼前的浦市，还属于河里的每一条船，属于码头上南来北往的人，顺着它熟悉的调子，漂泊的人都能听出故乡的味道。

在河流边居住的人对水是充满敬畏的。浦市上下游水边的绝壁之上还留有悬棺葬的遗迹。楚地多溪河，死后葬在水边的悬崖上，是水边的人对河流既依赖又畏惧的矛盾，是传说中那场毁灭性的"蒲天大水"带来的下意识的规避。能避免洪水的袭扰，又能得到河流的护佑，即使死去，水边的灵魂也是不会枯萎的。

远古的楚地，人们通过河流是可以触摸到神灵的，笃信他们的福祉和灾祸都是来自身边的河流。神巫们披着香草，亦歌亦舞，卜筮招魂，他们在亢奋的呐喊中招呼山鬼、水神和先祖的灵魂。神咒和颂歌中那些“禾和些”的尾音，差不多就是浪漫楚辞里“兮”的源头。早在屈原投江之前，那些今天被称为龙舟的小船就在特定的日子里，在肃穆与狂放的气氛中穿梭于河流之上。一串串用箬竹叶包裹的祭品，连带着被反复念诵的愿望，被无比虔诚地撒入水里。

苗族《漫水神歌》中有这样的唱词：“人家赛舟祭屈原，我划龙船祭盘瓠。”也就是说，浦市划龙舟的习俗最初与屈原是没有关联的。盘瓠是传说中五千年前的五溪始祖，是神话中浦市一带沅水中上游原住民的共同先祖。传说，盘瓠死后，子孙为召回他的灵魂，划着涂着朱砂的彩舟，在水面上游弋祭祀，后来逐渐演变成端午赛龙舟、吃粽子的习俗。也就是说，在三闾大夫遭贬流放沅水之时，就目睹了沅水之上龙舟穿越的盛况，于是才有了楚辞中“驾龙舟兮乘雷，载云旗兮委蛇”的描述。

在浦市人心里，屈原也是神，应和这河流上所有的神祇和先祖盘瓠一样接受崇敬。他们相信屈原的《涉江》就是屈原路过浦市写成的，因为其中有“朝发枉渚兮，夕宿辰阳”的句子。学者考证“枉渚”是沅水下游常德的枉水，辰阳即浦市上游的辰溪。从枉水到辰阳走水路要十天左右，朝发夕至当然是不可能的，而乘船从浦市附近到辰阳刚好一天可到，那么枉渚应该就在浦市。其实，屈原诗中的朝发与夕宿未必就是指的同一天，也可能是在某一天早上从枉渚出发，十天后的傍晚抵达辰阳，但浦市人不相信其他的说法，除了膜拜，血脉还里流淌着与三闾大夫一样的执着和浪漫，他们认定浦市下游的一个小渔村就是屈原诗中朝发的“枉渚”，后来又索性直接改为“屈望村”，还遍栽橘树，以应“后皇嘉树，橘徕服兮”的佳句。

端阳五月，栀子花香里，大河丰盈，沉睡的河流在激荡的鼓声里突然苏醒，沿河两岸人头攒动，“满街粽子卖光光”“四方井水喝光光”。浦市人潜伏的野性驾驭着古老的龙船，竞渡于沅江之上，咚咚咚的鼓声、喔嗬嗬的呐喊声震天动地。几千年来，河流都如大地的脉搏，在一个无比虔诚的日子里勃发出生命的狂放。盘瓠、屈原、王昌龄、朱湘、沈从文……河流中那些从来不曾死去的灵魂都冥冥如生。

很快，喧闹的河流又回归安宁，那些年复一年的祝福和心愿又沉于水底，等待来年继续去打捞。河面上的鸟，继续着往日的从容，只有那只往返于江东的渡船，突突的柴油机声不时打破野旷的平静。余下的光阴会因有等待而漫长，那被老酒浇灼的端午不过短短几天，却也像是浦市人的全部，短促而有分量，重到足以让他们感觉到了某种永恒的存在。

浦市已经有好些年没有划龙舟了，来这里的人，也只能在《边城》中透过文字去寻找。我也一样，眼前的河流太过寂静，我想不出它端午里的模样。码头边的石缝里，几枝矮小的萝卜花在河风里摇曳着，像水边戏耍的孩子。它们在原本不属于它们的地方开花是很偶然的。码头上总有些很随意的事件发生，我的造访就是其中之一。我长久地坐在河边，看着那条渡船来来往往，又看着另一条船从上游归来，头发花白的船老板把船系在渡口旁的石柱上，仿佛船是他牵来的一头牛。然后，他坐在石头上，摸出了一盒香烟，点上一支，燃去他这一天的疲惫。

在码头的另一个角落，一条龙船躺在为它专门修建的长廊里，船身透着古铜色的光泽，如一条硕大的青鱼的背脊。这龙船是有野性的，它躺在这里，像经历一场鏖战后的歇息。它等待着一个仪式，用一炷香和一通锣鼓把它唤醒，让它再次回归那条同样充满野性的河流。它还要等多久？它也会和从前那些船一样消失在无边的时间里吗？这种担心可能有些多余，所有的消失都是有意义的，不管是出于无奈还是自主的选择，我们一直都在道别，都是一条不能回头的河流。水边，有几个女孩子在码头上用手机拍着风景，光影里再没有捶洗晨昏的浣衣女人。

除了永恒的河流，没有消失的还有山外那条古老的驿道，驿路经乾州、凤凰可到湘西腹地和川黔，属于茶马古道的一段。驿路修建于明朝，保存完好，因经年的人踩马踏，那些青中泛着淡绿的石块变得很光滑，行人沿着那一溜山谷就着山势向西，再翻过一道山梁，身影就隐没在浦市的视线之外了。

这条古驿道如今已被浦市人当成了健身步道，我去的时候正是午后，驿路上没有一个人。鸟鸣山幽，偶尔可见一两户人家。山谷被清凉的绿色相拥，路两旁的田地桃李正在花期，小溪安静的细流里落满了花瓣。这情境很是怡人，让我不觉得有独自行走的孤寂。我在路上走着，反复在脑子里搜寻古人关于驿路的诗词，发现都不过“悲喜”二字。或如姚合的“饮罢春明门外别，萧条驿路夕阳低”，或如陆游的“诏书许逐阳和至，驿路开花处处新”。

清朝戴粟珍有一首诗是写浦市的：“风波历不尽，晓发雨蒙蒙。篷带辰溪雪,帆收浦市风。圆沙围岸阔,平楚接天空。仿佛乡关路,云生白塔中。”这诗是写水边的浦市,跟这驿路没什么关系。天气晴好的晚上,月亮会从江东升起,它落下的地方正是驿路的尽处。月光如水,倾泻之下的道路其实是浦市的另一条河。

回到旅馆时,已是傍晚时分了,黑夜在我吃完晚饭之前就早早到来,我觉得身体有些疲乏。在隐约的灯光下,泊在岸边的那条船的黑影还能看到,河水拍打船身和河岸的声音隐隐起伏着。码头上聚集着一些唱山歌的人,调子在夜里听上去有些幽怨。我不懂苗语,问了问驿馆的女老板,才知道其中一首歌词是这样的:“老鹰树下无站处啰,蝙蝠白天瞎眼睛,歌就唱到这里止,水落滩头来船莫停。”我忽然觉得一阵莫名的伤感,觉得此时的我也是停泊在浦市的一条船,而明天我就要从这里离开。

那夜,我没有睡好。浦市的夜很宽敞,一宿的梦却很拥挤,窗外的河流像是在枕边流淌。

临澧而歌

河叫澧水，水色靛青，如一匹靛染的土布，从蜿蜒的翠峰之间铺陈到下游广袤的冲积平原。

那颜色是一种叫蓼蓝的植物汁和石灰调和而形成的，蓼蓝是水边常见的植物，石灰是由河边坚硬的石灰岩烧制而成。所以，这靛蓝便有了水浪漫的柔性和岩石坚定的平和，它曾是这片流域人们服饰的主体颜色，也在漫长的时间里沉淀为一种地域性格，构成了这条不知年龄的河流的性格，抚养着在这里繁衍生息的人们。

我总是在梦里触摸那条靛蓝色的河流，分不清是我被河流唤醒了还是我唤醒了河流。梦里，我飘浮在同样的蓝色天空，像是在河流中看着天，也像是在天上看着河流。我的眼睛被天空与河水的颜色熏染，如河岸边一枚草尖上的那两滴雨露，一只盛着太阳，一只盛着月亮。

一

来到停弦渡是因为一次偶然。在那条河流和一片种满猕猴桃的田野之间，我只是个行色匆匆的路人，在一些时间里寻找另一些时间，行囊里装满了屈原和宋玉的辞赋。忽然间，我瞥见一个写着“停弦渡”的牌坊站立在路边，于是停下了脚步。

我停下来，从牌坊下那几个卖红心猕猴桃的农夫的嘴里听到一个有些浪漫的故事，故事的主角居然是风流倜傥的文坛大佬、西汉辞赋家司马相如。

故事是这样的。公元前一三〇年，汉武帝派唐蒙经营西南，设置牂牁郡和犍为郡，后因滥杀当地土著领袖造成西南少数民族民心不安。汉武帝派司马相如出使牂牁、夜郎，训责唐蒙，宣示朝廷的安抚政策，使局势迅速得以稳定。传说，司马相如出使西南，途中路过澧水这个渡口，登舟过渡之际，为澧水风光所迷，取出随身携带的古琴，即兴而抚，声如天籁，余音袅袅。然舟行至江中，一根琴弦忽然断裂……

这故事后来在民间衍生出很多版本，在马上、在舟中、在渡口，最浪漫的版本连卓文君也成了故事的女主角。

澧水边这个寻常的渡口因此得名：停弦渡。

今天的停弦渡，是临澧县一个普通的小镇。因水而兴，也因水而寂寞。我被这个地名和它背后的故事所吸引，不自觉地把自己想象成一只船，撑向了澧水边一个未知的古渡。这里不是蜀郡的成都，不是汉武帝的长安，更不是梁孝王的梁园，而是在遥远的黔中。那个写过《上林赋》《子虚赋》，与卓文君一起演绎《凤求凰》的司马相如，真的来过这里吗？有人质疑，司马相如为何不从长安经蜀道入川，而是舍近求远地选择经澧水而行呢？

我坚信司马相如来过这里，或者说我愿意相信那个美丽的传说。不仅因为汉代有“发咸阳，出蓝关，经郧襄而至澧土，由此往南经武陵、沅辰至牂牁夜郎”的便捷道路，还因为我有些宿命感，笃定很多传说和不期而遇背后的必然。一片云飘过你的头顶，飘出你的视线，但你还是能时刻感受到它的存在。有时候是一滴雨水淋湿你的头发，有时候是一片雪花融化在你的眼角，有时是一线溪水，绕过千沟万壑，在你面前聚集成一泓深潭，安静而美丽地望着你。这个认知让我每到一个地方都有一种做梦的恍惚。

无论如何，澧水是绝对配得上司马相如的。这里是楚辞的原产地，在司马相如到来之前，楚辞之父、三闾大夫屈原一定是到过这个渡口的。楚国建都郢后，澧水流域几乎就是“京畿”之地，也是屈原流放沅水流域的必经之地。那时的楚地，巫风盛行，澧水边岸芷汀兰，蕙花如草，于是就有了屈原“捐余玦兮江中，遗余佩兮澧浦”(《九歌·湘君》)和“沅有芷兮澧有兰，思公子兮未敢言”《九歌·湘夫人》)的诗句。这恰好仿佛司马相如与卓文君的爱情传说。

在屈原之后，另一位辞赋大家宋玉也出现在澧水平原。“悲哉，秋之为气也！萧瑟兮草木摇落而变衰。憭栗兮若在远行，登山临水兮送将归。”宋玉是屈原楚辞艺术的直接继承者，在楚辞与汉赋之间，起着承前启后的作用，说白一点上承的是屈原，下启的正是司马相如。宋玉是位才情横溢、气质忧郁的翩翩美男，说他不是“师范屈宋”的司马相如的偶像，还真说不过去。据说，宋玉最后卒于临澧县的宋玉村。我去过这个村子，跟沅澧山水间的其他村子没有太多的区别，但关于宋玉的故事还在人们口中流传。我站在了无古意的村头，看着远处注入洞庭的河水，脑海中只有一幅画面：芦苇摇曳的水边，站着一位飘逸的白衣人，秋风掀起了他的衣裾，远处树木萧瑟，坠叶纷飞……不过，这画面的人物似乎是可以替换的，是宋玉，是屈原，也像是贾谊、杜甫、白居易或柳宗元。自屈原被放逐之后，一些群体的宿命注定是逃不掉的。当你置身这样的环境，也会有一种被灵魂附体的感觉。

继承了屈、宋才情与浪漫的司马相如，把辞赋推向了一个巅峰。他没有理由不寻找机会去膜拜自己的偶像，去寻觅这山水之间浪漫楚韵的源头，而出使牂牁正是这样的机会，这位辞赋大家当然也配得上这条诗意的河流。楚地的高山流水还记录着伯牙和钟子期的故事，司马相如一定是想用自己的琴声，跟他曾经仰慕的前辈们做一次虔诚的交流，而那根断裂的琴弦就证明这山水之间有他最好的知音，在琴声注入这一条河流的那一瞬间，他的生命也就融入那千年不变的靛青，蜿蜒成了又一段不朽的传奇，散发着澧水两岸的芷芬兰芳。

澧水和这片平原，从此记住了一个人。我相信司马相如的那段琴音，至今还飘荡在澧阳平原湿润的空气里。

我不确定司马相如当年在停弦渡口弹奏的古琴，是否就是那架传说里的名琴“绿绮”，这不免让人想起了“梁园”。那是司马相如最初展露才华的地方，是后世文人仰慕的精神与艺术家园。在某个初冬，赭霞台上，因得《如玉赋》而大悦的梁孝王，为司马相如的到来举行了盛宴，座中有邹阳、枚乘、枚皋、庄忌等一众西汉辞赋大家。在梁园，司马相如第一次见到了传说中的“绿绮”，墨色的琴体隐隐泛着幽幽的绿光，如古木之上缠绕的绿色藤蔓。他轻舒长袖，劈、抹、挑、勾、吟、猱、绰、注。那琴音时而沉静旷远，撩人幽思，时而悠长清冽，缥缈入仙，如泉咽、如金鸣、如帛裂、如磬击。一曲终了，四野寂静，雪满梁园。琴台上幽远的余音与《子虚赋》里的重峦叠嶂，一同缭绕在三百里梁园之上。

从那天开始，名琴赠名士，“绿绮”从此有了它最好的伴侣，彼此的倾慕有了最好的结果。后来，正是借助“绿绮”的琴音，司马相如与卓文君联袂演绎了一段名垂千古的爱情传奇。汉武帝是慷慨雄浑的大汉，是一本写满辞赋的长卷，翻开便波澜壮阔，但司马相如蜀郡中的抱负、梁园里的踌躇、《上林赋》中恢宏酣畅的铺陈，最后都输给了一架墨绿的古琴和风姿绰约的卓文君。

汉赋里那个气势磅礴的大汉，其实隐藏着太多的戾气，满是刀剑的杀戮和征伐的血腥。金戈铁马、开疆拓土的王朝背后是黎民的悲苦，有司马相如和卓文君，才有了那么一丝柔软和浪漫。梁园赠琴、情挑文君、当垆卖酒、停弦待渡，这里的人可能记不住汉武帝，却用一种特殊的方式记住了这位风流才子。人生如此，也算是值了。

我来到澧水的时候，司马相如已经走了两千多年了，载他而去的那条渡船和他指尖流出的琴音，早已消失在时间的背影里。很多年过去了，澧水还是那样的颜色，河岸长满密密的芦苇，芦花在倏忽不定的风里飘着。停弦渡已成一个地名，小镇曾是澧水的码头之一，因制陶业而发达。如今，古渡早已衰败，旧迹难寻，只有那方牌楼记录着它昔日的繁盛。那架古琴，或早已朽蚀成光阴里的尘埃，随风而舞；或为起伏于青萍之上的天籁，缭绕回响，渗于原上那些繁盛的草木,化作空谷和澧阳之野上的铿锵。

要找到当年的停弦渡,还是费了些周折的。几次询问,几经辗转，穿过水边一片密密的芦苇和白杨树林，我找到了那个早已成为废墟的古渡。这里如今成为下游一个水坝的库区，古渡所在的地方大半都已没入水里，只剩一些没于野草之中散乱的砖石,已看不出渡口的痕迹。河岸边很寂静,没有船,只有一户人家孤零零地立在岸,门口挂着一面招旗,上面写着“古渡酒家”,因为没有客人显得格外落寞。水边的芦苇、菖蒲、菱角、野芹、葎草十分繁茂。小路四围点缀着许多黄色、紫色、蓝色的小花。杨树林的深处里能听到斑鸠幽幽的叫声,偶尔,三两只白鹭从水草的苍翠里飞出,飞到了河的那一边。隔河望去,澧阳平原地阔天空,看不到曾经远去的背影。

凭吊这样的遗迹,有时候内心总是矛盾的,那种无边的寂寥、虚空和塞满头颅的冥想，映衬着一种很单纯的存在感，没有屈原的忧愤,没有宋玉的感伤,也没有陈子昂的怆然悲凉,只有与生俱来的孤独。我不禁在想：司马相如在停弦渡抚琴的时候，我在哪里？这个问题到底有没有意义？但我觉得是有意义的,至少能想到这点就有意义。

歌德说每一个地方的天空都是蓝色的，不需要绕地球走一圈。但我确信每一条河流都是不同的。即使闭上眼睛,通过嗅觉都能感受到它是不是你缘分里的那条河流，河边的植物、泥土、空气,还有河水里鱼的呼吸和微微的腥味,都有它独特的气息,就像一位曾与你朝夕相处的女人,我笃信我与这条河流是有关系的。

一个孤独的人站在澧水岸边,让风掠过头,吹乱衣,任风肆意拉扯，一种渺小感顿生。个体的存在不过是为了参照那无边的空寂与苍茫,从有归于无,从喧嚣归于沉寂,所谓存在仿佛只是一瞬间的幻象。谁又能以一种姿态一站千年?北方的那条大河边,司马相如曾经用华丽辞赋铺陈的王朝，黄土地上生长过无数高大宏伟的宫阙,末了,都输给了垣上的麦子、高粱和野草。

司马相如走了,我来了,停弦渡还在,诗意的传说也还在。澧阳平原上，这条河流本身就是一根古老的琴弦，大地就是它不朽的琴台。当你用心去聆听时,它的深邃、厚重、律动、永恒仍然奔涌在它生生不息的弹拨之中。

若干年过去,河流之上,蒸腾的云气会被带到更加广袤而遥远的大地之上,凝结成雨露。那些被滋养的花草,在你不知道的原野上尽情生长和开放着。

二

草木和稻子生长的季节,沅澧平原绿得很满,像盛年的妇人,丰盈而亲和，不似江南小镇少女般暗香疏影。一直循环的季节是澧阳平原固定的背景,匆匆来去的事物,都走不出它恒久的底色。

河流在人间,此岸也是彼岸,人们说起的沧海桑田只是一次说不出来历的旅行。时间是没有生死的，有起点和终点的事物才会有生与死的假象。如一只鸟,离开了曾经的巢穴,它还有翅膀,每一次飞翔都是为了下一次的飞翔。对丁玲来说,澧水北岸的临澧就是这样一个装载着她复杂情绪的地方。

在临澧县佘市桥镇黑胡子冲的山坡上,丁玲安详地守着她的故乡。那尊铜像是在二〇二〇年落成的,距丁玲上一次眺望故乡已经过去了三十八年。

那一次是她在外漂泊六十年后第一次走近家乡,但却只是在向阳水库上远远地遥望着远处的故园。劫后余生的她依然睿智而通达。留下她第一声啼哭的故居早已破败颓塌,只剩下衰草丛生的老屋场和一堵斑驳的残墙。她大概是不想让家乡的人为此尴尬。不管是出于无奈,还是真实的意愿,丁玲选择在自己的内心挽留住故乡那一点残留的美好。

据亲友回忆,那天下着蒙蒙细雨,临走时,眼里泛着几点泪光的丁玲依依不舍,口中反复念叨着:“黑胡子冲,黑胡子冲啊……”这是丁玲余生离故乡最近的一次,也是最远的一次。三年后,丁玲于北京辞世,最后回到家乡的是她的铜像。

全国很多地方都有丁玲的铜像,我觉得黑胡子冲看到的那尊最像。这里是她的故里,你能从她的眼里读出她一生难得的几分平静。

冲,在湘语里多指山地丘陵之间的平地,因有可以耕种的土地和穿过低谷的小溪,就形成了自然的村落。佘市桥多蒋姓,黑胡子冲在澧水北面一块丘陵中间,四面是状若青螺的山丘,山丘间有出入的道路,初入闭塞狭隘,等到了谷地就豁然开朗。谷地的大小决定村子的规模,较大的平畴之上,村庄里田园桑竹,布缀有序,能看到远树炊烟,还能听到鸡犬之声。临澧属传统的武陵地区，黑胡子冲这种地貌在湘西北很是普遍的，是陶渊明笔下桃花源的灵感来源。

毛姆说，有些人诞生的地方未必就是他的所得之所，他们一生都在思念一个自己都不知道在哪里的故乡，只有在那里才能找到安宁。没有人可以选择自己的出生地，因为那不是自己的意愿能决定的，那些在本乡本土活出陌生感的人最后都选择了远游异乡。

丁玲就是毛姆所说的那种在不断寻找故乡的人。

在不能理解死亡的年龄，丁玲目睹了父亲的死亡。黑色的压抑、白色的冷酷、灵堂、噩梦、恐惧，在每个夜晚都如影相随。失去依靠的孤儿寡母，又在族人的贪婪、冷漠里孤立无助，寄人篱下。从那时起，出生的土地再也不是遮挡风雨、从容栖身的巢穴。寻找也好，流浪也好，所经过的每一个地方，都注定是她可能的故乡。

丁玲最初的逃离是被动的，虽然环境的驱赶与内心的驱动可能会造成类似的结果。澧水素以洪水涨落迅速而著称，靛蓝之下，蕴藏着执着的野性，原野上的万物有着蓬勃的生机和不断迁徙的属性。丁玲也是这样的物种，她继承了母亲的坚毅、自强的气质，像一颗惶惑而顽强的种子，在哪里都会长成她自己的模样。

一九二二年，十八岁的丁玲前往上海，从此，丁玲就不曾缺席那个时代的任何一波风起云涌，任性地享受每一个历史空间带给她的个人体验，从湘西北到上海、南京、延安、北京、北大荒，她像一条任性的河流毅然扑向烈焰四散的风云时代。她时而置身于耀眼的光环之下，时而活在他人仇恨的眼神之中，率性地把爱与恨、荣耀和羞辱、辉煌和伤痛一并装入囊中，无所畏惧地走完自己的一生。

《莎菲女士的日记》里的张扬和叛逆；与胡也频、冯雪峰惊世骇俗的爱情；爱人的死亡、在南京被关押囚禁的屈辱；伟人“昔日文小姐，今日武将军”的褒奖；写《三八节有感》遭遇的政治曲折；《太阳照在桑干河上》的辉煌；流放北大荒的生死历程；与沈从文的恩恩怨怨；身前身后对她人品、文品从未停歇的巨大争议……起起落落，是是非非。放下褒贬和争议，放下基于立场和性别的偏见，你不得不承认，在那个年代，作为一个有着独立人格的女子，能走完这样的人生是需要勇气的。

有人说丁玲一生大开大合，是个不断折腾的文艺青年，黑胡子冲的宁静属性好像从来没有在她身上留下印记。这村子只是丁玲人生的第一个寄居地，这里的单调、静谧、死亡，曾经让她不安和恐惧，造就了她一生的敏感，而她骨子里又天然地拒绝平淡，所以她一直都在固执地寻找毛姆定义的那个自己都不知道在哪里的故乡。

如果毛姆是对的，那丁玲更像是佘市桥黑胡子冲的过客，她生在这里，这里却未必就是她的故乡。丁玲故居门前小溪上的小桥相传叫闯王桥，她这支蒋姓家族，既可姓蒋，也是可以姓李的。澧水流域曾经是李自成余部活动的区域，传说李自成在当地夹山寺出家为僧，当地也一直流传着这样的故事：临澧丁玲家族这支蒋姓其实是明末农民领袖李自成的后裔。明末清初，蒋姓家族富甲一方，也似乎与大顺军的神秘宝藏有关。关于这个传说的真伪，专家们一直争论不休。我倒是愿意相信这个传说，以丁玲的个性和经历,她的血液里的确是像蛰伏着某些来自西部的基因。

在女性身体与灵魂受压抑的年代,丁玲对现实的反叛是极具个性化的。从追求女性的个性解放、立足对现实的批判到勇敢地投身社会改造,丁玲总是决绝向前,不计后果,如瞿秋白所说"飞蛾扑火,非死不止"。她就是一只蛾子,黑胡子冲就是她要挣脱的第一只茧壳。从沅澧平原走出的那一刻,她所寄居的地方都没有成为她真正的故乡,在她心里,故乡的模样大约永远都不在眼前,而是在她不断行走的路的尽头。

一九三八年春,丁玲遇见了萧红。两位童年境遇相似,都是以书写女性身体和灵魂,有着鲜明个性和独立人格意识的女性作家,从彼此的眼睛里看到了自己的影子。这是北方呼兰河与南方澧水的一次交融。丁玲和萧红都知道自己在不断远离自己曾经熟悉的河岸,所不同的是,丁玲有着更为清晰的流向,她知道自己所寻找的灵魂住所是在河流的尽头,所以她执着前行。而萧红也在寻找,她不断地寄希望于一次情感的停靠,让自己的脆弱的心得到某种短暂的庇护。丁玲与萧红,就像两枚相似的硬币,她们有着同样的一面,而另一面却截然不同。也正是这种不同决定了这两条女人的河流有了完全不同的归宿。

几年后,萧红凄凉地死在了香港,半部"红楼"写满了孤独、背叛、凄凉和不甘。

丁玲也是不甘的。在萧红死后不久,她也处于另一种形式的风雨飘摇的无助中。在延安,因发表《三八节有感》一文而遭受着巨大的政治打击。在《风雨中忆萧红》中,她写下这样的句子:"风雨已停,朦胧的月亮浮在西边山头上,明天将有一个晴天。我为着明天的胜利而微笑,为着永生而休息。我吹熄了灯,平静地躺到床上……”在面对一个“怀着寂寞的心情”死在“悲壮的斗争的大时代”的孤苦灵魂时，丁玲依然在悲痛与孤单之下显示出了她倔强的灵魂。

和柔弱的萧红不一样,丁玲是个不信命的女人。

我不知道,在人生旋涡中沉浮的丁玲是否也有过萧红那样无助的沦落感，但命运的大开大合也注定是丁玲飞蛾属性的必然。《太阳照在桑干河上》的光环还没散去,接下来的二十年是接踵而至的批斗、流放、牢狱。其间丁玲所忍受的精神与肉体磨难是惊人的。

她隐忍地活了下来,并在余下的十年里,续写着一个女性最后的传奇。而在那些苦涩的日子里，那个叫黑胡子冲的村子又是否给过她哪怕片刻的温暖。丁玲曾经是很拒绝故乡的，她的那个出生地从来都没有出现在她的作品里。但没有人能在内心真正摆脱自己的故乡,哪怕情绪上有些挣扎。六十年后,在那个烟雨迷离的时刻,她远远地遥望自己的故乡,终究没有再走近一步。这便是丁玲这一生与故乡最真实的距离,很近,也很遥远。

今天,在丁玲生活过的河北涿鹿、黑龙江宝泉岭汤原农场、湖南常德、临澧以及黑胡子冲都建有丁玲纪念馆，关于丁玲作品以及个人的争议也仍在延续。回顾她貌似折腾的一生，我们无法揣度她最后是否已经找到了她灵魂中向往的故乡，如果找到了,那个故乡又在哪里？每个人都可以有自己的生活哲学，但一个人的命运可能终究还是逃不过时代的裹挟。丁玲经历的坎坷与萧红的苦难在本质上到底有多少不同？赞美她的人、批评她的人都给不出答案。她不是易卜生笔下的娜拉，到最后也不是自己笔下那个叫莎菲的女子，她就是丁玲，褒也好，贬也好，她始终是现代文学绕不过去的一道坎。

我对丁玲的关注来自我的导师彭漱芬教授，她是著名的丁玲研究学者。她最后一次见到丁玲时，丁玲已生命垂危，失去意识。这一次，这位倔强的女性放弃了她与命运的争斗，走入注定的沉默，谁赢了，只有她自己知道。彭先生对丁玲的一生有一个非学术性的说法："她是一个迷人之谜。"

在临澧黑胡子冲的山坡上，丁玲慈祥地看着她的故乡，她头顶的天空很清朗，阳光里，远处的稻子和野草都一样茂盛。曾经颓圮的故居也已经重建，看不到时间曾经侵蚀的痕迹，只在旁边保留了那堵仅剩的残墙。来这里凭吊的人也不多，三三两两，忙着拍照。对大多数人来说，丁玲还是陌生的，这不重要，重要的是她是黑胡子冲蒋家的人，在外面的世界她是丁玲，在家乡她的名字叫蒋冰之。

我没有进到故居里去，凭吊一个复制品的感觉总是有一种被欺骗的怀疑。我更愿意站在那堵残墙边，寻找一些岁月可能留下的印记。

是谁说的？有时候，你看到的历史，可能并不是真相。

三

南方从不缺少日光和绿色的空旷。澧水和时间不停地冲刷和积淀,在下游形成了宽阔的冲积平原,沃野之上,草木欣荣。

我走过澧阳平原时，一只蚂蚁正在一株花叶芦竹上爬行,看上去如黑色的斑点。它这次行走在旷野里会不会留下记录，我不能确定。这样的行走每天都在发生,从地下到地表,从一株草到另一株草。酢浆草的白花不时地摇颤着,惊动它的除了风,还有几只忙碌的赤小蜂。正是稻子扬花的时节,空气中透着一股清新,夹杂着蚕豆花的气息。寂静只是原野的表象，站立的树木能听到土地的呼吸。

北纬二十九度的阳光和雨水浸润着这里的每一寸泥土,让你觉得埋一颗石子在地里也是能发芽的，所有的植物都以自己特有的状态欣欣向荣。澧阳平原是水稻的故乡,河网交织,湖沼密布,正适宜水稻的生长。夏秋之时,稻子成熟,南方平原上,金黄的稻穗弯下身躯向养育的土地致敬，这是一种天然的仪式，是一个季节对生长的首肯,它表明收割即将开始。

“收获者们在领地上劳作,他们挥舞着磨快的镰刀,收割成熟的谷物。秸秆随着收割者的动作一排排地倒下，三个人用绳子捆扎成捆,身后的男孩聚在一起捡拾割下的秸秆,递给捆扎的人……”这是荷马在《伊利亚特》中描写人类收割谷物的场景。这是一项古老的劳动，当它最初出现时，早期农业文明的曙光开始穿透亘古的混浊。当远古的人们开始有意识地食物生产后,有一个人在雨水浸润的湿地里栽种下了人类的第一棵稻子，他是谁？是不是就是在脚下的澧阳平原？

在平原家族中，澧阳平原的体量是很小的。但这里却是湖南乃至中国史前遗址分布最密集、种类最齐全、文化序列最清晰的地区。它背靠武陵，面朝大泽沉积的沃野，湖沼发育、河流众多，生态多样性为远古的人类提供了得天独厚的宜居之所。七百多平方公里土地分布着从公元前六十万年前的旧石器早期到公元前二至三万年旧石器晚期的古人类遗存，还有世界最早的古稻田、世界最早的城和绵延三十多公里的数千座九里楚墓群，重要的史前和商周时期的遗址多达五百六十六个，平均每平方公里就有零点九个，容纳了中国南方古人类从山地走向平原、从狩猎采集到稻作农业的全过程。

这是一部全景式的环幕电影，我站在那里，仿佛置身巨大的环形影院，时间就在你身边流动，炫目的太阳从远古的地平线升起，鹰的翅膀在地面投射出巨大的阴影。恢宏的背景下，平原记录的历史被不断地回放。

在蓝色的河流旁，那些穿着第一代皮草的男女，脸上有着泥土的颜色，肃穆如大地。坚硬的石头被反复削砸成人们需要的形状和锐度。那些用石头琢成的独木舟如健硕的鱼脊，穿行在远古的河流之上，河边细腻的泥土被反复揉捏，掺入了人类最初的想象与迷惑，在火中被烧结成形，那些陶罐盛满对食物原始的欲望。被鱼儿、河螺、蚌壳，以及植物的果实和在森林里奔跑的野兽养活的先祖，在大地与天空之间，面对河流，结庐而居，繁殖后代，最初的一缕炊烟,在石头与树木的反复摩擦里升起……

大地是一部厚厚的史记,是比甲骨、竹简和线装书更加古老的书页。那些被称作石器的石头是会说话的，它们是散落于大地最早的象形文字，它们拥有自己的生命，帮助早期人类建造了最早的城垣。

新石器时代,城的出现意味着上古的人类有了一定规模的聚落，这种状态证明他们已经可以获取稳定的生活资源。动物驯养和植物种植结束了狩猎和采集的不确定性。在澧阳平原，城的出现与发展的过程，也是野生水稻结束野生状态的过程，食物的生产需要耗费更多的人力,需要更加细化的组织和社会分工。水稻,这种禾本科水生草本的大规模种植，客观上改变了先民的聚落状态,催生了人类新的聚落方式,古代城池诞生了。

在澧阳平原,新石器古代城池遗址和水稻种植的证据正不断被发现。世界最早的人工栽培稻、最早的水稻田、最早的稻作农业灌溉系统,都在这里聚集。彭头山、八十垱、城头山、鸡叫城这四大远古稻作遗址，循着数千年的光阴，让远古的文明散发着阵阵神秘的稻香。

一九八六年,澧县彭头山发现了距今约九千年的新石器古人类生活遗址。

彭头山村在澧阳平原一个相对高度约五米的小丘上,村子的西侧和南侧有涔水(澧水支流)的无名支流流过。小丘四围是宽阔的稻田，灰墙红瓦的民居在远近绿色的寥廓里显得低矮别致。如果不是那个立在路边的写着“彭头山遗址”的木坊,这个小村落看上去与澧阳平原上其他村落没有两样，时而鸡犬相闻，一派传统稻作文明的田园风光。唐朝诗人司空图过境澧阳，曾写诗描述过这里的景象："楚田人立带残晖，驿迥村幽客路微。两岸芦花正萧飒，渚烟深处白牛归。"这宁静的景象可能持续过一万年以上，直到我到访的这一天，彭头山还是像世外桃源一样，清静得如星期一的博物馆。事实上，这里就是一座巨大的历史博物馆，恬静中却埋藏着解析上古人类文明的密码。

经过南方数千年雨水的浸泡，泥土仍然保护了深藏于地下的石器和陶器，残损的陶器间出现了大量已呈红褐色、灰褐色的稻谷和稻壳。这些在地下沉睡近万年的稻谷，在重见天日的那一刻，看到的是一张陌生而惊喜的脸，而平原的景象一如万年之前，稻浪簇拥，阳光灿烂。原来这里才是水稻的故乡，稻子是这土地神奇的遗传基因，我们一直是踩着前人的足迹，在同一块土地上复制一幕幕似曾相识的生活场景。我们像稻子一样，发芽、泛绿、抽穗、扬花、结实，填充着澧阳平原一茬又一茬的金黄。

一株摆脱了野生状态的水生植物从此让彭头山走进了世界历史的教科书，它所呈现的上古原始稻作农业的发展痕迹，成了我国乃至世界最早的人工栽培水稻的遗存。

水稻让史前人类告别了采集和狩猎，大规模的水稻种植已成了南方先民最主要的食物来源。食物生产促使松散的聚落形成更加集中的居住地，更大规模的部族永久性聚集地开始在平原的高地出现。蓬勃扩张的水稻推动着古城的生长，城头山古城、鸡叫城，从一地稻浪的金黄里走进历史的视野。

从彭头山到城头山,不过十公里的距离,冥想之间,澧阳平原上的稻子仿佛又熟了几千回。大面积的稻田出现了，泥土被耒耜反复耕作，雨水让稻种蓄满了繁衍的欲望，大地和沼泽在太阳的照射下，随着稻子的生长变幻出饱满的颜色。就在这稻子覆盖的圆形丘冈上,隐藏着一座城,一座世界上最早的城。

城头山遗址最早是被稻子覆盖的,人类的废墟都是植物的天堂。记事的草绳早已经烂成泥土，世界最早的护城河看上去更像是天然的水道。佚失的上古历史,在草木的侵袭下从地表消失,隐匿于各种传说和神话,演化为密码,等待着后世的解读。

站在城头山,天圆地方,六千年的流失的光阴夹杂着苍凉与寂寥。这废墟是有叙事能力的,考古发掘证实了代代相传的故事:很久以前,这里曾经有一座古城。骨架、陶罐、碎片、土坑、房基、诡异的祭祀坑、龟裂的古稻田、残缺的木桨、静默的城墙、上百种植物籽实和动物残骸……在城头山遗址附近，考古者还发现了距今约八千年的人工栽培稻和大量稻田实物标本,上古人类遗留下来的生活场景,开始在时光的诡异里若隐若现。

四千八百年前,城头山文明突然从澧阳平原消失。关于它消失的原因有多种猜想,部落战争、瘟疫、澧水定期的洪水泛滥……毁灭、衰败抑或迁徙,城头山古城开始它近五千年的沉寂。

澧水的野性不时肆虐着平原,在毁灭和覆盖的同时,持续为平原带来了辽阔而丰沃的土壤。水稻继续推动着南方农业文明的发展,稻田灌溉系统的出现,保障了更加丰硕的谷物收获,更为壮观的稻作农业文化区和具有多重城壕的大型古城聚落出现在澧阳平原。

继城头山古城遗址被发现之后，在离城头山不远的澧县涔南镇，考古者又发现了距今五千三百年到四千年的鸡叫城遗址。在那里，史前稻作文明发展到它的最高阶段：苍茫的南方平原上，第一次出现了体量超大、结构规整的大型木构建筑群，环城的沃野有散落的人家和广袤的稻田。冬至到夏至，太阳在地平线来回变换着出入的位置，人们感知到了季节的循环。他们把平铺直叙的光阴转换成周而复始、节奏分明的时令，知道了春种秋收、夏耘冬藏。收获结束后，谷仓里堆满了金黄的稻谷，炊烟起出，陶釜里的稻米飘着诱人的清香……原始国家的雏形开始萌芽，澧阳平原呈现出“民有寝庙，兽有茂草，各有攸处，德用不扰”（《虞箴》）的兴旺景象，华夏的天空又多了一线文明的光亮。

他们是谁？在漫长的新石器时期，在种植水稻的南方，他们曾经出现，又消失在时间的暗夜。他们建造的伟大古城颓圮于原野，他们的影子与那些沉默的石器一起被泥土埋藏，被野草淹没，被重叠的稻田覆盖。他们到底去了哪里？他们和今天仍生活在澧阳平原上的那些人，又有着什么样的关系？以稻为食的部族，应该不是黄帝的部族，他们与传说中的唐、虞、夏有着怎样的联系？他们也可能是神农氏、炎帝、蚩尤的部族，是神话里的尧、舜、禹，是《山海经》里的共工、后羿、夸父、刑天……没有人知道。

孔子也不知道，他曾经感叹“夏礼吾能言之，杞不足征也；殷礼吾能言之，宋不足征也”。我们还是比孔子幸运一些，自殷墟卜辞出现，在甲骨文里我们大致能看到商周的模样，但是直到今天我们仍然无法还原那个传说中的夏。北方的黄河腹地，南方的江汉洞庭之滨,究竟谁才是东方文明的苏美尔？在答案出现之前,有一点我们可以知道。自原始农业出现以来,北方的粟、黍和南方的稻，就一直在不同的区域喂养着上古文明的发展，留下了遍布中国南北的史前人类遗址。在漫长的时间里，为了选择更好的生存地,我们的祖先可以走得很远,也一定经历过复杂的迁徙、碰撞和融合。他们身上所带着的种子,在遥远的地方落地生根,神州丰沃的土地,从此五谷飘香。

平原的尽头是辽阔的楚天,澧水在那里汇入浩渺的大湖。物候告诉我们,再过一个月,澧阳平原上的稻子就要成熟,相对于众多的未解之谜，稻子的成熟是这里可以预见的事物之一。两千多年前,楚国大夫屈原来到澧阳平原,心中也堆积了无数疑问,只好去问苍天,可还是找不到答案。从那以后,屈子的《天问》成了后人们心灵上巨大的黑洞。若干年后,陈子昂在幽州面对同样的空寂,不禁发出了“前不见古人,后不见来者,念天地之悠悠,独怆然而涕下”的叹息。这种感慨,在典籍里你是感受不到的。

这就是人类无解的孤独,像一株身份不明的稻子。

辑三

被一片树叶砸中

从理论上说，当你路过一片树林，每一片树叶都有砸中你脑袋的可能。可为什么落在你头上的是这片树叶呢？没人说得明白。就像叔公从那棵树下离开村子时只有十七岁，还是一片没有完全成熟的树叶。他走了，留下了寡居一生的叔婆，从此就音讯全无。

那时，正值内战时期，一个生命的流离与消逝甚至比一片树叶的凋谢更加无常。那些离开树的叶子，被风雨裹挟，除了故土，到处都是它的最终宿地。它渐渐会被遗忘，谁会记得住一片从树上飘走的叶子呢？况且这样的故事，每时每刻都在发生。几十年过去了，族中人想在家族的墓地里给叔公立一个衣冠墓，但叔婆却坚决反对，因为她从来不觉得那个男人已经死了。

叔婆时常坐在村口的大树下，纳着她那仿佛永远也纳不完的鞋垫。那棵树是山里常见的枫杨，有风吹来，落叶就如枯蝶翻飞。年复一年，一些叶子在树上，一些叶子在风中，一些叶子在地上，还有一些叶子没有长出。叔婆的头发就这样白了。

关于树和叶的故事，大概就是这个世界的本质。看似不一样的归宿都是一种终结，总有一片叶子会落在你头上，你可以把它叫作所谓的命运。

有一天，在整理旧书时，我偶然在一本书里发现一片三角枫。这是片夹在一本旧书里的枫叶，已没有当初收藏时的霜红，而是变成了一种暗淡的褐色。叶面干涩，叶脉干枯如老者手上的静脉，和它有关的故事想必也是如此吧。

我努力地回想着，是什么让一个人很久很久没有去回忆了呢？为什么人非要等到故事老去，才会去寻觅其中的感动？我不知道那片叶子来自哪棵树，又在哪一天掉落，又为什么偏偏被捡到它的人捡起，然后它在一本有些发黄的书里，一躺就是二十个年头。收藏它的时候我应该是很郑重的。

那本书叫《跑吧，兔子》，是美国作家约翰·厄普代克的作品，讲述了年轻的主人公“兔子”哈里因不满平庸的工作和家庭生活而离家出走、不断逃跑的经历。他的逃跑是对当时社会主流意识形态的叛离，对传统价值观中的家庭观念的挑战。可是逃跑后的他又不得不回归他试图颠覆的现实。书是一个叫湘叶的女孩子送给我的生日礼物，因为我是属兔的，上面的签名至今还很青春，有一种五月的气息。

那时候，我们在读大学，是一棵树上的叶子，因为有依托，所以能够仰望天空。除了会飞的鸟，树叶应该是离太阳和天空最近的生命，每片树叶都写着一些指点江山的骄傲。到后来，时间像一阵风刮过，风过之后，零落与憔悴支离满地，飘到何处，自己也不知道。最先意识到这种危机的是那个刘姓同学。毕业临别时，他哭得很真实：“这一走，我会被人群淹没的。”他后来做了一个高中学校的校长，每到学生毕业季，他都不免要唏嘘伤感一番，自嘲像一棵凋谢的树。

毕业后，我一直没有那个叫湘叶的女同学的消息，听说她已经是两个孩子的奶奶了，我还能清晰地记得她一袭紫色长裙，时常欲笑又止的样子。最后一次见到她，是毕业后我留校学习时。她把剩余的餐票都留给了我，然后登上了一辆公交车。那辆公交车很旧，拖着很黑的浓烟，呛得人眼睛很模糊。等我睁开眼睛，车已经远去。回过头来，才看见麓山上红得耀眼的枫叶。我眼睛有些发涩，也不知是因为有些伤感还是被烟熏的，那些曾经熟悉的身影从此杳然。

几十年过去了，被放逐在熙熙攘攘的人流中的我们，很少有时间回头。每天醒来去上班，都要穿过那条过道，直到有一天感到疲惫，仿佛那条过道怎么也走不到尽头。成功和失意最后同样身心俱疲。这个时候的怀旧就是一种驻足，停下来，在一本旧书里翻找一枚过时的书签。

现在我可以肯定的是，如果再见那个叫湘叶的女子，我可能唯一需要的就是勇气。当然，或许她也是这么想的。

当年构成我们人生的每一个瞬间都已随风而去，如叶之飘落。而在经历了世事的纠结之后，很多人才知道，理想原来就是落在地上的树叶。只有风知道我们要去哪里，我们走在一片落叶应该走的路上。原野很空旷，身后那棵树总是离我们越来越远。

我们不可能一直待在一棵树上，但曾经在树上的日子还是很值得留恋的。

"人们为了获得生活，就得抛弃生活。"卡夫卡如是说。如果要你选择，你会去做一棵树还是去做一片叶呢？是站在原地或是去流浪？如果我是一片叶，我大约不会过于认同古代诗人那种一叶知秋的伤感和悲情的。我宁愿相信树和叶的分离本来就是它们彼此共生的一种方式。就像千百年来人类不断地迁徙，不断地把故土变成异地，不断地把异地活成故乡。这种不断迁徙的结果正是我们今天的现状。

有一段时间，我突然迷上了史前文化，想探究传说中炎帝和黄帝的真实性，最后被莫衷一是的各种说法弄得一头雾水。传说中的炎帝故里究竟在哪里？目前就有很多种不同的说法，有陕西宝鸡、湖南会同连山、湖北随州、山西高平、河南柘城等等，各地都各执一词，以为正宗。但这些争议只是拘于狭隘的地域之上。如果考虑到数千年前上古人类部落的不断迁徙，我们大致可以得到一个比喻性的结论：树是不可以行走的，但叶子、种子，还有树上的鸟是可以行走的，炎帝部落轨迹也是如此。

循着一片叶的痕迹可以找到它来自哪棵树，但也有很多时候是找不到的。有些树叶会守着树根，有些树叶会被风吹向四面八方，会被永远流动的水带到很远的地方。它们不会永恒地留在一棵树上，这种关系大概是比厮守更加接近本质的共生和依存吧。

我那位在树下等待丈夫归来的叔婆最终死了。至死她都相信她的男人只是在外漂泊，一定还会回来。后来，河的下游修了一个水电站，淹没了很多村子，村里的人都搬走了。荒芜的空旷，只剩杂草断墙,只有那棵枫杨树还站在那里,也像是在等待什么。

在淹没区,像这样的大树还有很多。村子不在了,房屋拆掉了,人也走了,树却是走不了的。从还是一颗种子开始,它就在那里,这个村子的许多往事和秘密,都藏在它茂密的枝叶里。一些老人走后,又不顾年轻辈的劝阻搬了回来。他们在高处搭建简陋的房子住下,重新在路边的荒地里种上瓜果蔬菜,养上鸡、鸭、鹅和猫狗。对他们来说,搬迁已没有任何意义。生不离乡,死不离床嘛。既然已经活成了一棵老树,把根都烂在土里是有理由的。在那些老树下,炊烟可以让一片废墟再度复活。

曾经共生的树与叶,总是要分手的。不同的是,树只能选择留守。选择一片土,与山为邻,与水为伴,顶着一块天空,收留几只鸟巢,再经过周而复始的四季,在不同的季节呈现与叶的告别,这便是树的全部世界。有谁看到一棵树会背叛它立足的土地呢?无论贫瘠还是丰腴。又有哪块土地见证过树的背叛呢?在乡间,一间老屋里住着一个老妇,看上去很孤独,其实她已生育了七八个儿女。有些老屋已经很久没人住了,屋场外长满了野草,从野草的缝隙中看去,堂屋的壁上还挂着某个老人的照片。

多少年来,树都以它自己的方式活着。即使不能行走,它依然能看到很远,听到很远。我觉得那些借着风和溪水走得很远的树叶,依然会以某种方式保持着与树的关联。这种关联,使它们灵魂的嗅觉能抵达很远。对它们来说,站立的地方才是远方。没有目标的行走,失去了土地和根的参照,不过是日复一日的流浪。

生活在各种树下,人总能获得一些生存体验,一种类似于哲学的东西。在树叶砸中头顶的那个时刻,恰如轻泻的阳光,穿透于欲念的灰暗，让我尘俗的面孔弥漫着无法拒绝的庄严。我们需要做的便是在每个季节的白天和黑夜,听懂它们的语言。

树是会说话的,叶就是它的语言。在沟谷、在村口、在山坡、在无边的树的世界里,那些或从从容容、或依依不舍、或慌慌张张落下的各种形状的树叶,在每个季节里翻飞。这时,你可以去一个沟谷。沟谷两边的树依托山势,驮着鸟巢和昆虫,向着天空和阳光的方向,仿佛要越过那座最高的山头。最好是一个秋天,一个阳光倾泻、光影斑驳的日子。你置身谷底,那些叶便在光影的闪烁中如万千蝴蝶纷纷扬扬地落下。这时候,合上眼,就能听到风刮过林间的声音,能嗅出阳光和溪流的气息,能听见落叶在耳边簌簌地低语。那些叶会落在你的肩上，落在你的发梢上，轻轻地砸中你安静的冥想……那其实就是树在通过风和树叶与你对话。那种语言一直都在,这个世界并不寂寞,你的孤独是可以被忽略的。如果你是片树叶,在凋落之前,你可以先看看陪伴很久的天空。从来没有不向今天告别的未来。杜甫的“无边落木萧萧下”和宋玉的“洞庭波兮木叶下”只是感叹他们自己的身世境遇，和树与树叶本身完全是没有关系的。

秋天本来就是树与人对话的时节，经过春夏两季的思考,树是需要有一种表达的。在我们读懂那些树之前，树的语言一直都存在着，这种语言维持着它们与自然世界的默契，哪怕溪水足够长,日子足够长,长到没有尽头。

一棵树站立的地方可能就是你的故乡。小的时候,我住在两条河流的交汇的地方。顺着河流往下游看，远远地可以看到一棵很大的树，也是一棵枫杨，它巨大的树冠像一把很大的伞。如果我们去玩耍或者串门，父母总会给我们圈定一个大致的安全范围：到了那棵大树下，就不能再往前走了。这是怕我们走失，因为树的那边是另外一个地方了。那棵枫杨，标识着故乡的边界和我们与故乡的心理距离。你从远方来，能看到它，心里便生出几分踏实。你向远方去，它在你身后渐渐远去、消失，那种叫乡愁的东西便在心里泛起。在我看来，记忆里的一棵树、一句乡音、一个味蕾激起的乡愁，是古人词中那些"长亭古道""连天芳草"无法比拟的。没有世俗烟火味的闲愁，不免都有几分矫揉造作。后来，记忆中那棵大树不知道什么原因倒掉了，它巨大的身躯从此没入了身后的白河，在激起同样巨大的水花之后彻底消失在我们的视线中。

树也是会老的，这是可以肯定的。

年轮是在树与树叶的共生和分离的循环中形成的。在秋冬季，落叶树通常让诗人的心顿时凋零。一阵西风吹来，累积经年的世事无常、羁旅漂泊、离愁别绪，都随着黄叶漫天飞舞。殊不知这就是树与叶的常态。常绿树是四季都会落叶的。衰老的、盛年的、正在萌芽的叶片，以不同的状态和颜色共栖在枝头，又在不同的时刻凋落于地面。不同的树叶以各自不同的方式无声地演绎着生命的新老交替，见证着一棵树的成长，不悲不喜，自然而然。诗人感叹的只是"岁岁叶飞还有叶，年年人去更无人"，而树是不会这样想的。

一棵老去的树，如果独自伫立，就成了风景，成了地标，也成了神。它站在那里，庄严而温暖。它是一个巨大的巢穴，收留着光影、雨露、鸟、野蜂、蚂蚁、蝉和其他一些叫不上名字的虫子，收留着田野里的鸡鸣狗吠。从树下走过，你时常会听到两只斑鸠的声音。它们总是在咕咕地叫，早上、中午、傍晚，声音有些低沉，在蒙蒙的雨天格外有穿透力，恍若穿越了几个世纪。那两只斑鸠，已在那些发黄的族谱里待了很久很久了。这时节，所有的村庄和院落都会因一棵老树而变得无比沧桑。

当然，树也是会死去的，我说的这种死并不包括它的非自然状态。

它是在某一天轰然倒下的，山谷里时常发生这样的事情，事先没有任何征兆，一棵伟岸的大树便倒下了，乡下人称之为"翻兜"。通常是那些长在斜坡上的树，有一天，地下的树根再也无法承受树身重量，轰然倒下。这时候，它常年向下生长的根便朝天裸露于地面，巨大的身躯横卧于沟边，有一种出乎意料的仓皇和无奈。日子久了，倒下的身躯会朽蚀、腐烂，被蚂蚁或更微小的生物吞噬，被湿绿的苔藓和杂草覆盖，直至完全腐烂，成为另一些树木生长的营养。那不叫一种死亡，而是一种轮回。

在乡下，人们习惯把一个人的死，也戏称为"翻兜"。比如村里某一汉子，活得如一头牛般健硕的人，昨天还给你递了一支烟，你和他在屋檐下聊着，两粒火星还在吞吐的烟雾里一闪一闪的。第二天，他居然死了，就像山外那棵突然倒下的树。所不同的是，这个死去的人在归于泥土前还要享受一番世俗的哀伤与喧闹，情形如同过节一样。

多少年来，人所居住的地方不断有人死去，山谷里也不断地有大树“翻兜”，这成了无限循环的时光故事中唯一不变的情节。场景如一个人的回放：他笑着，他在洒满阳光的院子里吃饭，他在柚子树下的墙角边抽着烟，他的影子和那些花瓣落在墙根下，他从路的那头走过来，一瘸一拐，他活着，然后，他死了……

在人类出现之前，树差不多一直就是这样死的。直到有了人类，有了锯子、斧子和对树木的一场旷日持久的战争。在相当长的一段时间里，人类都居住在由树木搭建的房屋里，他们花了很长时间才明白他们和树的共生关系。他们中间的一些智者，如释迦牟尼之类的先知，则是借恒河边一棵树去冥思苦想，最终获得某种关于普度众生的哲学。

不知从什么时候开始，那些一直生长在乡间和山里的大树开始被挪到了城市，它们被斩枝去叶，栽种在一个由钢筋水泥构筑的陌生世界里，几年后又已然枝叶茂盛。这当然不是树本来的愿望，只不过是人类技术的成果。离开了原本生长的土地，看不到曾经熟悉的风景，看着那些由 LED 灯编织的夜晚和喧嚣的车流，这些树的内心应该是很孤独的，只是你看不到它的憔悴。我们终于可以依靠现代技术让一棵大树在城市里流落他乡。我的一个朋友向我抱怨，好不容易买了一栋别墅，把自己住在乡下的母亲接到城里居住。不到一个月，她身体便这里不好，那里不舒服，最后死活也不肯住下去，吵着要回乡下照顾她那几块菜地。朋友拗不过只好让她回去。回到乡下，老太太神清气爽，只是不断对人抱怨“在城里过日子跟坐牢差不多”。

约翰·厄普代克是想借一部小说告诉我们，人类或许是唯一在内心深处渴望逃逸的生物，只是这种渴望最终难以实现。这背后是我们对生存的困惑和对自由的追求，终其一生我们都试图摆脱环境的力量。这环境可以是城市，也可以是乡村。但树是不会选择逃逸的，这就是我们和一棵树的最大区别，而人和树的孤独却都是无法逃逸的。

一座城市又在扩张，一棵树挡住了一条街道的延伸，它站在那里，我能感受到它的恐慌。

沧浪之忆

一

其实，在很多时候，做什么并不重要，重要的是做某一件事情的心态和感觉。世界上最快乐的、最幸福的人是谁？有人说是在沙滩上用沙子垒想象中的城堡的小女孩。我不知道我曾经的沙滩是在哪里，就像后来我做了教师，找到了一片自己的沙滩，很开心，但也属于偶然。

那年我报了师范，学校通知我去面试，突然间又不想去读了，就瞒着父母没去面试。没有什么特别的想法，就是不想。结果是我还是被那所师范学校录取了。这事在今天是不可思议的，你不得不相信有些事还真的是命中注定，你无法躲避。我没有什么后悔，因为直到今天，我还对能考上那所师范学校感到很幸运。

师范毕业直接教了初中，那年我十八岁。第一次面对学生的感觉现在还记得：些许的紧张背后更多的是兴奋和快乐，上的第一堂课是鲁迅的《从百草园到三味书屋》。

刚做教师时我是很快乐的。那个偏僻的乡村中学，在一条清澈的河水岸边，在那里，我教书并快乐着。备课，上课，批改作业；

读书，唱歌，带学生晨跑；和孩子们一起在简陋的球场上打篮球、打排球、练武术，就跟一个孩子王似的。乡下班车少，到了周末，便拦一辆运砂子或木材的卡车灰头土脸地回到城里看母亲。拦车也时常有被赶下车的经历，并不觉得很屈辱。那时，学校年底是没有奖金的，但养了很多猪，每到放寒假每人可以分一堆肉，分肉的日子总是很开心，肥瘦全凭抓阄。没事的时候，我就常注视着那条河。那时候，河面上已经看不到帆影了，只有一两只渡船来来往往。乡野的风充满青草和阳光的味道，闲暇时，年轻教师可以很随意地吹吹口琴，拉拉二胡，并没有感受到什么寂寞。简陋的住处，堆满书的木桌上时不时摆放着女孩子们采来的野花，幽雅地散发着淡淡的清香。

那所学校的地势比周围的村子高很多，从我住的一个小阁楼上可以看到小镇的每一栋房子。那地方不到十平方米，既是我的房间，也是学校的广播室。那些年小镇和周边村子的早晨大约都是被我唤醒的，唱片上传出的歌通过树上那只喇叭，顺着河流传得很远，想必已经成了好多人的记忆。但唱片放得太多，自己也记不清有哪些歌了，只记得有一首是《橄榄树》，每每听到，都会莫名其妙地忧郁一阵。

我曾设想：十年，二十年，甚至三十年，假如我一直待在那个宁静的山乡，一直做一个乡村教师，时间是否会让我的感觉迟钝？我是否依然快乐呢？但随着我最终的离开，随着我工作岗位的变更，答案似乎变得模糊。但有一点可以肯定：从此，教育便作为一个解不开的情结成了我的一种自然的生活方式。自然的也就是合适的。因此，当年面对许多所谓体面的职业与高薪的诱惑，我拒绝了很多改行的机会，甘愿坚持这份有些清贫的职业，相信不是因为我有多么高尚、多么忠诚，而是因为我既然选择了一份适合自己的生存和生活方式，为什么一定要去改变它呢？或许，在关注生活和关注生活哲学这两者之间，我宁愿固执地选择后者。还有什么比选择一种适合自己的生存方式更重要的事呢？

很多年过去了，无论做教师、搞教学研究，还是从事教育行政管理，我始终认为我是一个纯粹的教育者。这种纯粹的体验使我的人生变得相对简单，简单而快乐。于是我很少有职业的疲惫，更没有所谓牺牲的悲情。在我的生活方式中，我享受到了仁者的超脱、智者的清逸以及沙滩上那种小女孩式的单纯和幸福。很多年后，我到了绍兴，在距我的第一课二十年后，我专程去绍兴拜谒了传说中的“三味书屋”和“百草园”，更觉得原来快乐的质量与其容纳的空间没有太大关系。如果生活是你的百草园，那你的快乐应该是没有边界的。

很多时候，生活就是如此简单。

我时常会设想以一种什么样的方式结束我的职业生涯。如果要我选择，我愿意选择从讲台上退下来。那一天，平生不怎么修边幅的我，会刻意地修饰一下自己的形象，掩去双鬓的霜白，努力地让孩子们觉得我还很年轻。我用毕生习得的知识、经验和智慧给他们上最后一堂课，也是最精彩的一堂课。我让他们自由地放飞思想，驰骋他们的才智，就像看着他们在一片开满鲜花的原野上如羚羊一样奔跑。我欣赏着他们的专注和自信，听着他们充满自由和智慧的表达，我的眼中充满骄傲和赞许……终于，下课铃声响了，我如释重负地对孩子们说："谢谢你们，你们太优秀了。我想，我真的该退休了。"

一想到这些，我心里便充满快乐，而且我是真的这么想的。

我终究没有如愿，虽然我是那么怀念我曾经的课堂。

二

四十岁那年，尽管许多人认定又是暖冬，但是雪还是来了，正好在我四十岁生日那天。不期而遇的雪，让我的眼睛有些发潮，心里多了许多不属于这个年龄的迷乱。

记忆中的雪仿佛都落在童年，成年以后雪好像再不属于自己。奇怪得很，在以后的许多冬天，雪竟成了稀罕物。在司空见惯的暖冬里，雪一如我逝去的岁月一样变得遥远而不可触摸。

四十岁生日的那场雪，让我的眼睛很迷蒙。不知是雪让我的眼睛迷蒙，还是我的心让雪有些迷蒙。迷蒙中有些故事倒变得清晰.是一场雪唤醒了那些故事，在被封存了好些日子之后，那些故事让人温暖，也让人心痛……

记不住是哪一年，有一个雪下得很大的冬日，有一张明信片飞到我冰凉的案头。那些温暖的字句，竟让我想起了几千年与雪有关的所有的诗词和故事，想到纳兰性德的"风一更，雪一更，聒碎乡心梦不成"。那张明信片没有署名，直到现在我也不知道它来自何处。我曾经企图去求证，想想还是决定保留那份神秘，不然或许早就不会留存在记忆里，也不会在那些飘满雪花的日子不约而至。每一片雪花都是冬天的明信片，总有一张是属于你自己的。如果没有雪花，所有的冬天都会那么漫长而乏味。在有雪的生日里，我都会给妈妈打一个电话，因为我是从她的怀里走出来的，至于我要到哪里去，我真的不知道。没有妈妈的人注定是游子，命运的邮差，每天都在传递着许多无奈。但我希望我想妈妈的时候，妈妈永远会在电话的那一头，头发乌黑，不染一丝霜雪。当然我也希望这时能传来一阵敲门声，门开时，看到门口站着一位多年不见的故交，他满头雪花，我一脸惊喜，我们彼此相望，如电视剧里的情节。

在有雪的冬天，的确很想去喝些烧酒。在雪中，在酒精烧灼的情绪中，我会想起大学时那个叫行人的朋友，就像王微之在雪夜想起戴安道一样。行人从不过生日，理由是他的一句诗："在这样的季节，多一个生日，至多一份伤心。"我真的很恨他，他的这句诗让我以后的每一生日都不曾真正开心过。时间在流动，如孔子看到的河水，凡人的感慨与圣人没有区别。

记得有一个飘雪的日子，行人拎着一壶酒，敲开了我冰冷的宿舍。此后整整一个冬夜，围着校门口小酒店那口散发着浓浓煤气味的炉子，我们一直都在用他的故事和诗歌下酒。我不知道是一个怎样的女人会让他如此刻骨铭心，也不知道一个女人的高跟鞋会有那么大的杀伤力。在雪天，一个醉酒的男人酣畅淋漓地痛哭，第一次让我感到一种凄美悲壮。他没有失恋，他好像从来不缺女朋友，可那次，他捡不起一份不属于自己的爱情。最后，行人又一次拾起男人的洒脱，掏出一沓钞票，大声喊道："老板，下辈子再喝你的酒！”踉跄而去。这家伙总这么牛，听说现在很有钱，但却不再写诗了。有人说这世界钱多了就少了诗歌，我不信，大唐应该很有钱吧，为什么有那么多好诗和那么多牛×的诗人？

我说过我是真的很恨这小子。在雪地上留下几行散乱而有些醉意的脚印之后，行人梦呓般地说：“其实，我们都不配有女人，因为我们注定的浪子。”以后的许多经历都证明，在不断被人爱，不断爱别人的情天恨海，心还是在流浪。这小子是个天才，但是我恨他。

我不知道他现在在哪里，在有雪的冬天，他还会为一个系着红纱巾的女孩写诗吗？还会为那个女孩一边喝酒一边痛哭吗？我不敢肯定，因为见到太多背叛和陷落，选择相信是需要勇气的。我四十岁生日的那场雪，是上天送给我的礼物。听着满大街的刀郎的那首《二〇〇二年的第一场雪》，心恍然有些痴迷。于是，竟然觉得四十不惑其实是男人的悲剧。为什么一定要成熟？为什么一定把世故和圆滑说成是人生的一种境界？

如果情若死水，那还要智慧干什么？

三

我的书房已经堆满了图书，空间只能容身了，这么些年，买书已成恶习，这是读大学时养成的习惯。现在，读书的速度已远远跟不上买书的速度。

我喜欢跟书在一起的那种感觉。在书房里我是自由的，书也是自由的，它们被随手摆放，就像我身边聚集的一帮乱七八糟的朋友。泡上一壶茶,聊起来天南地北,无拘无束。独处在书房能找到一种安静和从容，在这里时间说长就长，说短就短，说空间狭小,也无边无界。整整一个下午,你可以随意地记起一些往事,或暗自得意或长吁短叹，也无须跟谁分享，像一只狗安闲地躺在温暖阳光里。

我一直相信我们这一生的轨迹一定具有某种质的规定性,有时候所谓的智慧可能就是对这种规定性的感悟程度，所以古人说“知人者善,自知者明”。走了很多路,见到过许多人,能看到远方的时候很少，能装在心里的更少。有多少人能摆脱生活无形的裹挟呢?

我最终还是离开了那所乡村学校，有了自己的大学生涯,也有了后来的故事。

三十年前的那天,省城长沙气温已经到了四十摄氏度。湘江边的那些柳树都有些发蔫。我离开那座热得令人窒息的大楼,独自一人，背着简单的行囊踏上回乡之路。永坚兄执意把我送上一辆冒着黑烟的公交车。分手时两人相顾无语,彼此挥挥手后,他成了最后的留守者。车过湘江,望着麓山的郁郁枫林,寒窗数载的母校渐行渐远，那个秋天我注定看不到爱晚亭的枫红了。我有些茫然,却不伤感,也说不上沉重。之后,容纳我的,便是我要去的地方,我曾经工作的中学。三十年前的情景回忆起来还是那样清晰:老校长说“回来了”,我说“嗯”,老校长又说“去当班主任吧”,我说“好的”。

简单的对白,至今还有贴心的温暖。后来老校长说:“你会是个好的教师,只要我在你再别想离开!”我报之以沉默……

那时学校刚搬迁,建在一个原先到处是坟地的地方。每到清明,一些找不着祖先的人,把纸钱、香火都烧到教室外面了,鞭炮声此起彼伏。学校后面的松林间仍然有不少荒冢,我却不怎么忌讳,有月亮的晚上常常一个人去那边散步,若孤魂野鬼一般,或站在某棵松树下念一段《将进酒》《前赤壁赋》,或坐在铺满厚厚的松针地上,听着风吹过松林的声音,呆呆地看着月亮,那感觉跟在书房里也差不多。

我很认真地教了三年书,也很享受跟孩子们在一起的日子,三年后,老校长退休了,我也选择了离开。离开的理由很复杂也很简单:世界太大,而做一个行者是很多年轻人的梦想,我也不例外。何况何新优同学曾在我毕业册上写过这样的文字:我只能把自己作为一类的分子活在中国这块土地上。我离开了那所曾经收留我的学校,这期间有很多事情发生,有像诗的,有像小说的,也有像荒诞剧的,中间还有过几段绯闻。那时候的我但凡做过的、经历过的大多无悔,对不住的只有老校长。因为那时的我已然另类,人皆远之,鬼不上门,只有老校长相信我是一个好老师,尽管他看上去很严肃。

我的一位大学老师曾对我说:“其实一个人一生要做的最重要的事,便是让自己更优秀。”我很受影响。我一直都想使自己变得足够优秀。尽管时下在很多时候“优秀”也会失去了衡量的标准,但我还是愿意遵循自己认定的那些关于“优秀”的准则,这些准则让我超脱、自信和坦然,也让我更加智慧。人与环境的冲突、理想与现实的冲突说到底都是一种必然。但生活是需要哲学的,你一定要知道自己该做什么,该怎么去做。我想,在经历了太多不愿经历的事之后,在感到自己正不断远离自己的生活理想之后,在白发如雪而至,感到自己有可能在虚度所剩并不宽裕的时光之后,我真的需要某种意义的回归了。更重要的是这种回归源于心灵,源于对自己人生某种规定性的感悟。

我特别怀念在大学中文系读书的那些时光。那时候的我们简单、热情,真诚地想着“天下”二字。我们读书、听讲座、写诗、下围棋、跳舞、组织各种社团,也会去左家陇的夜宵摊上喝一晚的白沙啤酒,虽然就着一盘韭菜和一碟臭豆腐,但谈的却都是卡夫卡和弗洛伊德。当然也有人会为一份不确定的爱无限伤感,之后便跟数学系的疑似第三者去打架。那个时候,我们这批人英语水平大多很糟,对外语系的人很是不屑,但当时考上中文系研究生的多是外语系的。我们也逃课,为款待朋友也会去食堂偷点菜,也会去五一路自己给自己发一份类似“父病,速归”的电报以骗班主任准一周假(他总是很配合我们),还会去外语系请枪手去考那该死的英语。我和家好甚至还跟得云兄学会了打长沙麻将,好几次输掉了一个月的餐票,靠 507 宿舍兄弟接济,才不至于饥寒交迫。

那时的我们对知识的渴求、对独立思想的追求和对公平正义的敬畏是深入骨髓的。这一切经历也注定了我们会成为一个时代的参与者和见证人,那是我们无法回避的宿命,无所谓神圣或悲哀,只是一个人的生命过程,仅此而已。当然记忆是不可抹去的,三十年来，我一直感到一种挣扎，不仅仅为了生存，而是在不断跟一种让我堕入深渊的力量缠斗。那些让你曾经的理想不断暗淡甚至消亡的力量，与我们曾经拥有的单纯和悲天悯人的情怀一直在此消彼长，拷问着我们挣扎的灵魂。三十年前分别时，徐巨明同学流着泪对我说："我伤心是因为，此一别，面对的可能是茫茫人海。"这句话在我心里哽了三十年。我时常感受到一种噬人的孤独和寂寞，只能去读点书缓解或写下些文字安慰自己，因为那样，我才回归于真实自我，才不至于感到置身于沙漠。你还是当年的你吗？某一次，一个很有身份的文化人对我说："你太书生气了。"我反击："从什么时候开始'书生气'成了贬义词了？"结果彼此不欢而散，徐巨明同学也一样，他后来做了一所高中的校长，却固执地保留着校园里那口老旧的铁钟。

我们还是要感谢那个大时代，那个给予我们理想和热情的时代，能置身一个思想自由、积极向上的时代我们无怨无悔。在崔健《一无所有》的摇滚声里，学校门口举办各种学术报告的海报总在不断更新。我们幸运地能面对一批绝对称得上大师的老师，讲《中国寓言史》的陈蒲清教授敦厚渊博，讲美学的易健教授率性而兼容，讲文艺理论的唐牛教授豪放豁达，讲先秦文学的刘伯严教授潇洒儒雅，讲《中国小说史》的刘上声教授治学严谨，讲语文教学法的彭天翼教授诗意盎然……这些老师有着共同的人文品质，学识渊博、治学严谨、宽厚仁义、诲人不倦，他们都是某一学术领域的翘楚与领袖，但却有着兼容百家的胸怀，常常在弟子们与其学术观点迥异的论文上毫不犹豫地写下一个大大的"优"。正是他们这种对独立思想的鼓励、对学术自由的倡导，才使我们获得了一定的思想和智慧。如果说我们还有所坚持，如果说我们还没有完全堕入尘俗、还没被茫茫人海淹没，我们真应该感谢我们的先生。

有些事当然忘不了。毕业前一个晚上，蒋升书记挨个寝室地抱拳揖手，泪流满面地说："对不起大家，对不起大家！"所到之处，大家一片唏嘘。因为没能给大家一个隆重的毕业典礼，蒋先生很自责，只好以这种方式向大家道别。毕业数年后，一次我坐长途汽车，在桃源茶庵铺地段，竟然偶遇了蒋先生。他那时因心脏手术虚弱不堪，却一眼就认出了我，一把拉着我的手说："你是万水吧！"他高兴的样子像个小孩似的，而我的眼泪却在那一刻夺眶而出。还没来得及说上几句话，他就到站下车了，刚想道个别，老旧的长途车再度启动，把他虚弱的背影留在了路边，很快消失。自此一别，竟是永诀。

有一次，在重读陈忠实先生的小说《白鹿原》时，看到德高望重的朱先生死了，白嘉轩跪地痛呼"再没有这样的先生了"，我不觉泪流满面。再次谢谢各位先生了！我们很幸运，因为他们大多还健康地活在人间，他们的著述还静静地躺在我们的书架上，如一盏盏路灯照着我们前面的路，让我们还不至于太过迷失。

我一直觉得我就是应该做一个好的教师。曾经有一位有些仰慕我的朋友真切地对我说："你不当老师真的可惜了！"我相信她说的是真话，这令我想起了老校长。后来我在我的博客中写下了一篇题目叫《昨天，河马死了》的文章。在文中我引用一个朋友的诗句：

别的都看过了 / 最后来看河马 / 一泓绿池　一弧栏杆 / 倾斜的目光正在打捞 / 正在为一个等待而等待 / 可是，谁也不知道 / 昨晚，河马死了……

我是想借此文明确表达自己的某些放弃。我不想让自己在某些尘俗里，在那些越写越长的履历里变得面目全非！我想告诉所有关心我的朋友：我不是游子，我是有家园的。面对教育，或许我不能改变什么，但我知道什么是教育责任和良心，我会努力做到。所以再后来，我还是从教育局回到曾经收留我的那所中学做了五年校长，后来再到教师进修学校做校长。这是一种很奇妙的体验，我有着说不出的轻松。毕竟云是鹤家乡啊！面对种种事关名利得失的揣度和近乎股市行情般的分析，我突然生出一种悲天悯人的情怀，原来很多人生活得比我累啊！回归的路比预想的更为平静自然，这使我又想起了我的老校长。老校长已经作古了，而我，又回来了……这一个轮回便是三十年。

三十年后，我们一帮同学相聚在遥远的岭南，忽然发现款款归来的老同学还是一帮少年，彼此见面完全没有久别重逢的感觉，仿佛只是经历了一个假期，尽管谁也没有摆脱岁月的雕蚀。

容颜是可以老去的，而有些东西是不能老的。

白鸟飞过河流

我一直相信，择水而居，不只是人类生存的需要，也应该是人类思索的需要。坐在河边凝望河流的人才有可能成为人类的思想者。这个结论是我在某一天正午的阳光下得出的。那天，在河边那块褐色的岩石上，秋天的滋味弥漫在整个河畔。在很长的一段时间里，我好像进入一种似真非真的异度空间。阳光很温暖，触摸着你的思绪。河水清澈灵动，闭上眼依然能感受它的存在。河面上无数的光环涌动，波光粼粼，宛若千万只蝴蝶在轻灵地起舞。风轻云淡，在蓝天和碧水之间，山的轮廓线格外清晰，不时有几只白色的飞鸟，轻捷无声地沿着河流的方向，划过水面……一切都似曾相识。那一个瞬间，我的意识浮出了身躯，在恍惚间回放和穿越。一个奇怪的感觉使我强烈地感受到：这绝对不是我第一次如此深刻地面对这条河流。几百年、几千年、几万年甚至更久更久以前，当这条河流存在的时候，我就曾在某一个秋天的某一个时刻，也是在一块褐色的岩石上凝视过这条河流。那天，阳光同样灿烂，同样也有许多白色的鸟在河流上飞翔，轻盈的身姿跟今天的它们一模一样。我相信，我只是在重复着自己曾经的经历，重复着历史的某一个瞬间……那么，我又是谁？因为什么来到河边？又因为什么再度跨越时空又一次感受这条仿佛与自己生命息息相关的河流？那一刻，我眼睛突然湿润，眼前的河流仿佛充满了我的眼眶！

假定我的感觉是真的，那我会是孔子吗？“俟河之清，人寿几何。”但当我出生的那天，黄河水却神秘地变得清澈见底。我的生命从此与那条黄色的河流结下了不解的缘分。那是条怎样的河流呀！它裹挟着黄土高原的亘古洪荒，一泻千里，九曲回肠。面对奔涌的河水，我时而欢呼“水哉，水哉”，时而又生出“逝者如斯”的感伤。是河流让我懂得永恒和仁爱，是河流让我懂得包容人间的世态炎凉。如果我注定是一个智者，那么一定是河流教会了我思考并赋予了我思考的力量。

我会是在沅水上漂荡的三闾大夫吗？“纷吾既有此内美兮，又重之以修能。扈江离与辟芷兮，纫秋兰以为佩。”在放逐的日子里，河流是我生命的动脉，是河流和那一叶孤舟收留并记录了我生命最后的那一段苦难与悲壮。有时候，人累了、船乏了，我会独坐在湘沅之间的某个长满芷兰和香草的河岸上疯狂地遐想。“遂古之初，谁传道之？上下未形，何由考之？”庄严的云中君、旷达的渔父、神秘的山鬼都不能回答我充塞天地的疑问。而我朝思暮想的故国又在哪里？我只有投向一条河流的怀抱，用生命祭奠我苦苦追寻的理想。我是最后的归宿吗？当汨罗江水淹没我头顶的那一刻，世界为什么会变得那么寂静？我看见几只白鸟疾速地掠过天空，那是河水给我的答案吗？我会是洛水边的曹子建吗？太阳西沉，车马劳顿，守护洛水的鸟儿就要归巢了。冥冥之中是什么力量让我在布满杜衡的水边凝望？我在等待什么？是她吗？是那位明眸善睐的洛神，那位“翩若惊鸿，婉若游龙。荣曜秋菊，华茂春松”的绝世佳人。我等到了，可人神殊途，女神消失了，消失在黄昏暮霭中，任孤独的我伫立在忧伤的杨柳岸上。“最是无情帝王家”，我不知如何才能摆脱这世间的倾轧，摆脱这丑恶的万劫不复的身世！如何变作一只自由的白鸟，永远伴随那条河流，去追寻我心中热爱的女神……

我想，我还会是沈从文，那个从湘西、从沱江边走出，又自我放逐的思想者。我曾沿着白河寻找一个古老民族的历史，寻找世俗中尘埃裹挟的人性的光芒。我在水边用那些吊脚楼、那些白塔、那些渡口和女人诠释着生命的美好与无奈。我沿着河流寻找梦想，我死在一个没有河流的地方。最后我又回到家乡，凝望故乡的沱江。就像我笔下的翠翠，一直守候着那个渡口，也像一只白鸟，守望着一个潭水般明澈的梦想……

我还会是谁呢？是长江边屡发秋兴的杜甫吗？是在故乡的河流醉捞江月的李白吗？是冬日钓雪江边的柳宗元吗？是陶醉于秋江月夜的张若虚吗？是那位在荻花纷飞的江畔让白居易潸然泪下的琵琶女吗？是又或许都不是。那么我一定曾经是一只穿越河流的白鸟。几千年来，我一直在时间的河流上不停地飞翔。我的翅膀驮着我无数双眼睛。我见证了河流的诞生，目睹了关于河流的故事，承载了河流的历史，而现在，我依然在河流的上空飞翔，陪伴着那些凝视河流的人，重复着一次又一次的精神之旅。

这是一条真实的河流。一条先于我们意识存在而且注定让我们无法判断归宿的河流。在时间的范畴里，我们永远也不会知道，它从哪里来,又要到哪里去。但我们知道,只要有河流,就会有生命;只要有河流,就会有智慧;只要有河流,河流上空就注定会有白鸟飞翔。在这种无法感知的永恒面前,个体生命的循环与轮回已显得无足轻重。

正午的阳光灿烂如旧。一阵秋风吹来,激起微微浪声,撩人心扉。在追随我的思绪穿越时空之后,眼前的这条河流依然波光潋滟。河流上空一行白色的鸟沿着河流蜿蜒的方向轻灵地向远方飞去,那便是河流写在天边的历史,也是河流带给我们最永恒的遐想。热爱并凝望它吧,那些白鸟飞过的河流!

我想，我不能不孤独

和很多人一样，我的童年也是快乐而无忧的。不知道什么是忧愁、孤独，甚至恐惧。但在某一个晚上，这一切却发生了改变。

我清晰地记得那个晚上，父母外出很晚都没回来，天突然下起暴雨，一时间雷声大作，闪电肆无忌惮地撕裂着天空，天仿佛随时就要崩塌下来。也不知过了多久，雨停了，电灯突然熄灭了，四周一片漆黑，看不到一丝光。黑夜熔化了一切，甚至我的躯体。那夜仿佛是有重量的，即使闭上眼睛也能感受到它的压抑。黑夜中最清晰可感的是我的意识和呼吸。我第一次感到了一种巨大的恐惧。我发现黑色不再是一个视觉概念，闭上眼，黑更加清晰和沉重。它让我感到窒息，我想竭力冲破这沉重的黑幕，却无能为力。夜，还是死一般沉重和寂静……

远处的屋顶上传来一只猫凄厉的嚎叫。暗夜吞噬了它的毛皮，没人知道它的颜色，只剩下两只透着绿光的眼睛在四处游荡。那嚎叫也充满恐惧和无助，仿佛我心底也忍不住会发出这样的嚎叫。我开始思考着一个似乎不应是我那个年龄所要想的、荒诞而现实的问题：死，会是什么颜色？会不会也像这个漆黑的夜？若干年后，我一直相信，就是从那一夜起，我快乐的童年结束了。

那一夜我分明感受到了人类本源性的恐惧和孤独。我一直相信，在数千年前、数万年前，甚至更久远以前，那些山洞里、草庐中的我的先祖们一定也有过类似的经历和体验。从那时起，那种对生命、对宇宙的敬畏和恐惧所造成的人类沉积于血液和灵魂深处的孤独，便一直伴随着我们。而人类的宗教、哲学、艺术等文化元素及诸多的影响人类心理和行为的原动力一定发端于此。所以童年那个黑色的夜，仿佛命中注定带给我某种觉悟。冥冥之中，我们的先祖是在以一种独特的情景再现，唤起了我对生命的觉悟，唤醒了我们对人类某些永恒命题的思索：我是谁，我为什么会来到这里？

在体验了人生最原始的恐惧和最初莫名的孤独之后，我无忧的童年就此结束。之后，一些奇怪的念头总会浮现在脑海。终于有一天，我鼓足勇气问父亲："人死了，是不是就不会再回来了？"父亲说："那当然了。"我再问："那会去哪里？"父亲说："死了就没有了。"事实告诉我，当一个孩子向父亲咨询这样一个严肃的问题时，答案千万别这么简单。因为父亲的答案让我愈加困惑，也愈加不安。我常常开始发呆。夏夜，我还会凝视着缀满繁星的夜空，看着偶尔划过天际的流星，但记忆中那些美丽的童话却荡然无存，取而代之的是不时袭来的孤独和因为想不透天幕后的答案而滋生的恐惧。很多年后，这种仰望星空的孤独感一直很真实地噬咬着我每一个独处或夜深人静的时刻。尽管在很多时候我们的生活看起来充满着阳光，快乐无比。

波德莱尔的《恶之花》中有这样一句诗："我最羡慕最卑贱的

动物的运气,它们能够进入浑浑噩噩的睡眠。”其实未必如此。如果波德莱尔把自己变成一只狗,或是《变形记》中的那只甲虫,他一定不会这么想。因为一只狗会想些什么对于人类来说或许是不重要的,他们也不想知道,但是这对于狗本身应该就是很重要的了。我以为在科学还不能帮助我们消除内心的原始恐惧之前,人和狗的孤独感未必有实质性的区别。但有时我们连自己都无法安慰自己,怎么还会去关心一只狗的内心世界呢?

春天的一天,在一条小溪旁,我偶然发现一只狗蹲坐在那里,呆呆地望着对岸。它的眼里似乎充满了一种落寞和茫然。这只狗对身边发生的一切都没有感觉。溪边的花开绚烂、蜂鸣蝶飞,它都仿佛没有看见,甚至连我的出现也不例外。它只是呆呆地、似乎没有目标地凝望着对岸,很真实地在想着什么。我不忍去打搅它,我不知道它在想什么,但我知道它一定有理由这样做。因为我也时常会在某个时候,痴痴地坐在某个溪边,也呆呆地望着溪水,任溪流把我的思绪和那些落叶一起带到看不到的远方。至于都想些什么,还真不是很明白。假若那时碰巧有一只狗路过,看到我这样,它一定也会认为我这样做是有理由的。这颇有庄周梦蝶的意味,可惜我面对的却是一只狗。

有人说死亡和孤独是哲学和宗教产生的最直接的理由,我对此深信不疑。古往今来,对宗教和哲学的产生做深层次的解读的大师不乏其人,而我们成不了大师,但却可以有自己的理解:既然很多东西与生俱来并根植于我们的灵魂深处而挥之不去,那么,我们不妨就让它们成为一种品质,成为一种生命的表现形式和人生的一道风景。既然我们不能摆脱孤独，那孤独或许就是我们注定的一种生活方式，那不如就享受孤独吧！尼采说："一个人只有在别无他法的时候才会选择辩证法。"既然是不可避免，你还能有什么更好的办法呢？

我很多年前去上海，对外滩的夜景印象颇深。那种古典与现代、东方与西方文化交融而成的恢宏大气的景观，宛如一曲交响乐，给人以强烈的感官冲击。但是，在外滩，真正冲击我心灵的是凡·高的画。那时在联结外滩和南京路的地下通道里，有十余幅用灯箱制作的凡·高的代表画作。在灯光的映衬下凡·高再次震撼了我，那一刻我仿佛从一个喧嚣的世界又走进了凡·高的精神空间，清晰而感性地触摸着他寂寞的灵魂。《麦田上空的乌鸦》《雷纳河的星光》《星空》《向日葵》……凡·高以他极具张力的梦幻般的金黄色，涂抹着他灵魂深处的孤独、不安、忧郁和挣扎的爱。在这个角落里，主办者似乎有意为我们搭建了一个从现实回归心灵的平台，让我们有机会跟大师、跟我们自己做一次灵魂的对话。凡·高告诉我们：在忧郁和孤独中徘徊的人，都试图在梦想世界里寻找安慰。作为凡人的我们其实也不例外，在我们的内心世界里都有着凡·高的影子。我们之所以不是凡·高，是因为我们对自己的孤独感觉迟钝而使孤独变得更能忍受罢了。所以，不是所有的忧郁都能成为风景的，如果它能成为风景，一定不是因为忧郁本身，而是有的人能将其外化为人文特质；同样，不是所有的孤独都能称得上是一种品质的，如果它能成为某种品质，也一定不是因为孤独本身，而是有的人能让孤独的灵魂飘扬成一面精神的旗帜。所以文学也好,艺术也好,哲学也好,宗教也好,一定都是孤独的人性折射出的光芒。

那是一个多么璀璨的星空啊!大师们的个体承载着人类集体的心理孤独,痛苦地体验着人类共同的惶惑与不安,在忧郁中徘徊,在孤独中挣扎,在恐惧中被放逐。他们把快乐和安慰赋予很多人,自己却时常被快乐和安慰所拒绝;他们让我们感到痛苦是容易被忍受的,而他们却常常不能约束、限制和驾驭那扎根于灵魂深处的忧郁和孤独。活,还是不活,对他们来说真正是个问题。而他们的身后是一个闪耀着人性光芒的星光四溢的精神世界!在这样的人文之光和精神旗帜的引领和熏陶下,我想,我们似乎没有理由不孤独,因为这种孤独会让我们获得更多关于生命价值的体验。

如果说童年的孤独源于内心深处无由的恐惧,那么,是张若虚的《春江花月夜》让我第一次觉得孤独原来是可以如此美丽的。“江畔何人初见月?江月何年初照人?人生代代无穷已,江月年年望相似。不知江月待何人,但见长江送流水。”那意境清明澄澈,幽静恬美,哀而不伤。对美景的陶醉和对人生的品味,使得我们得以暂时忘却人生的孤独与寂寞。月光洗涤着我们疲惫的心灵,在梦幻般的银色世界里,我们和这个给以我们太多孤独与疑问的自然,都和谐地消融在一片温柔的月色之中。但翻开卷帙浩繁的中国文学,自屈原在《天问》中叩问天地之后,中国的文人们便更多地是在无边放逐中流浪,有兼济天下的失意,有独善其身的无奈,还有归隐田园貌似豁达和放浪形骸的落拓不羁。所幸的是他们的孤独与苦闷给人类的精神荒原留下了一片片绿荫,造就了另一种更为深刻的美丽。

中国古代的诗人无疑是一个孤独的群体。在他们的生活里，类似“千里江陵一日还”“漫卷诗书喜欲狂”和“忽如一夜春风来，千树万树梨花开”的喜悦与狂放是不多见的。传统文化的内敛和含蓄，使得他们积累了太多的孤独和忧郁。现代的我们是很难体会那种“海内存知己，天涯若比邻”和“家书抵万金”的感觉的。在信息时代，现代人的情绪缓释和发泄有了太多的途径，但却得不到质的积累。把我们内心的孤独与古代人做质的比较固然没有必要，但仅在表达方式上我们是不是已过于直白，似乎已不屑或不能用优美的文字去表达亲情、爱情和友情。我们可以用发达的物流传递我们的心意，在第一时间用电话、微信和QQ来交流感情，便捷而明了。没有了空间和时间上的距离，也就失去了发酵和升华自己内心体验的机会。古人们就不一样了。天涯海角，关山重重，无尽的驿路，无数的长亭短亭，就算一方尺素、几句问候，也要经年累月，千金难求。他们忍受孤独和离愁别恨的能力是我们今天所无法想象的。漫长的岁月里，积累了太多孤寂的诗人们为我们奉献了无数永恒的诗篇。因孤独而求神问天，因孤独而寻仙问道，因孤独而漂泊江湖，因孤独而对酒当歌……他们从不说自己孤独，他们只是把内心的寂寞与忧郁用精美的文字，点染成无数优美的意境，演绎为雨打芭蕉、月缺疏桐、霜凝枫红，江湖夜雨、晓风残月……演绎成梧桐更兼细雨式的无奈、天际识归舟式的企盼以及登楼凭栏时的忧愤和悲怆，为后人留下了一道道风格各异、个性鲜明的人文风景和一座座灵魂的雕像。

真是难为我们的先人了！总把那么多愁绪深藏在文字里，消融在酒樽中，挥洒在无形中。但唯有深藏，唯有隐晦，才愈见孤独之重、体味之深。五言、七言，抑或五言、七言交错的长短句，还有那韵脚平仄，在如此局促的形式约束下，他们居然能寄寓那么丰富的情感世界。所以说，现代人对自己内心世界描述的直白和浅俗，与其说是一种必然和效率，还不如说是一种情感体验和表达方式上的无可奈何。有人说，现代人连有质量的感伤都是一种奢望，而我觉得我们所奢望的不仅仅是感伤。从本质上说，现代人无法彻底消除内心的孤独，我们一定丢失了什么，所以，我们的心理疾患仅靠技术和心灵鸡汤是不能得到缓解的。

小时候，我养过两只鸽子，白色的。我养它们是因为我很喜欢它们飞翔的样子。有一天，它们飞出去后便再没有回来了。可我一点也不伤感，因为翅膀本来就是为了飞翔而存在的。我只是有些孤独，很想知道它们去了哪里，并且在很长一段时间里，我一直在想这个问题。我想如果我也会飞，那么，我会飞去哪里呢？我不喜欢猫，尤其是黑色的，它们总让我感到不安。在大人眼里，一个孩子的忧郁就像一只蜻蜓忽来忽去，它的翅膀不会对整个夏天产生什么决定性影响，但那只蜻蜓却有可能深刻地影响这个孩子的生存方式。大师们是不是有类似的经历和感受，我们不得而知，但我相信尽管我们并非同一个躯壳，我们却一定以各自不同的方式体会着那些与生俱来的孤独和痛楚。我们的灵魂就像一条秋天的道路，落满枯叶，我们总试图拂去凋零的阴影，而结果是新的落叶依然纷纷落下并继续覆盖着我们前面的道路。

作为凡人，我们的孤独和忧郁是微不足道的。即使在孤独中思考终身，脚下恐怕也开不出什么莲花。卡夫卡说："此生的快乐不是生命本身的，而是我们向更高生活境界上升前的恐惧；此生的痛苦也不是生命本身的，而是那种恐惧引起我们的自我折磨。"可既然快乐和痛苦都不是生命本身，那么生命本身到底又是什么呢？我思故我在，我又在哪里？说来说去，一切便又回到了原点，又回到了我童年的那个晚上。记忆里，黑夜还是那么沉重，那只被黑夜吞噬皮毛的猫还在不安地嚎叫……我想，我不可能不孤独。

小雨的乡村

农历丁酉年初夏，我再度走进湘西大山里一个村落，那里曾居住着上百户人家。记忆中这里曾风景如画，村中农舍错落有致地从山谷一直延伸到山腰，四处炊烟缭绕。阡陌之上，鸡鸣狗吠，一派田园风光。但这次我看到的却是一个孤寂而近乎凄冷的荒村，蔓延的野草掩埋了村边的田地，疯长的树木覆盖了老旧的木屋，看不到炊烟，也听不到犬吠，只有蝉噪虫鸣，落叶簌簌，间或可遇一两位佝偻老者，踟蹰于屋前。那一刻，我突然感受到一种渗入骨髓的悲哀和茫然。后来我把这种感受告诉小雨时，他沉默了一下说："你知道的……"

小雨的老家在那条著名的沅水中游，一座大型水电站的修建淹没了这里的大部分田地，而他的父老乡亲也大多成了移民。小雨很早就漂泊在县城了，终于在城里买房买车，娶妻生子。但小雨仍时常会回到他出生的地方，虽然那里已物是人非，大部分时间他也只是坐在山坡上望着那条河流和水面上滑过的白鸟发呆。我想他的心大多数时间都不在城里。

其实，在城市化的进程中，乡村的没落是一种可以预见的必然。当构成特定的地域文化的各种因素平衡丢失、模糊、破碎甚至趋于消亡之际，总有一些人因漂泊而找不到灵魂的归宿，戴小雨便是其中之一。瘦削的脸庞、忧郁的眼神、无序而杂乱生长的头发透着一丝孤独的反叛。小雨给人的印象就像是伫立于荒村边的一棵倔强的树，固执地守在一片废墟上，看着一些记忆远去，看着一些风景沦陷，看着一些灵魂游荡，这让他有些压抑，有些挣扎。这些压抑和挣扎最后都衍生出一行行文字，收录在《农历才是历》这本中短篇小说集里了。

《农历才是历》收录了戴小雨九部中短篇小说，几乎无一例外地都取材于乡村。与传统乡村题材不同的是，作者给我们所展示的乡村是与我们记忆中的乡村渐行渐远的乡村。现代文明对地域文化的冲击，城市化、打工潮带来的乡村凋敝，无不深刻地改变着被社会变革大潮裹挟的普通乡村民众的生活状态与命运（只有《瘤槌》的背景是为政治生态异化的乡村环境）。《农历才是历》中不同的人物和故事整体呈现给我们的，正是当代农村的各种小人物在乡村凋敝的现实环境中的坚持与守望、迷茫与失落、挣扎和无奈，从多个侧面真实反映了当代农村的生态现实以及环境挤压和异化下的普遍的人类性。这一题材背景无疑具有史诗和悲剧色彩，与玛格丽特·米切尔笔下的《飘》、陈忠实笔下的《白鹿原》、肖洛霍夫笔下的《静静的顿河》所表现的主题和叶赛宁在诗歌中吟唱俄罗斯乡村时的忧郁都有着本质的相似。

乡村是小雨所有小说共同的背景，他笔下的乡村依然是安静和美丽的。那份美丽来自天然，也来自作者记忆深处对故土深深的眷恋。

“山那边的山，那边山的那边山上的那棵歪脖子松树，它还可以看清远方的河，浅浅的亮亮的河滩上游弋的花被子鱼儿，芦苇丛里探头缩脑的红嘴鹭鸶，以及缓缓出现在河尽头的轮船和船舷上迎风伫立的人。那人是背对着他的背影，好像娘故事里的爹。”(《空空荡荡》)

“山间没有一丝风，绵延远去的大山还没有苏醒，几只飞过山间的小鸟，将天空划得很空远。那蓝色的烟柱直直地升上天空，远远望去，就像一条蓝色的河流缓缓地流进辽阔蓝色的大海。”(《农历才是历》)

然而这些美丽的乡村景色总是交织着淡淡的忧郁，而那份忧郁则来自作者对美丽风景之下乡村的凋敝和人文的失落近乎孤独的关怀和忧虑。

“鸡冠岭西面的山谷原来有四户人家，一家全员南下，小孩儿也被接去广州读书。门上落着一把锁，已经很久没有人打开过。一家迁去县城，房子都拆了，屋场上还长着厚厚的草。只有两户人家屋里到了生火做饭的时候可以看见有青烟从铁灰色瓦楞上升起……”(《你家小鸡归我》)

“冬天漫长而沉静，整个南木村好像没有生灵活动的迹象，只能从傍晚时分那几束斜斜的炊烟判定这个村落里还有人迹。一切都是那么悄无声息，就像生活在深水下的鱼类，任凭水面海浪滔天，船来船往。田生老汉似乎一直在等待着什么……日子，单调而落寞。”(《农历才是历》)

在《农历才是历》中，乡村景色被作者赋予了浓厚的主观感情色彩，对乡村景色的深情描摹与渗入血液的眷恋的背后是对乡村命运的担忧和无奈。所以这种描摹既是对作品环境的刻画，亦是对作品主题的有力支撑，使作品有了一种挥之不去的淡淡的乡愁与伤感。这种情绪或许我们并不陌生。古往今来，在世界优秀的文学传统中，我们都能感受到那种基于对人类精神家园的追寻而产生的马尔克斯式的孤独。那个对俄罗斯乡村执着眷恋，始终反感现代文明对乡村文化的破坏的俄罗斯诗人叶赛宁就曾发出这样美丽而忧伤的吟唱："河水悄悄流入梦乡/幽暗的松林失去喧响/夜莺的歌声沉寂了/长脚秧鸡不再欢嚷/夜来临，四下一片静/只听得溪水轻轻地歌唱/明月洒下它的光辉/给周围的一切披上银装/大河银星万点/小溪银波微漾/灌溉过的原野上的青草/也闪着银色光芒。"(叶赛宁《夜》)

"在蔚蓝田野的小径上/很快就会出现钢铁的客人/朝霞浸染的燕麦/只剩下一些干瘪的籽粒/陌生的死气沉沉的打谷场/给你唱的歌不会使你获得生命/只有那些马匹和燕麦/将为年老的主人忧伤……"(《我是乡村最后一个诗人》)

环境，是作者为小说人物性格塑造和情节推进遵循生活逻辑发展而创设的场景和背景，也是现实生活的真实再现。与叶赛宁不同的是，《农历才是历》中的人物背景是当代中国南方山区农村典型的自然和生活场景。在作者笔下，社会的深刻变革、现代文明对乡村地域文化的强烈冲击，都没有直接地呈现。那些河流山坳，那些在河流上飞翔的白鹭和苍鹰，那在乡间疯长的野艾和狗尾草，那些长满荒草的屋场和水田，还有留守乡村的卑微的小人物，在诗意的语言中得到了清晰而真实的折射和还原。而在这样的环境下，小说中人物形象和故事情节发展也便有了生活的真实性和逻辑性。这也是戴小雨作品极具现实主义文学传统的一面，这使得他的小说读起来质朴而亲切，那些情节自然而生动，让那些有过农村生活体验的人都仿佛置身其中，那些人物也似乎就生活在我们身边，抑或我们也在与他们不同的环境中演绎着同样的故事,扮演着类似的角色,体会着相似的人生百味。

从整体来说,戴小雨的小说,其结构、叙述语言、人物及人物对话，甚至情节的简略给人留下很深刻的印象。他的小说中主体人物通常只有三到五人。如《瘤槌》中的“我”、小兰、周老师和母亲,《三个人的故事》中的二妹、三宝和陈有为。《守旗》中的杨怀山、陈顺心、扛旗的退伍军人和不知名的女人。《一辆车的公路》的三胜、二秀、石左山兄妹和米小东。而在《空空荡荡》中,作者真正呈现的人物就只有毛旦。即使在情节相对丰满的《农历才是历》中,主要人物也只有田生、春、刘福安、皮草鞋和傻子五人。在叙事风格上，戴小雨似乎刻意淡化了中国传统小说叙事方式，而是综合了西方现代主义小说技法，并不追求情节结构的惯性和完整性,倒是需要读者在阅读过程中不断予以补充和构建:

“两人踉踉跄跄一阵后,一起倒在公路上。三胜在左兰怀里像个孩子似的大哭起来。

三胜准备娶长浪山第二号女人了。

山上可以砍伐的树木都砍光了，最后一批年轻人离开了长浪山。

‘三胜哥,我们也走吧。’左兰说。”(《一辆车的公路》)

“母亲被我的尖叫声引过来，小心挪移着压着周老师手臂的杂物。周老师的身体在母亲舞动的手臂下呈现出来，他的手里仍紧紧地握着瘤槌。从划破的风衣领口，我看见了母亲手中那件似乎永远也织不完的毛衣。”(《瘤槌》)

而在《瘤槌》中,作者甚至把人物语言与叙事语言有意同质化,在简洁而平静的叙述中完成了其实很丰富的情节的推进:

“是你画的?老师拿着那幅画虽然不相信,眼睛直直地逼我。我勾着头不说话。

告诉我这画是谁画的?我仍是一声不吭。

不错,小天同学,看不出是绘画天才呢。老师开始诱导我。来,我们欢迎小天同学到黑板上再给我们画一幅。

我始终没有说出这幅画的来历,也没有去讲台演示给他们看。”

在《农历才是历》中,小雨更是把季节的更替、光阴的流失、生命盛衰，寓于中国传统的二十四节气中，并巧妙把它作为小说情节结构起承转合的枢纽,简洁的语言意境深远:

“冻惊蛰,热春分。”

“大暑动刀镰,谷雨种大田。”

“小寒。大寒。丙戌年,完。丁亥年,始。”

除了在少许篇目中有比较传统的细腻的景物描写外,戴小雨小说所使用的语言通常较为平实简洁而跳跃，且具有散文化特征,甚至有些零碎,并不追求语言表面的渲染,而是注重语言情境的契合与组接的整合:

“乌宿小学像一棵树,周一到周六上面歇满叽叽喳喳的鸟,我是其中一只。周六上半天课,最后一堂下课铃敲响后,这些鸟就一哄而散。接下来一天半日子里,空空荡荡的校园,只剩下我母亲,当然周老师也算一个……周老师不主动跟任何人说话，母亲也是个喜欢安静的人,不喜欢我缠着她身边。她老有改不完的作业,好多时候母亲并不是在改作业或者看书，而是在织一件似乎永远织不完的毛衣。”(《瘤槌》)

“没有进入秋天之前仍旧是白天长夜晚短。白天那只在头顶上低空盘旋的老鹰还在梅宝田的眼前飞来飞去并变换着各种傲慢的姿态挑衅着。他觉得该接小公鸡回家了，想着外乡人这么帮自己,得表示一下,于是在园架上,摘了些瓜菜提着,朝松油客的工棚走去。”(《你家小鸡归我》)

戴小雨的小说,人物单一,结构及叙事语言简洁(即使在矛盾冲突相对激烈的情节上,作者的语言也是相当的简练和克制)。在不同篇目的小说中，那些看似单一的人物在乡村大背景下，其实可归类于三类,即:不愿逃离的人,不能逃离的人,可能会逃离的人。这使得作品中的人物更具典型意义并在整体上构成了现实中农村典型的人物系列。看似平实的语言，在刻意的压抑和简洁中却透出很强的张力和表现欲。至于结构,看似简练和散乱组接,则有着浓厚的后现代色彩。但是这一切似乎还不够。毕飞宇说过:“简洁不仅仅是一个语言上的问题,它关系到一个作家的心性,一个作家的自信心。”前面我们说到,以不同的人物和故事从多个侧面深刻反映当代农村的生态现实与环境挤压和异化下普通人的命运和普遍的人类性，这一题材是具有史诗性和悲剧色彩的。所以我们首先考虑的还不只是读者的阅读习惯和完形补充，我们更需要关心了解的是：用如此简略的语言与结构表现这一深刻主题，作者的自信究竟源于何处？他又是如何做到的？结论是：在《农历才是历》这部小说集中，戴小雨在植根于现实主义传统的土壤，成功地运用现代主义手法，对现实生活真实刻画的同时，还对人物形象和生活细节做了极富强烈象征意义的表达；在现实的真实与荒诞的错位中深刻地揭示了当代农村的各种小人物在乡村凋敝的现实环境中的坚持与守望、迷茫与逃亡、挣扎和无奈。正是这种错位，才使作品中系列小人物的众生群像得以凸显，并升华普遍的人类人性意义。正如尼采所说："每部优秀的新作，只要它处在当时潮湿的空气里，它的价值是最小的……等它变干燥，它的时间性消失了，这时它才获得自己内在的光辉和温馨，才会有永恒的沉静目光。"我想这或许是《农历才是历》所追求的艺术制高点和恒久艺术感染力之所在。

在戴小雨的作品中，人物、环境、情节发展和矛盾冲突无不具有强烈的象征意义。在他笔下，象征不仅是讲述故事的手段和方法，也是小说故事的本身。《瘤槌》《守旗》《空空荡荡》《一辆车的公路》《守旗》本身就具有很强的象征意味。无论是《瘤槌》里的周老师在压抑扭曲中的执着与死亡，还是《守旗》里的杨怀山在无法预测的纠结与冲突中无奈的守护；无论是《空空荡荡》里的毛旦因恐惧和不安而在真实的印子岩下构筑的虚拟世界，还是《一辆车的公路》里的三胜看似因感情纠葛，实则是与命运抗争的孤独与绝望，都折射出人类在环境挤压下的某种宿命和抗争。在这些人物和他们的故事里,你都能看到海明威在《老人与海》中所呈现出的不屈与倔强。不仅如此,在小说中,现实的挤压让小说中的环境变得有些荒诞和魔幻,《瘤槌》中那仿佛注定倒塌的钟楼和诡异的暴风雨，以及现实中温情的毛衣依然无法消解周老师死亡的必然性。《空空荡荡》里弱智的毛旦没法区分他通过望远镜看到的世界是真实的还是荒诞的。印子岩带血的传说，撕裂如伤口的红色山脊，混沌灰暗的天宇，带血腥味的暴雨和那些冰冷的雕像不断地营造出恐惧和不安，使人分不清究竟是毛旦意识的荒诞，还是现实的荒诞。正是这种荒诞让我们在追寻真实自我的路上倍感孤寂和茫然。

为强化象征色彩,作者还常常别具匠心地在他的作品中安排了“观察者”。这些观察者是冷静甚至荒诞的,他们不时出现,大多都不是情节的推动者，却在助力作品象征色彩上发挥着重要作用。如《一辆车的公路》中的傻子,《守旗》中的神经兮兮的退伍老兵,《国家树种》中的二憨子,《空空荡荡》中的那只老鹰,乃至《一辆车的公路》中的四棵娅的松柏都扮演着这样的角色。其实这样的手法在陈忠实的《白鹿原》中亦有类似的例子。他们的貌似荒诞不经或看似麻木的特质，在强烈的矛盾冲突中，扮演着旁观者和见证者的角色。实际上他们内心的简单与错乱(或自然特征),正好映衬着现实世界的荒诞,人们或许能从他们身上找到坚守的理由和回归真实自我世界的途径。这便是其作品之所以形式简略却蕴藏巨大表现力的原因之一，所以无论是主题的呈现还是手段技巧的运用，这些观察者都不是可有可无的。

在戴小雨的小说中，《守旗》《一辆车的公路》和《农历才是历》的象征蕴意体现得尤为鲜明。《守旗》中的“旗”和杨怀山的“守旗”过程，无疑是作者成功运用象征手法的经典。一个看似简单的“守旗”行为，却充满戏剧性的冲突。如果我们忽略掉陈顺生和那个无名女人，那么《守旗》堪称乡村版的《老人与海》。所不同的是，与老渔夫相比，杨怀山需要面对更多的“鲨鱼”，这让他感到迷惑和无助。这个从临时乡村逃离的老农民突然身陷于一个他完全没办法理喻的、在他看来近乎荒诞的世界里。在这个陌生的世界里，他不知道自己到底有多少“敌人”，那些“敌人”究竟又会在什么时候出现。所以他注定成不了海明威式的英雄，因为他乡下的执拗和坚持最终还是不可避免地失败了，他甚至不知道自己到底败给了谁。他所熟悉的曾经那么丰满的乡村正在凋敝，在他眼里由陌生的钢筋和水泥构筑的城市又如此荒诞，令他茫然无措。乡村曾经的过客，城里现在的游魂，无奈的他，最终很荒诞地在神经兮兮的退伍老兵身上找到了对现实世界的某种和谐平衡。相信每个曾与命运和环境抗争过的人都会从杨怀山身上看到自己的影子。《一辆车的公路》构建的人物环境其实是一个系统的象征体。那条叫黄鳞蛇的公路，因库区蓄水阻断交通而封闭的村落，那辆走不出村子的双排座汽车，还有三胜与二秀的爱情，都是具有多重象征意义的符号。作者把生活的真实，把对乡村故土悲天悯人的情怀有机地熔铸在一个复合的象征体系中，严丝合缝。三胜逃离乡村后的失足，与回归乡村救赎的失败与绝望，使作品具有了震撼人心的悲剧效果。

当然,如果我们在戴小雨作品中读到的都是《空空荡荡》式的阴郁灰暗、《守旗》式的落寞与无奈,以及《一辆车的公路》式的绝望,抑或是《三个人的故事》和《你家小鸡归我》式的撕裂与挣扎的话,那小雨一定不是个成熟和有深度的作家。从最初的《酒令》《空空荡荡》到后来的《守旗》和《一辆车的公路》,再到后来的《农历才是历》,我们欣喜地看到一种升华,一种从纠结与迷茫、忧郁与落寞向圆润与从容、守望与期待的转变。这种转变既是作家创作手法的成熟,也是作家本人的生活哲学和人文精神思考高度的提升,所以它无疑是戴小雨最成熟、艺术成就最高的作品。作者以此作为他小说集的名称,亦可见一斑。《农历才是历》同样具有浓厚的象征主义色彩,其标题本身就是对故土家园的强烈认同与回归。二十四节气与四季的更替轮回,既体现时间与岁月轨迹,又暗示着生命的成长与兴衰历程。田生老汉无疑是乡村最执着的留守者,他固执要耕种的不仅是水牯坳上的葫芦田,更是试图在这种千百年循环往复的农事中找寻那些在岁月中悄然逝去的记忆。乡村承载着田生老汉生命的全部,也是他灵魂休憩的居所。于是还是在日见荒凉的乡村,田生老汉以一种仪式感很强的宗教般的虔诚,开始了他对乡村的膜拜和精神回归之旅:

“清明节前三天,田生老汉准备浸种了。一个雨后明亮的下午,田生老汉开始小心翼翼一捧一捧将饱满圆润的谷种捧进木盆里,然后加入温水浸泡……明亮而鲜嫩的阳光从西厢房顶斜射下来,照得人暖意融融,就像喝了半碗米酒一样。田生老汉从屋里端出一盆热水和一盆冷水，在阳光下认真的掺兑。他一边掺兑一边用手去试探水温，生怕水温高烫死胚芽，室温太低又起不到催芽作用，掺兑好之后，他还将头伏下将脸贴向水面试探，生怕手上的老茧太厚，试不出水温。”

在《农历才是历》中，围绕田生老汉种葫芦，人物关系和情节结构较之戴小雨以前的作品其实变得更加简单了。虽然在这一过程中还是发生了米米溺水的重大变故，原先四位参与者，最终也只剩下田生夫妇二人，但朝圣般的种稻行为却依然在节气的更替中走向了似乎是必然的圆满。这时，作者笔下乡村那些曾经的灰暗、落寞、荒诞、挣扎和绝望都已消散成一缕云烟，乡村又呈现出它的宁静和安详。作者的笔触少有地变得柔软而温暖，透出浓浓的亮色：

“太阳线燃过东面最后的山巅。天缓缓地低下来，四周静默的群山静静地守护着这生命的绝唱。被群山峰刃裁剪下来的那叶小小天空，已被太阳反射过来的余晖烧得通红。暮归的鸟已经落巢，山林的风已经歇足，一切都将在安详中悄然入梦，只剩下水田里那潮润泥土的腥味，脱粒后稻草的清香，以及他们急速的喘息在静静的水牯坳回旋飘荡……”

终于，在收获的那一刻，田生老汉在金黄的谷堆和馨香的稻草之间再度体验了生命的激情，并且仿佛在这一经历中找回了自己生命的全部。此刻，在田生老汉身上我们还看到了惶惑的杨怀中，看到了绝望的三胜，看到了阴郁的毛旦，还有在情感和伦理中挣扎着的二秀、二妹，看到了在时代大潮裹挟下许许多多游荡的灵魂。而田生老汉替他们找到了心灵的栖所,完成了对自己生命的一次回归和涅槃。虽然这一结局具有强烈的乌托邦色彩，但我想文学家的使命恐怕不是为了呈现绝对的绝望,而是应该让读者看到坚守的力量与生存的希望。也正是在这一创作过程中，曾经面对故园的凋零,在迷茫、纠结、忧郁、无奈和反复挣扎中,小雨也终于完成了自己对生命本质思索的一次大考,加入了为人类命运思考和写作的队伍之中。当然，在他前面站立着无数的先行者和大师,就像一座座山峰,几乎没有后来者敢忽视这种存在,我们在仰望的同时其实有更多的惶惑。

从某种意义上来说,一个作家所擅长的是他的优势也常常是他的弱势。当我们发现小雨试图以某种简略而有张力的形式（包括语言、结构、人物关系及冲突)来反映传统乡村走向没落这一进程所呈现的社会长卷时,我们也会从他的作品中发现一种形式与表达上的缺陷，即在简略结构中，我们或许能生动地表达一种现实、一种情绪、一种理念,但也往往限制了我们对现实的全景式的描摹和对主题的深刻表达。在阅读小雨的作品时，我宁愿将他的所有作品视为一个整体，因为只有在多个作品的集合体中，我们才能品味到更深刻的现实感和史诗感。我们需要再次提到的是，《农历才是历》从多个侧面真实反映了当代农村的生态现实与环境挤压和异化下的普遍的人类性,其题材背景无疑具有史诗和悲剧色彩,与玛格丽特·米切尔笔下的《飘》、陈忠实笔下的《白鹿原》、肖洛霍夫的《静静的顿河》、福克纳的《喧哗与骚动》所表现的主题都有着本质的相似。但小雨的这种表现却分散在他的各个作品中，显得有些片段化、零碎化、小品化，没有形成足够强大的文学力量来表现更全景、更真实、更深刻的当代乡村，只有在整合他全部同类作品后才能拼接出某种深刻和史诗意义。而在《农历才是历》中，作者似乎意识到全景式表达的必要性，对结构和形式做了某种延展，却依然依赖“种稻”这一单一结构的情节作为象征体，回避了更多、更广泛农村社会领域的复杂矛盾冲突。这抑或是视野和格局问题，抑或是作者创作上的一种懒惰，这不能不说是一种遗憾，也是一些批评者所说的其作品格局不够高的原因吧。试想如果能将《一辆车的公路》《空空荡荡》《三的人的故事》《你家小鸡归我》所表达的生活真实和矛盾冲突融入《农历才是历》的框架内，会不会诞生一部更有深度的史诗般的作品呢？我真想读到一部《农历才是历》的长篇小说。

强烈的象征色彩，或者说情节与人物的象征化是戴小雨作品另一个显著的艺术特征，这一特征也直接导致一些评论者对戴小雨作品有了所谓“主题预设”的批评。在文学批评的范畴这似乎是个永恒的话题，这有些类似“先有鸡，还是先有蛋”的争论。“文以载道”，现实中应该不存在动笔前完全没有写作意图的作家。我以为在极具象征色彩的作品中，我们有时很难区分象征意义与真实生活现实两者之间孰先孰后，即是作者先预设了象征的意义，然后再去现实中寻找能够反映这种意义的生活真实，还是作者从现实生活中提炼了生活真实的象征意义？那么我们又该如何看待卡夫卡的《变形记》和海明威的《老人与海》，还有贝克特的《等待戈多》？韩少功说过：“在文学领域里，直接的理念和由人物扮演着的理念,与血肉浑然内蕴丰富的生活具象仍然无法相比。”也就是说,只有当我们要表达的理念与我们所表达的生活真实浑然一体,不露雕琢痕迹时,作品才真正具有抵御岁月淘洗的艺术价值。即使是加西亚·马尔克斯的魔幻现实主义也要遵循“变现实为幻想而又不失其真”的基本原则。也就是说,只有当作家心中构建的象征意义与生活真实无缝对接时,象征手法的应用才不会显得生冷硬涩,才不会有理念先行的诟病。戴小雨的作品在这方面显然还没有完全做到。其《守旗》《瘤槌》中象征手法的运用客观上存在“人物扮演理念”的不足,从而在一定程度上削弱了对生活真实具象的直接、感性的表达。

语言是文学作品的灵魂和风格的标志。戴小雨小说的语言是干净、简练而朴实的,他力图创造一种风格,一种兼有沈从文式的平实柔和、萧红式的细腻感性、海明威式的简短明快的语言风格,实际上他也据此形成了自己独特的语言风格。但他如果能够使简略的语言更具意蕴,使平实的语言更具张力和穿透力。毕竟简略不是简单,平实也不等于平淡。如果再加推敲锤炼,或许会让他的作品具有更强烈的艺术魅力。

小说是一个血肉的文本。当作者创造了它,它便成了一个独特生命体,对文本的解读也就必然超出作者的预期。文学的魅力在于它赋予了读者解读文本的至高无上的权利,也给了文学批评者更大的评头论足的空间,更使一些评论者与其说是品评作品,还不如说是借此逞强使才,沽名钓誉。所以,敲出以上文字,不免诚惶诚恐。

桌前放着一本台历，下意识看了看农历，小满刚过，芒种将至。豫北家乡的侄子在微信中告诉我，过几天就到麦收的日子了。戴小雨的网名叫“大雪是被子”。冬天，大雪是冬小麦温暖的被子，他常常把他自己当作一株生长和守望在故乡的冬小麦，这也是极富象征意义的。我不免感慨万千：芒种之后，家乡的平原也该是一片金黄了吧？

不曾消失的橹歌

一

再读沈从文的《湘行书简》,已经有些隔世之感了。我记不清已经多久没有写信了，寄出去和收到的最后一封信都无从回忆。从“鱼传尺素”和“家书抵万金”的期待中,书信一直在以自己的方式在人们之间传递着信息和情绪,车马、驿站、绿色的邮筒,甚至是一只叫鸿雁的大鸟。

在有书信的日子里，光阴在我们的感觉里跟一条船差不多,时快时慢,快时你追不上,慢时你也回不去。书信记录的是一些隔着时空的交流,让遥远的距离成为咫尺,让淤积的情绪得到释放。我们一生中有许多东西都曾置放在那些文字里，包括情感、智慧和往事,它让我们的过去显得更加真实。我能确信,我自己的一部分是留在书信里的,因为没有收藏,早已经变得模糊不清。最终,一些收信人也无处可寻,只在记忆里留存,这不是偶然的。想想,没有书信的日子是不是已经太久了？我们内心的干裂是需要一些滋润。

美国作家本杰明·泰勒说:“写信似乎是一种可以独立的天

赋,就像艺术天赋一样神秘莫测。”他是这样评价索尔·贝娄的。索尔·贝娄是书信的天才，他无须去写自传，因为书信就是他的自传。幽默、机智、鲜明的个性和丰富的喜怒哀乐都在那些看似随意的文字里面。即使率真的作家也未必能完全袒露自我，书信则不一样，它的真诚远大于它对世界保持的警惕，也最能从中窥探出写作者内心的真实。这也就是在沈从文先生众多作品中，我独偏爱《湘行书简》的原因。

手边的这本《湘行书简》是之前在书店闲逛时新买的,是又一个新的版本。浅黄色的封面清新雅致,书名是简略的黑色小楷,红色篆刻印章旁是书里的一段文字:“三三,在这条河流上最多的是歌声,麻阳人好像完全是听歌声长大的。”我希望下行时坐的是一条较大的船，在船上可以把这歌学会。其实家里的书架上还收藏着其他几个版本的《湘行书简》。因为喜欢,就买下了。

周末的书店里再次邂逅《湘行书简》不是一次巧遇,在这里,你不会想到读书还有什么特别的意义。天气很好，厚厚的玻璃窗子拒绝了外面的喧嚣但接纳了明晃晃的日光,外面的街道像一条无声的河流,唤醒了我对另一条河流的记忆。

那些文字是沈从文在一条船上写成的,收信人是他的妻子张兆和。那条船也是黄色的,在经历了七天的漂泊之后,它和那些文字便永远地留在了时间的长河里。

那些细微如船舱底流水的文字，超越了一般意义的儿女私情。它记录着沈从文先生对自然、对文化、对故园、对生命、对人性的深层体验，他是在以这种方式为他所有的作品做某种注疏,起因大约是希望他的爱人能够更深刻地理解他的爱，理解他笔下那块美丽却又无比忧伤的土地，这就不难理解这些注明为“三三的专利读物”书信，为什么叫《湘行书简》，它所蕴含的丰富，远远超越普通意义上的情书。沈从文先生一直在向世人解释他对人生的理解，并希望比任何人更加“庄严”和“透入”，这一次也不例外。

“我觉得惆怅得很，我总像看得太深太远，对于我自己，便成了受难者。”从沈从文先生决意离开湘西的那天起，他的心里仿佛就装着一块沉重的石头，让他找不到与外面世界的平衡，使他对外面世界的追寻，更像是一次自我的流放。他在书信里预知了他未来的宿命，即使面对爱情或许也是如此。

一九三四年一月十六日，在给张兆和的书信里，沈从文写道：“我真希望你梦里来寻我，沿河找那黄色小船！在一万只船中找那一只……”

冬季的沅江清明如玉，河中各色各样的卵石连纹理都清晰可辨。两天前，一场雪不期而至，河流两岸，白雪覆盖的高山和远村，映衬着河水的清冽。沈从文感觉船走得很慢，船上的日子忽然失去了时间的意义。

那只黄色的小船是从桃源码头开始上行沅水的，沈从文将沿水路抵达上游的浦市，然后在浦市上岸，转陆路去家乡凤凰探望生病的母亲。

河流之上，篙声和桨声单调的交替里，不时响起水手的橹歌，那歌声给寂寞的旅程增加了一些莫名的忧伤，他的心变得敏感，也如那可以被轻易划伤的河水。幸好，他还可以去想一个人。这个

“乡下人”刚刚收获的爱情仿佛是件易碎的瓷器，在那只船泊进下一个码头之前，给爱人写信是他抵御孤独和险滩的唯一方式。那些码头是桃源、曾家河、兴隆街、缆子湾、鸭窠围、杨家咀、沅陵、泸溪和浦市。

行程的长短是由这条河流决定的。那时候，沅水依旧是通往西南各地的动脉，每天在江上行走的船以万计数，有的来自长江流域，有的来自沅水流域，以外观、大小、性能、地域和作用各异而有不同的名字。有的叫“大鳅鱼头”“乌江子”“广舶子”，也有的叫“洪江油船”“麻阳船”和“白河船”。以船为生，靠船吃饭的男女更是不计其数。

在进入洞庭湖之前沅水是一条落差很大的河流，密布着大大小小的长滩、险滩和码头，究竟有多少，只有那些常年往来于河上的船夫才知道。码头通常在河水平缓的长潭处，是沿河的驿站，相当于今天的服务区，是船夫、排工、商旅客人歇息、食宿、补充物质的地方，有客栈、酒馆、各色商铺甚至烟馆、妓寮。大一点的码头之间，大约是船只顺水一天的路程，小一点的码头之间多是逆水上行一天的路程。各个码头也是大小不一的商贸物质集散地，除竹木、桐油、食盐等大宗商品外，各个码头还有各自的特色供给。比如水溪的豆腐、陬市的糖果、缆子湾的船缆、浦市的鞭炮，甚至各个码头街还出产纸钱，清明时节，流域内十里八乡祭祀先人的纸钱多出自这些地方。

桃源码头是沈从文登船的地方。数年前，我背着背包，在城市的边缘找到了这个码头，背包里装着的唯一一本书就是《湘行书简》,我也想找一条船(不奢望它也是黄色的),从这里到上游的浦市去，这是我从洞庭湖开始回溯沅水计划的一部分，当然也有寻访沈从文先生足迹的意思。要了解沈从文就必须先要了解这条河,先生说过:“教给我思索人生,教给我体验人生,教给我智慧同品德,不是某一个人,却实实在在是一条河。我是在那条河边长大的,想知道这是为什么。”

桃源处在沅水的下游,江面开阔,水势平缓,从上游逶迤而来的山脉已绵延成低矮的丘陵，丘陵呈紫色，周边的村落多被竹林掩映,依稀留有桃源遗风,“沅江清悠悠,连山郁岑寂。回流抱绝巘,皎镜含虚碧。”刘禹锡《游桃源一百韵》中的描述一点不虚。码头早已看不到舟楫络绎、木排浮江的旧迹。水边的几只船都是金属打造的,船体白色,甲板暗红,与沈从文在《常德的船》一文中描述的那些船差得太远。

没有可以搭乘的船,问了一位垂钓的,才知道从这里到上游的水路很久以前就不通了。从他那里我还得知，县境内的确有个叫曾家河的地方，但这个曾家河并不在沅江边，而离桃源最近的上游码头是郑家河。在西南官话里,“曾”与“郑”是完全没有区别的。沈从文夜泊的“曾家河”其实应该就是“郑家河”,写成“曾家河”大约是因读音而产生的失误。

寻一只船去郑家河的愿望没能实现,不免有些失落。但郑家河是一定要去的，不是坐船而是坐车，要先到一个叫郑家驿的地方,郑家驿是茶马古道上的一个古老的马驿,建于明朝洪武年间。去郑家河的路是一条乡村公路,出发不久,天下起了小雨,路两旁状如青螺的小山丘一时烟云缭绕。山丘之间皆是青绿的稻田，农舍之后便是翠色的竹林，看上去清新动人，与沈从文先生当年在沅河上看到的也极其神似。这景象给我原本有些失落的心绪带来了一些欣喜。只是除了发动机轰响，我听到的不是河水在那船底流过的动静。朦胧里，我感受到了某种孤独，从路旁树枝上逃逸的雨滴不时打在车窗上，发出细微的滴答。

车在一棵老樟树下停住了，郑家河到了。一条街道，两排房屋，显得有些清冷。小商店门口坐着几个闲聊的老人，看着我这个陌生人，脸上透出一丝疑虑。通向河边旧码头的石阶在湿润的杂草里依稀可辨，走上去有些湿滑。老码头已消失多年，茂密的河柳林里，有一些颓圮的房子，墙基布满苔藓和藤蔓。湿重的空气中，混合着河流和岸草特有的气味，一只斑鸠在远处的树林里发出咕咕的叫声。你很难想象，当年，当沈从文先生的船泊到郑家河码头时，曾经感叹“在几百只大船中间这只船真是小物件”(《泊曾家河》)，而此时在郑家河我没有看到一条船。

这里河边的景色是绝美的，安宁的小村，不浓不淡的烟中树，若隐若现的雨外山，让人鼻子有些发酸。沈从文在当天的信里写道：“这里的小河岸全是如此美丽动人，我画得出他的轮廓，但声音、颜色、光，可永远无本领画出。”(《小船上的信》)

我望着河流，面对先生描述过的风景，我的任何表达都有些多余。

这天夜里，我借宿在临近河边的一户人家里。夜出奇的安静，只听得到河水流动和风吹动树叶的声响。没有船的码头是寂寞的，在几百只船中间枕着河水入睡的沈先生为什么也是寂寞的？那些船呢，都去了哪里？

我分明听到了橹歌，它从那本《湘行书简》里飘出，在吊脚楼前的长河里回荡。

离开郑家河之前，天已经放晴。在路边小店吃了一碗牛肉米粉，味道很好。这一带有维吾尔族后裔，牛肉做得极好，濒临江的人，鱼自然也做得极其鲜美，只可惜我要赶路。沈从文离开郑家河那天，沅水下游下起了大雪。水手们是无心欣赏雪景的，“他们的希望只是多吃一碗饭，多吃一片肉，拢岸时得了钱，就拿去花到吊脚楼上女人身上去……”（《水手们》）所以照例用粗痞的话诅咒这该死的天气。因为要赶路，沈从文买了几斤鱼犒劳他们，那只黄色的船便在漫天的风雪里划离了河岸，前面的码头就是兴隆街。

去兴隆街依旧是无船可坐的，况且上游还有一个水坝。我费了些周折才租到一辆旧的面包车。车况不好，稍遇上坡就似哮喘病人喘息不已。好在沿途的乡野宛若世外，田园风光清新宜人。这里地处武陵，陶潜笔下的桃花源究竟在哪里，是有很多种说法的。但如果你到了这里，一定相信这里无疑就是桃花源了。

兴隆街就在水边，属夷望溪镇。兴隆街以前是个乡，后并入夷望溪镇，成了一个村。昔日繁盛的码头终抵不过时间的磨蚀，只是在人们习惯的记忆里，这里依然是兴隆街。夷望溪的存在不过是为了推动当地一个叫夷望溪的旅游风景区。夷望溪景区风景优美，在当地有“小桂林”之称，除自然风光外，还有一个叫“水心寨”的石山兀立在水边，三面绝壁，地势险峻，传说是当年钟相、杨幺的山寨。因下游修有水坝,河里的水位上升了许多,昔日的吊脚楼也随之消失。码头上还有一些船,多是开往夷望溪风景区的。河水平静如湖，间或有一两只船穿过，将水面原本澄静的倒影搅扰得浮光掠影。

与郑家河的清静相比，兴隆街仍保留着几分码头的热闹,小街上有多家客栈、民宿、商铺、小酒馆的生意很不错,外地人来吃饭必点鱼。但当地人和来这里旅游的人，大多也不知道沈从文曾经来过这里,也有人认为沈从文到过的地方就是以前的夷望溪。

沈从文到达兴隆街时,才下午四点左右,天已经不下雪,却下起了小雨。这个时辰离天黑还有些早。虽然离天黑还有几个小时,但继续行船肯定没有合适的码头。船停在另两只船的旁边，隔着一个小石滩,可以看到河街上成排的吊脚楼。虽然天冷下雨,无法上岸逗留,但沈从文却能想象出河街的情状:屠户、油盐、提着烘笼的妇人、穿青羽绫马褂的团总。吊脚楼上一位大脚妇人的喊声让他又想起了《柏子》里的水手。

这一天是一月十四日,是沈从文先生的生日。

我住进了一家客栈,特地选了楼上一间水的房间,从这里可以看到对岸的小山和水边的人家，像是在看一幅色彩不断变化的油画。接近黄昏时分,街面上渐渐安静,偶尔可听到汽车过往的声响。码头边多了几位洗衣的妇人和戏水的小孩，太阳刚落下的那片天空和河面上的余晖渐渐地暗淡了下去。一个扯得很长的声音在喊:“幺儿,你死到哪里克了。”

没有麻阳水手的橹歌,也没有风吹动船桅杆的声响,甚至河水也仿佛停止了流动。兴隆街在我的注视下无声地落入又一个夜幕。

我打开灯,狭小的房间很快被灯光挤满。

没有人喜欢黑暗,它们似乎总是比白天要长,长得让你怀疑这个世界的真实性。但很多真实就隐藏在某种黑暗里。我们每个人都属于特定的河流,就像一条鱼,是这条河里特定的物种,一旦离开,便有终生的仓皇。我一直怀疑,在兴隆街码头那个清冷的雨夜里,在一条孤独的小船上,沈从文一边听着橹歌声,一边写着给三三的信,真的只是因为爱情吗?我找不到答案。当黑夜过去,阳光再次照耀河流时,我们都还得赶路,我们只是路过这里,就像路过自己短促的生命。

二

我终于寻到一条船,从兴隆街到上游去,我是在沅陵长大的,船出兴隆街不远就是沅陵境(辰州),我是那里长大和生活的,对那里并不陌生。这一节水路是多险滩的,有"三垴、九洞、十八滩"之说,最险处是一个叫"瓮子洞"的地方,滩险浪急,暗流诡异,水底暗礁密布,是船夫排工们的"鬼门关"。传说中的"寡妇链"就在这一带,说的是有一位寡妇聘石匠,在江岸绝壁上开凿了一条石路,还在壁岩上镶嵌了可供抓扶的铁链,使过往的纤夫能借助它安全地渡过险滩。这位寡妇的男人正是这条河里的船夫,死于一次与险滩的缠斗。这样的悲凄的故事在这条河流之上几乎每天都会发生,放排弄船的人,每一次出行,都可能是不归之途。沈从文是第一个用笔记录这些生命的人,“这样的船夫在这条河里至少就有卅万,全是在能够用力时把力气卖给别人,到老就死掉的人”(《水手们》)。那些人很小就上了船,飘摇的船就是家了,生和死、死和生都是在那条船上,这是一些人的无法逃离的命运,是一条河流的史诗。

那美丽动人橹歌的背后,是先生的湿润的眼睛,有着他与河流的宿命。那些生活在另一条河流的人是读不懂沈从文的。

天又下雪了,是南方那种细米状的雪粒,落到船身上发出细微的声响,沈从文心情明显变得轻松。沅陵,是他少年从军的地方,是他理解世界、人生、文学的起点,是他心中的“第二故乡”,那里有他大哥沈云麓修建的芸庐,水上往来的船上,已经可以听到久违的乡音,橹歌之外,还有他熟悉的辰河高腔,他不再是游子了。

沅水自兴隆街以上,落差不断加大,长滩更多更险,风景也更加秀丽别致。河水清澈,竹林翠碧,远山烟霭数抹,临水的高岸有成排的吊脚楼。早在沈从文之前,郦道元在《水经注》里对沅水中下游就有过描述:“沅水又东历临沅县西,为明月池,白壁湾。湾状半月,清潭镜澈,上则风籁空传,下则响泉不断。沅水又东历三石涧,鼎足均跱,秀若削成。其侧茂竹便娟,致可玩也。又东带绿萝山,绿萝蒙羃,颓岩临水……”这里的“三石涧”“明月池”就是沅陵境内的夸父山和明月洄。船过柳林岔(汊),沈从文觉得平生第一次看到这样好看的地方,“千家积雪,高山皆做紫色,疏林绵延三四里，林中皆是人家的白屋顶”。

一月十五日下午，沈从文的那只黄色的船泊进了缆子湾，离这儿不远就是沅水流域最著名的险滩——清浪滩。船到缆子湾通常要做一些上滩的准备，所以这里的船缆很出名。清浪滩到底有多长，说法不一，有的说四十里，也有的说二十四里。从下往上看去，两山之间白浪花花的长滩看不到尽头，好像连着天。清浪滩是沅水之上最凶险的滩头，上演过无数船毁、排散、人亡的悲剧，制造了无数的孤儿寡母。清人查慎行形容清浪滩是“怒势中流劈浪开，蛰龙潜处起惊”，此处更有“下船泊滩头，上船泊滩尾，老鸦绕滩啼，行人命在水”的描述。那时，沅水流域普遍建有“伏波宫”也叫伏波庙，供奉的是曾在沅水流域征讨五溪蛮的汉朝伏波将军马援。清浪滩尾也有一座伏波庙，庙周围时常盘旋着很多乌鸦，船夫们视这些乌鸦为神物，常将饭食糕点抛向空中供乌鸦啄食，以祈获得护佑。

我坐的船是到不了缆子湾的，这里不远处就是著名的五强溪水电站，还有一座横跨沅水的大桥，要去缆子湾还得坐一阵汽车。到了之后才发现，这地方我之前不知路过多少次，却第一次知道它就是缆子湾。岁月已抹去一切，当年那个“远处叠嶂，烟云包裹”美丽得让沈从文发呆的地方，已经看不出丁点儿痕迹。河边满是因枯水而露出水面的狰狞的石头，石缝之间有一些稀稀的芦苇。即使在本地，知道这个地名的人也不多了。

心里倒没有太多的五味，许多事不能挽回却可以体验。一条河是不会回头的。时间送走了河流的昨天，也送走了河上的橹歌。

消失，是我们每天都需要面对的事实。但真正消失的是那些被遗忘的事物,只要还有人记得,那些逝去的就还活着。

我确信当我离开这里之后,还会有人把《湘行书简》装进行囊，不断地回溯这条河流，在往事的废墟和荒芜之上向沈从文致敬,告诉后来的人:这里是沈从文到过的地方。

同样消失的还有昔日的清浪滩、梢子铺、鸭窠围和一个接一个的长滩。缆子湾前,高大的水坝让沅水抬升了百余米,沿河村寨码头或就近倚山后靠,或异地搬迁。沅水失去了昔日的野性,以前的梢子铺也没于深深的水下，水面之上是一个叫清浪的集镇。从这里上行一直到泸溪，江面开阔，水势平缓。河中还能看到一些船,有上行到沅陵县城的大客船、小快艇,也有往来于各个村庄集镇之间的小型客船。以前,要走三四天的路程,现在不过半天,如果是快艇,一个多小时便能到。禁渔之前,河上还可以看到渔船,这些小舟用的还是橹桨，穿行在清早缥缈的晨雾或傍晚满湖的霞色里,看上去如诗如画。

坐一条小船去鸭窠围不过半小时。那船的机器声很大,尾后拖着浓浓的黑烟，乘船的都是到附近集镇赶场的农民和小商贩,彼此大声地说着话,几条大鱼在脚边一个绿色的网兜里不时扭动着。

沿江的景色还是那么美丽,沿途风景如连接的画廊,青山黛绿,天水一色,沿河的山腰上,生着三三两两的人家,澄清的水中都是山的倒影。这景象与沈从文当年所看到的自然有很大的不同。“那时的沅水有很多险滩,滩头之间也有像梢子铺这样的长潭和水流平缓的河段。过滩之时,不仅要耗费很大气力,有时候还得以命相搏,那时你听到的一定是粗痞野话和吼叫。船到长潭,徐缓的橹歌才又会在咿呀的桨声里传来,你也才有机会和心情看看河流两岸的风景。水边的大石头旁,只要天气好,每早就有这些快乐的鸟儿,据在上面晒太阳,很自得的啭着喉咙。人来了,船来了,它便飞入岸边竹林里去……”(《湘行书简》)

“鸭窠围”是一个刻写在中国现代文学史上的地名,不仅在《湘行书简》中有《夜泊鸭窠围》一节书信,之后沈从文还根据这一书信写下了著名的散文《鸭窠围的夜》。外地很多读者依据“鸭窠围是个深潭,两山翠色逼人,恰如我写到翠翠的家乡”一句,揣测这个地名多与野鸭子有关,但沅陵人只知道这里叫“鸦角洄”,地图上也是这样标注的。“洄”是指水回旋而流,是上游河水在岩下形成的洄流。江河两岸以“洄”做地名的并不少见,鸭窠围大约是沈从文依据读音写成的,因为这一带的人都是把“洄”读成“围”,把“角”读成“guo”带古入声音,而“鸭”在当地的读音与“拼音”的读音差别很大。所以地名与鸭子几乎没有关系,鸭窠围应该是沈从文依据读音写意而成的。武汉的李未熟教授实地考证认为,鸦角洄其实应该叫丫角洄。根据是《鸭窠围的夜》一文中有这样的描述“这地方是个长潭的转折处,两岸是高大壁立千丈的山,山头上长着小小竹子,长年翠色逼人。这时节两山只剩余一抹深黑,赖天空微明为画出一个轮廓”。因为他发现文中深潭之上的两山轮廓刚好呈丫角状,“鸦角洄”应该是“丫角洄”。

雨雪迟缓了行船的速度,如果不是因为天气的缘故,沈从文的船可能不会在鸦角洄过夜，而应在更上游的一个叫朱红溪的地方或一个叫北溶的码头停泊。这样的话，第二天如果天气好，路上顺利，他一天就能抵达辰州(沅陵)，也就不必在杨家岨再停留一夜。果真如此，也就没有《鸭窠围的夜》了。这不是巧合，是那些美丽而忧伤的文字或许注定要在这里永久地停泊。

鸦角洄一带河岸陡峭，码头离岸边的吊脚楼都在三十丈以上，天气很冷，天上飘着零星的雪。天已黑，沈从文没有上岸，吊脚楼里的情状，那些水手、妇人和码头上所有的动静，都深刻在他的意识里。这里的山很高，河面不宽，远近的声音都飘浮在安静的夜里。“黑夜占领了整个河面时，还可以看到木筏上的火光，吊脚楼窗口的灯光，以及上岸下船在河岸大石间飘忽动人的火炬红光。这时节岸上船上都有人说话，吊脚楼上且有妇人在黯淡灯光下唱小曲的声音，每次唱完一支小曲时，就有人笑嚷。什么人家吊脚楼下有匹小羊叫，固执而且柔和的声音，使人听来觉得忧郁。”(《鸭窠围的夜》)沈从文感到莫名其妙的忧伤，这忧伤是这条河流留给他的悲悯，他一生都没有摆脱。

这一天，是一月十六日。沈从文数次披衣而起，在摇曳的烛光下续写着书信，夜更加寂静，舱外的雪又下得紧了。他希望第二天醒来的时候，可以看到邻近船上那个人在岸边雪地里留下的那一行足迹。但等到他早上醒来，那条船已摇离码头很远了。

再次离开湘西后，沈从文根据这一天的书信写下了著名的《鸭窠围的夜》。

跟缆子湾一样，我曾经无数次路过鸦角洄，那里看上去跟水边其他地方没有太大的不一样。水坝让附近的水位抬升数十米，旧时的鸦角洄码头和吊脚楼的位置都已在水线之下。这里的村民大多都已搬迁，剩下的几户人家搬到了更高的山腰上，继续守着脚下的河水和恬静安然的日子。没于水线下的还有上游的横石滩、九矶滩、杨家岨和那座千年古城——辰州(沅陵)。

很多年过去了，鸭窠围的夜被无数人想象、描摹和解读。但很多人忽略了，在这条长河里，沈从文从来都不是一个单纯的记录者，是牧歌也好，是挽歌也罢，你所能体会到的哀乐里，都有他自己的影子，你怎么解读，他都是那个沈从文。

今天的鸦角洄已是另一番景象了。入夜，当涛息波静的时候，天空的星辰倒映在宽阔的江面，你体会到的是“满船清梦压星河”的意境。我没有选择在这里过夜，不想去颠覆我对那个夜晚的想象。我能在一本书里找到那个夜晚：雪覆盖了码头、河水拍打着船身，吊脚楼上透着光亮，小羊在黑暗里张皇着，撑船人的睡梦里飘浮着好听的橹歌……

我坐的船在水面快速地行驶着，水面拖着长长的痕迹，身后的行走与停泊都渐渐退却。视线的尽头，在那河流与碧山之间，已能看到远处的那座白塔。

沈从文看到白塔的那天是一月十八日。“天气转晴，日头初出，两岸小山作浅绿色，山水秀雅明丽如西湖。船离辰州只差十里，我估计过不久，船到了白塔下再上个小滩，转过山嘴，就可以见到税关上飘扬的长幡信了。”这一天，距离沈从文从军后第一次到沅陵，已经过去了十六年。但这里的每一条街、每一处衙署、每一间商店、每一个城洞里做小生意的小担子至今还让他魂牵梦绕，他的眼睛一定有些发潮。在当天的书信里，我们明显地感受到了沈从文内心的波澜。

一月十九日，在寄出桃源到沅陵期间写的书简之后，沈从文启程继续沿水路前往泸溪、浦市。泸溪在沅陵和浦市之间，沅水支流武水在这里汇入，从武水上行到通峒河，可以直到沈从文的家乡凤凰。可能是冬季枯水的缘故，沈从文选择去浦市，从那里一条古老的驿道回到家乡。

很久以来浦市一直都属沅陵，民国初年才划归泸溪。从沅陵上行浦市，江面开阔，水流与之前的河道相比要平缓许多，几乎没有滩头。河水清浅，两岸山树如画，许多大船顺江而下，满江的橹歌仿佛少了一些忧伤，疾徐有致，挑动人心。这里是翠翠的故乡，沿河的码头都有边城的景象。这天，天已转晴，阳光照射在沈从文面前的信笺上，温暖柔和，正如他此时的心情。他像一条鱼游回到了他熟悉的河流里。

泸溪是下游水坝淹没的最后一个码头，老县城也大部从武溪镇搬到了今天的白沙镇，依山傍水，依然是沅水边一座美丽的小城。夕阳下的老城墙和那明明朗朗的城楼轮廓成了沈从文对这个小城最后的记忆。他的心情大好，书信里洋溢的浪漫也增加了许多，甚至提到了母亲对那位未曾谋面的媳妇的期待："晓得从文怎么样就会选到一个屋里人，同他一样的既不成，同他两样的，更不好。"今天看来，母亲是智慧的，深谙婚姻的真相。陶醉于爱情的沈从文，其实没有听懂母亲的话，他笔下的那些人物的爱情最终都没有逃脱忧伤的结局。

一月二十日，沈从文抵达浦市，这里曾是湘西最繁华的处所，是“湘西四大名镇之首”。从这里出发，可入四川，到滇黔，通洞庭，入长江达沿海，这里流传着许多财富神话。一九一七年，沈从文就是从浦市出发，乘一条大船前往沅陵，开始了他的从军生涯的。这里至今仍然是这条河流上保存完好的古镇之一。

再度离开湘西后，沈从文把一月十八日的书信整理成另一篇散文《一九三四年一月十八日》，并收入《湘行散记》。

“这条河流，却告给了我若干年来若干人类的哀乐！小小灰色的渔船，船舷船顶站满了黑色沉默的鱼鹰，向下游缓缓划去了。石滩上走着脊梁略弯的拉船人。他们那么忠实庄严的生活，担负了自己那份命运，为自己，为儿女，继续在这世界中活下去。不问所过的是如何贫贱艰难的日子，却从不逃避为了求生而应有的一切努力……历史对于他们俨然毫无意义，然而提到他们这点千年不变无可记载的历史，却使人引起无言的哀戚。”

沈从文先生曾为我们勾勒出一个无限美好的澄静的世界，但那些仿佛没被污染过的人们仍然摆脱不了命运悲剧。读到这里，我们分明听到了琴弦崩然断裂的声音，美丽的橹歌化为一声悲怆的号子，伴着先生那颗悲悯心，回荡在江河之上。

那个在辰州河滩上看船的少年，那个在榆树湾见过无数屠戮的士兵，那个在沅州经历挫折的年轻人，那个在北平孤寒的夜里做梦的文学青年，像一条忧伤的鱼游回到了他那条浮满橹歌的河流。那些橹歌从没消失，在长河的尽头、在渡口的那边、在白塔上蓝色的天空，沈从文始终都是自己笔下的那个翠翠，一直等待着太阳升起,又落下滩头。

那天,我坐在浦市的老码头上,看着那只从河对岸过来的船,又想起沈先生的那句话——“我就这样一边看水,一边想你。”

云端的清水江

寻找一条河流的源头,是我最初的欲望。

从小就想知道山那边有些什么,后来知道了,是河。河是从高处流过来的,更高的地方是云,云落到了地上,就有了河流,它的来路要比我们人类要清楚。

这次我要去寻找的那条河叫清水江。

沅水的上源是一条叫清水江的河流,发源于云贵高原的黔东南,因江水清澈纯净而得名。中国境内有多条叫清水江或清水河的河流,名字的来历大多如此。这名字直接、透明,像孩子的眼睛,藏不住一泓清水之外的东西。

从洞庭湖溯沅水而上到洪江托口镇,是沅水的中下游,而清水江是沅水的上游。关于沅水的起点,有两种说法。《湖南省志·地理卷》及《贵州省志·地理志》载:“东流至洪江市(原湖南黔阳县)黔城镇与舞水汇合,始称沅水。”也就是说清水江止于黔城。而传统说法是,清水江流经贵州天柱瓮洞之后,在湖南洪江市托口镇汇入渠水,始称沅江。因托口曾经是湘黔边境沅水上最大的边贸码头,民间习惯上认为托口之上才是清水江。从地理上说,托口地处云贵高原向下级阶梯过渡的地段,作为沅水与清水江的分界也是很自然的。

托口，是湘西北边陲的一个有着一千多年历史的古镇，以水运兴起，上通云贵、下联汉沪，是著名的桐油、木材、食盐的集散地。据说当年托口古镇沿河，布满密密的吊脚楼，十八座青石板码头一字排开，形成了一条长长的商业街，街上商号钱庄林立，交易繁盛，连青石板街面排水的水漏都是铜钱状的。大小油坊里，常年碾盘滚动，油锤声震天，举世闻名的“洪油”就是最先从这里成交，然后出洞庭、下长江，漂洋过海，销往世界各地。所以这里也被史学家称作“湘黔边地的内陆资本主义经济萌芽镇”。

水路交通的衰落和一座水电站的修建颠覆了这里的一切。古镇消失了，商贸冷清了，新的集镇边，水电站库区形成的“青江湖”倒是碧波荡漾，天水一色，景色很是秀美。

从托口到贵州天柱瓮洞之间能通航的，中间要经过芷江的大垅乡和会同的漠滨乡（同属湖南怀化），只是现在没有固定的水上交通。每逢瓮洞赶场日，湖南这边的人都会去赶场，这时候上下的船只就会多一些，其他时间就需要碰运气或自己去租船。

上午十一点，托朋友寻到一条船，一番讨价还价之后，以四百元成交。

正值五月，天气还有些凉意，船未离岸，又开始下起了蒙蒙细雨。雨季之后，清水江与渠水水量很丰沛，两水汇于托口，构成了宽阔浩渺的江面，附近的山头如一座座小岛浮在江天之间，不常在江上行走的人一时很难辨别河道的方向。

船老板是个五十岁的男人，很爱说话，烟也抽得厉害，对我的清江之旅提了很多建议。船的柴油机声很大，两人说话时不得不出大声。从船老板那里得知，托口到瓮洞这段江面，以前是有不少险滩的。清水江从贵州入湖南的地方叫下金紫村，江中礁石成群，形状奇特，居上的礁石全向上游倾斜，指向贵州天柱县境；居下的礁石都向下游倾斜，指向湖南省境，中间则是数米宽的平坦岩板。过去民间据此划定湘黔两省清水江的分界线，行船的人到了这里就知道自己是否出了省界，这一地理标志如今已在数十米的水下了。

船行不久，雨停了，湿重的雾气逐渐散开，大部分时间里我都被清水江两岸的风光所吸引。站在船头看去，清水江似一幅长轴的古代山水画卷，在眼前徐徐展开。宽阔水面和天空都在缥缈之中，好像一张留白的宣纸，青绿的山、不时飞过的白鸟、水边竹林里的人家都恰到好处的点缀其间，旅程刚开始，独行的寂寞很快被兴奋和喜悦替代。

进入黔东南后，两岸的山势逐渐陡峭，江上天空也开始变得狭窄，沿江的村寨也渐渐稀少。托口水电站库区的尾水一直延伸到了瓮洞，所以这里依然是深峡平湖风光，水色变得更加深绿，柴油机的轰鸣，衬托出了四围的幽静。

两个半小时之后，船到了瓮洞码头。跟我之前的想象很不一样，码头上，除了我们这条船，没有一条船，看不到房子，也没有一个人。船老板收了钱，很高兴，又递过来一支烟，便掉转船头，把我丢在了空空的瓮洞码头上。

沿码头而上，有大约两百级石阶，台阶的石缝里长满了野草，这显出了码头日常的冷寂。虽然水运码头的衰落不难想象，还是感到反差有些大。过去的瓮洞码头,一直是水陆商贾荟萃的地方,曾经排筏塞断江面,船只穿梭不绝。木材贸易鼎盛时,清水江两岸的人们甚至不需渡船,直接可在木排上跨江而行。

我的背包有些沉重,爬上去很吃力,一路好风景带来的好心情顿时打了八折。爬完石阶,到了半山腰,还是没有看到集镇,再沿一条水泥路走过一小山坡，这才看到瓮洞集镇。这天不是瓮洞的赶场日，街面上显得很冷清，只有靠近河这边的一个农贸市场还有些人气，一位理发师傅在路边给人剃头，几个卖苗药的小贩在吆喝。摆小吃摊的多是妇女,背上用绣花的背带背着小孩。小摊上的米豆腐,一碗才卖两块钱。米豆腐嫩黄细腻,淋上些麻油,配上细碎的红椒、黑豆豉末和鱼腥草根(俗称“折耳根”),还能吃出几分沅水老码头的味道。

集镇有些规模,满街都是商铺,还有多家超市、宾馆、饭店,城乡供需品种齐备,依稀还是边贸重镇的样子。到了特定的日子,湘黔两地的来此赶场的人,摩肩接踵,往来不绝,其中一半都是来自湖南。黔东南属苗族侗族自治州,当地人的口音跟湖南靖州、新晃差不多。

当晚,我住进“湘黔酒店”。说是酒店,其实就是个客栈,地方不大，很干净。我拿出地图仔细向店老板询问了第二天的行走路线。他很热情地给我画了一张从瓮洞到天柱县城清水江沿岸的集镇分布图,还主动给我联系了第二天早上去白市镇的班车。

这里的夜格外寂静,听不到一点声音,清水江仿佛是在天外。

坐上去白市镇的早班车时,天还没亮,天又开始飘起细雨。除了集镇上的那排路灯,四周都还是漆黑的。车从瓮洞出发时,只有我一个乘客。正疑惑这车为啥开这么早,车在路边停下了,一个拿着雨伞、背着书包的小女孩上了车。原来这天是周一,是学生上学的日子。这辆车要接沿路村子里的孩子去白市的学校上学。

天慢慢放亮,车穿行在蛇形的山间公路上,司机知道该在哪些地方接孩子,那些孩子也很准时,打着雨伞,站在约定的路边等候,彼此的默契间散发着一种温馨。约莫一小时后,车上已挤满了上学的孩子,数不清有多少人,车内叽叽喳喳的如一大窝早起的小鸟。路边的桐子树正开着花,车里散发着桐子花的清香,昨天夜里被风吹落的桐花都散落在弯弯曲曲的路面上,公路满是密集的树,笼罩在缭绕的雾气中,透过树与树之间一晃而过的间隙,能看到高原苍茫的山海。

白市在清水江畔的一个狭长的河谷里,集镇上只一条很长的街,一面靠山,一面临水。街面上停满了各种摩托车和三轮电动车,沿街的商铺生意兴旺。瓮洞沿清水江上行到白市,要经过一个叫兴隆镇的地方(以贩卖牛著名,旧称牛市)。那一段清水江有很多险滩如牛扼颈、长木脚、秋鱼塘、倒水滩等。自下游托口水电站修建之后,滩头都成了平湖,兴隆镇也并入了白市成了兴隆村。白市受下游水电站的影响较小,清水江还有着自然的形态。秀山苍翠,山寨错落,江清见底,不负清水美誉。河谷里有水流急促的滩头,白色的岩壁下有幽绿的深潭,停泊着一湾大大小小的船只。码头旁边有一保存完好的杨家祠堂,门楼上泥塑彩绘描述的是先祖杨再兴的故事。白市下游一段，河水平缓，河岸水草青绿，时见野鸭出没，水鸟翻飞，不远处的对岸是一个叫江东镇的地方。

白市的地名据说来自江边那块白色的石灰石悬崖。过去，人们根据这块白色的岩壁把这里叫作“白岩塘”。白岩塘历来是水码头，上下游的货物、木材都在这里集散交易，后来就成了今天的白市。

在码头租了一条小船，在白市和江东之间的江面上任意地漂荡了很久，心里似有难得的平静。我忽然感觉河流周围的环境有些虚幻，高原之上，清水江畔，万物澄澈，纤尘不染。

白市之上建有白市水电站，江水再次被水坝阻断。从白市上行要经过天柱县城，沿江有远口、坌处两个集镇，也是以前清水江上比较大的码头，据说以前都是船筏盈江、商贾云集的地方。清水江流域盛产楠木、杉木，木材交易一直很兴盛，所出木材经沅水，过洞庭，入长江，直达上海、南京。远口码头附近曾建有多家会馆，只是大多已不复存在，唯留下“远口夕照”的胜景。

受下游白市水电站影响，远口码头的旧迹已经看不到了，路边还有一些老旧的祠堂。相比之下，坌处受白市水电站的影响就要小得多，保留着一些清水江老码头的痕迹。至于为什么叫“坌处”，当地人的说法是初清水江流域刚刚开发时，各地来黔东南采购“苗木”的商人云集于此，由于大家都是五湖四海，就取名为“坌处”。“坌”是“分”“土”二字构成，意为大家都离别故土来此谋生，应和睦相处。在三门塘、喇赖、三门溪等几个古老的侗族村寨，都能看到不少风格不同的古建筑，有形式古朴的干栏吊脚楼，有外墙斑驳的窨子屋，还有当地各大姓氏的家族祠堂，其中中西合璧的刘家祠堂最引人注意，这座祠堂建于民国初年，建筑风格融入了中国传统祠堂和西方哥特式教堂的元素，显示出商贸码头多元文化的融合和交流，透出浓郁的码头文化气息。

从坌处继续上行，清水江的风景越发怡人。天已转晴，高原的天空是那种纯净的蓝，白色的云流动在河流与天空之间，有着很强的三维感，仿佛伸手可以触摸。雨后的山格外苍翠，河水清澈，每个村头寨口都有漂亮的侗家风雨桥。风雨桥像是为这方山水量身打造的，看上去俊逸、清纯、和谐，让人想起苗侗家姑娘头上缤纷的银饰。

坐在一座风雨桥上，望着从天边流来的清水江，我久久都不愿起身。

清水江从一个叫杨渡角的地方从锦屏流入天柱，杨渡角上游不远是锦屏的茅坪镇。这里离锦屏县城已经不远，也不受下游的白市水电站影响，清水江江面宽阔，江流徐缓，是理想的水运码头。茅坪开寨于元代末，从明清时期直到二十世纪八十年代，一直都是贵州省最大的木材集散地。据说连明成祖修建故宫的楠木、杉木都是出自这里的。

与所有曾经繁盛的水运码头的命运一样，我看到的茅坪却显得很是寂寥。码头边竖着一块刻有“茅坪千家木商古镇”的大石头，显示是国家 AAA 级景区，但游人稀少。这儿至今仍保留着古民居、古祠堂、青石板街巷、古码头、古桥、古驿道等数十处古迹。寨内有一古井，据碑文记载开凿于元朝至正庚子年，距今已有六百五十九年的历史。井口石板经过井绳经年累月的摩擦，留下一道深二十多厘米的V形凹口，深幽的井水，像一面古铜镜，见证着光阴的流转。

从茅坪到锦屏县城时，已接近黄昏时分，找了临江的家旅馆住下，吃了一条黔东南著名的烤鱼，这里到处都是吃“牛瘪”的地方，但踌躇很久还是不敢尝试。

锦屏大约是清水江边最美的县城了。城不大，清水江穿城而过，两岸翠山围绕。城中房屋依山势梯级而建，错落有致，高处多有木结构的传统民居，较低处平行的街道也有落差。整个小城玲珑而不显拥挤，人气中透着安详。入夜，城市及连接两岸的风雨桥的璀璨灯火，一并映入了清水江。

锦屏县的上游是剑河县，沿清水江要经过三江镇、平略镇、河口、南加镇、南寨镇、柳川镇等地。出锦屏县城，江水更加清冽，沿途村庄都保留了一些完整的宗祠，村头大多有百年以上的老树，以枫树为多，乡村公交的停靠站都是侗家鼓楼建筑风格。一路上清风拂面，让人倍觉舒爽。

锦屏县城到平略镇之间的清水江上有两座水电站，一是卦治水电站，一是三板溪水电站。连续的水坝让沿清水江上行剑河变得十分困难，三板溪库区一直延伸到上游柳川镇境内，平略到河口一段高峡平湖，风光旖旎，水上交通却不方便，要去剑河只能从平略镇沿陆路绕道启蒙镇，经河口、南加、南寨再到柳川。

启蒙到河口需要翻过一座山，黔东南的公路都很平坦，只是大弯接小弯，很绕。这一段路已远离了清水江，沿途景色又是另一种韵味。公里边虽有少数村子，但较大的村寨通常都卧在较高的山腰上，依山而建，层层叠叠，时常被山岚缠绕。黔东南虽是苗族侗族自治州，但感觉清水江沿岸侗家居多，大山之中则是苗家居多了。西南的苗寨人家都以蚩尤为先祖，屋顶上都有弯曲的牛头状图腾装饰。

下了山，远远又能看见清水江了，两山之间的一条弯曲的碧玉带蜿蜒而来。河口、南加、南寨、柳川都在清水江边，这里属黔东南偏僻之地，岭峻坡陡，沟壑纵横，海拔落差超过千米，有“三里不同服，五里不同天”的说法。集镇上都略显冷清，偶见几个背孩子的妇女在屋前绣着苗家的饰物。正因偏僻，红军长征时就曾路过这里，当时中央纵队和毛泽东、周恩来、王稼祥等人就住在乌下江与清水江交汇处的瑶光苗寨，问当地百姓，大多不知详情，只是一脸自豪地说毛主席到过这里。在柳川，还流传着伟人给穷苦百姓赠衣送米的故事。瑶光苗寨据说是个很美的地方，往来游客一定会去看看，但因行程计划要在天黑之前赶到剑河，只能遗憾错过。

一路走走停停的，到柳川时天已接近黄昏，天边残留着微弱的霞辉，河边码头上响起了广场舞的音乐。柳川原是剑河的老县城，后来因三板溪水库的建设，县城搬迁到了现在的革东镇，所以这里还保留了一些昔日老县城的底气。

到剑河县城时天已很晚了，吃了碗遵义羊肉粉，城的样子完全没看清楚。想到马上就要抵达清水江的源头，心里有些兴奋，很久都没有入睡。

从剑河到清水江的源头岔河，还要经过台江县的施洞镇和凯里的旁海镇。台江县城很小,开着车不一会儿就能逛完。路上巧遇到苗家人举行婚礼，长长的接亲队伍，每个人腰间都吊满了彩礼带,就像五颜六色的百褶裙,脸上也涂满红色的颜料,格外喜庆。县政府门口的广场有不少农民在晾晒土特产，听说稻子成熟时,农民还会把谷子晾晒到这里,也无人干涉,足见民本之心。

初到施洞感觉这里古镇的身份有些可疑，和很多古镇一样,街面上复制了不少仿古建筑。但当走进施洞老街和码头才感觉到:这里才是清水江上保存最为完整、最具黔东南风格的老码头。

施洞镇在台江县与施秉县交界处,古称“展响”,意为贸易集市，是古代清水江上的重要驿站和码头，也是目前世界上苗族聚居最为集中的地区,苗家人烟鼎盛,历史上有称“苗疆腹地”之称,还被联合国教科文组织纳入了世界少数民族文化保护圈。古镇四周苗岭逶迤，翠峰入眼，清水江完全展现出它的原生态面貌,浅滩、深潭,水流疾缓皆出自然。江水几乎没有污染,清透见底,水中卵石、游鱼清晰可见,码头上停着大大小小的船只。施洞镇狭窄的老街上还保留着一些老建筑,有明清建筑风格的民居、几座会馆和祠堂。

这天正是施洞镇的赶集日,老码头和老街摊贩云集,赶集的有数千人之多。着苗服、穿现代时装的人混杂其中,熙熙攘攘。最热闹的交易还不在老街的铺面，而是在清水江的码头上。码头集市是施洞独有的交易风俗,码头也是集市。商贩们或露天摆摊,或搭建临时篷帐。卖苗绣的、卖服装的、卖副食糖果的、卖五金的、卖农具的、卖刀具的、卖鸟笼子等等,凡是农村需要的物品这里都能买到。小吃摊和简易的路边饭店更是生意火爆，坐满吃饭喝酒的人。河岸上，还能看到传统的染布工艺，染布人在河滩上烧着劈柴,架着大锅,将粗白布放到有靛蓝染料的锅里不断搅拌,染料据说是用一种蓼草的汁与石灰混合制成的。染煮到一定时候，就捞出来就直接放在河滩上的卵石上晾晒，这种靛蓝色的土布在贵州据说已有了上千年的历史,靛蓝色至今仍是苗家传统服饰的主打颜色。

秀丽的风景、亲切的世俗烟火气和特色浓郁的苗家风情,让谁都能产生在施洞多停留几日的想法，可惜我只能待两个小时。在码头集市上品尝了味道独特的酸汤鱼后，我将起身去寻找清水江之源。

施洞到凯里的旁海镇有六十公里，从水路依旧不能直达,在地图上，岔河是图上标识清水江的那条蓝色线条旁的一个小点，那里就是清水江的起点。

岔河是个旁海镇的一个村,村东头有棵树龄好几百年的老樟树,看上去大约百十户人家,集中在一个山坳里。这儿海拔位置有些高,因为重安江和马尾河在山下交汇,所以叫岔河。可从这里根本看不到清水江的影子，只看到远处一层又一层的山和村子上空的白云。我怀疑自己走错了地方，向坐在村部旁的几个苗家妇女询问，说了半天她们也不知道我在问什么，她们说什么我也没听明白。好在村里有两个搞社会实践活动的大学生，她们对我要去的地方没有兴趣，但很热情地告知了去河边的大致方向，还善意地提醒要我在天黑前赶回村子。一看时间,已是下午四点。

我把背包和电话号码留在了村部，独自沿着村边一条小路去寻找河流的位置。这条路可能很久都没人行走了，坡度很大，几乎被茅草和一些长刺的植物掩盖。磕磕绊绊地走了大约二十分钟，还是没有看到清水江的影子，心里开始有些忐忑。下到一个坡底，又翻过一个小山坡，群山之间豁然出现了一条澄清的河流，我又看见了清水江。

从看到清水江的地方到江边，有差不多五十米的高度，陡峭的山坡上没有树，只有一些草本植物，路是那种山羊攀爬的小径，让人有些畏惧。就在此时，我看到河边的青岩下停着一条船。

我分明觉得那条船是一直在等我。我带着虔诚，从一条河流过的远方来到这里。我追随它的脚步，聆听着它的声音，带着朝圣般的虔诚来到这里，河流之上一定有一条船在等着我。我挥动双手大声喊叫，手脚并用地下到河边，看着那条船从对岸向我划来。

船家是个皮肤黝黑的老者，是旁海镇上的人，对我一个人的出现有些不解。听了我的来意，他很爽朗地答应载我到江上走一圈。

我终于到了清水江出发的地方。大山之间，两条如雨后天空一般纯洁的河流，从一座鳄鱼状的山嘴两侧流出，左边是沅水北源之下的马尾河，右边是沅水的南源重安江。两条江水在这里平静地握手，汇成了一条新的河流——清水江，我眼里忽然充满了泪水。

此时，太阳已隐入云贵高原的苍山，河流尽头的余晖渐渐暗了下去，电话响了，那两个年轻人担心天黑前我回不去。

回到村里，借宿在一户农家。小村子的夜安静得出奇，很适合去想一些问题,或者完全不去想,眼前满是那条江的景象,它来自云端,流向大地,从一条河流到另一条河。

山那边是河,河那边还是山。前面要去的地方叫都匀,沅水的源头就在那里。

每一条离开家的路

林东林

第一次听到万水兄名字的时候，觉得取得真好；后来又知道他生在沅陵、长在沅陵，觉得这名字取得就更好了。虽然从来没去过沅陵，不过却经常听闻这个地名，经常听闻赋名于它的那条流经三省、曲行千里的南方大河——沅水。跟很多江河一样，自从有沅水之始的漫长年月里，在它所辗转流经的那些山野、村寨和城镇之地，不知道有多少人家的生活和命运与这条大江发生着关系，不知道又有多少人家因为这条大江的流经而灵光一现地为子女命名；而现在我们可以知道的是，至少那些与水有关的名字里的一个，是周万水。

千山隐隐，万水迢迢，从某种意义上说，“周万水”这个名字牵系着两代人，它代表着它的命名者所寄寓的那种浪漫情怀和阔大格局，也暗示着它的拥有者将对它长年累月的想象和相向而行的靠拢。或许我们不得不承认的一点是，名字也对人有着惊人的预示性——这从万水老师后来长年累月与水有关的行走中可以旁证一二，在冥冥之中他这一生，似乎注定是要与水同行的。

算起来，我与万水兄还是祖籍意义上的老乡。他的老家在豫北平原，我的老家在豫东平原，他因为父亲早年的南下而生长于湖南，我因为自己的辗转而最后定居在湖北。洞庭湖南，洞庭湖北，皆为楚地，从这个意义上说，我们也算是又做了一回老乡——文化和地理意义上的老乡。而又或许，在更深层的渊源上，我们还都有着对水的向往，他是因为生于水、名于水、长于水、多年来又逐于水，而我是因为生长在那个缺水的家乡而补偿性地偏爱于水，所以，就像我们逐水而居的古老的祖先们那样，我们后来也都选择了一种与水相伴的生活方式——尽管我们相差着二十岁左右，而且在相识之前的岁月里都对彼此的这一点更无从得知。

一个人和另一个人的相识，或许也会在暗地里受到某种共同因缘的推动，该认识的人总会兜兜转转地认识。我曾经去过一趟长沙，没想到因为某种不可抗拒的原因而在那里滞留了一个月，更没想到因为滞留一个月而认识了万水兄——这或许算是另一种冥冥之中的注定？

一天晚上，七八个朋友在易清华兄的“忆兰庭”小聚。饭前，朋友们的牌局正酣之际，一个斯文中带着股倔强之气的中年男人进来了，端着茶水，迈着方步，翻着偶尔一闪的白眼，非常不投入地围在边上看——他一边看一边说起了当时的一则“新闻”。朋友介绍说，这是从沅陵来的周万水，是做局长的周万水，也是写散文的周万水。最初的感觉大概又是一个附庸风雅的人罢了，当天也不曾过有深聊。不过之后收到了他转来的几篇散文。再接着，几天后的一个晚上，我们又约在一个路边摊上喝酒，中间我聊起来他的写作，谈了一些理解和看法，我说等结集出版时我一定要写点东西——当然我也并非几两酒下肚之后的乱搭腔，事实上，他发过来的那几篇作品我已经仔细拜读过了，那些感性的文字让我不相信他曾经还是一个县里的小吏。

从长沙回来武汉之后，很快就收到他转过来的电子版书稿。这部——也是他的第一部——散文集《白鸟飞过河流》,原来他早已经编排好了。这本集子最开始的编排与现在呈现出来的有些不同，不过内容基本上一样，我整体读下来的感受和最开始读他那几篇时的感受完全一致——有人物、有故事、有情怀、有细节，好看、耐品，字里行间有着一个“小地方”的写作者难得一见的“大情怀”,在那一个星期左右的时间里，每天晚上临睡前我都会摸出来手机读几篇。读完之后，我给了他一些编辑体例和标题上的建议——以我之前做过一段编辑的经验。简言之，这是一部虽然没有严格主题和结构体系但却处处可见心怀和见地的作品，差不多是他近年来全部散文作品的合集，同时也是他从一个教育工作者回转到一个文学创作者之后的成绩——而由这些作品，我们也得以窥见一个写作者兜兜转转的文学路径。

万水兄早年毕业于湖南师范大学中文系，当属于文学科班出身。也可能正因为如此，他对散文的理解和践行才有着一个中文系毕业生既定的方向与脉络。大体来说，他写得更多的是传统和经典意义上的那类散文，写人、记事，遣怀、哲思，叙事性强，抒情性也强，形散神不散，等等，虽然在边界的开拓上似有不足——我是说对散文这种文体本身的革命性贡献。但是，对一个真诚的写作者来说，这并不是不可以被理解与接受的，我们并不能苛求每一个写作者都负有文体革新的使命，也并不能苛求一个坐拥丰富内容和创作热情的写作者把心力与笔力旁落在自己不乐意的重心上。就写作的本来意义而言,任何一种写作都有它的可取之处。

而难能可贵之处也就在于此。在这本散文集中,万水兄一遍又一遍地践行着他对于散文的那种理解，直至呈现出来他所能抵达到的那种极致程度。在某种意义上，这或许也就像他多年来的沿水而行——以步行的方式和江水相向而行或相背而行，在一次又一次看上去异常机械、单调、枯燥的行走过程中,他最终以自己的方式完成了通过水而实现的那些生命体悟。

沿水而行,他走进的是那些被山环水绕着的空间。走沅水,走沱江,走酉水,访芸庐,过乌宿,去提茶坪村,到洞庭边的坡头。这些散落在山水之间的小地方，也就构成了他的十方世界。在这样的十方世界里行行止止，他寻找的是疯癫之后埋身山野的九妹沈岳萌，造访的是贫困而无助的钟广林兄弟，想象的是耶古镇上的同时也是秦朝历史里的女子杜衡，图解的是新城和旧城之间侯头那样的歌者,寄情的是消失不在的芸庐和它更早就消失了的主人沈从文，走近的是流放之路上停留在坡头的王阳明……周万水用脚步丈量过的那些山野间的小地方，反过来也在反哺着他，它们向他展开了自己的深层褶皱和内部肌理，向他诉说着那些来来往往的生命。

在这样的山水之间行走,也许万水兄一开始也并未怀有什么动机，又或者是怀有跟沈从文一样的算不上动机的动机，仅仅是为了与江水同行一程,“看看这里不称为风景的山水,好到什么样子”。不过,在那样的行行停停之中,在那样的绮丽山水之中,他却看见了那些“不可见”的内容，看见了那些已经消逝的甚至也被封藏多年的内容。出于一个行走者对经过之地的追问，也出于一个写作者自觉的探求，他沿着一条条通往人间的崎岖小路抵达那一个个曾经的人间，在那些地方“挖地三尺”，开掘出来那些走向各异、面目各异的生命内容。

沿水而行，万水兄走进的同时也是那些被山环水绕着的时间。那些被山环水绕着的时间，一部分属于他在南方度过大半辈子的父亲，一部分属于他从菖蒲溪边那个小村子里走出来的外婆，一部分属于担承乡村教育使命的野柘小学校长张勇，一部分属于张勇在任上去世的父亲、野柘小学原来的校长张万国，一部分属于最后的民办教师李明钊和刘国秀，一部分也属于走进了他们的周万水自己……就像是另一种意义上的考古工作者——他走进了他们的时间，走进了他们充满无限哀愁和荣光的生命历程，他所携带的仅仅是一颗心和一支笔，以它们来向我们传递和证明他们在这个世界上曾经存在过和年轻过，他们才是时间真正的主人。

可以说，万水兄走进的并不是那些被主流化了的时间——一种可见的历史，而是被主流时间所遮蔽的局部时间、地方时间和个人时间——一种不可见的历史。他以自己的脚步丈量他们的过去，以自己的体温计量他们的人生冷暖，从那些被忽视和遗忘的“小史”之中开掘出“大史”的另一条脉络——更准确地说，那是一条共属于所有人的脉络，是一条有温度和面目的脉络。所以，尽管他会写沈从文、王阳明那样的大人物，但是他也会写那些寂寂无闻的小人物,他的眼里没有“大”和“小”,也没有“远”和“近”,他把他们所有人都放在生命本体的天平上进行称量，他们是等价的和等距的——因为他们在他心里是等价的和等距的。

无论空间还是时间,它们向万水兄层层展开的始终都是一张张面孔。那些微不足道而又直面天地的面孔，寂寂无闻而又肩承历史的面孔，或者声名显赫却又暗伤斑斑的面孔……那些被山环水绕着的面孔，那些貌似不能作为写作对象的对象，都实实在在地构成了他的写作主体，构成了他字里行间寻常的显赫和默然的传奇，他们在他笔下发出了充满遥远绝响的金石之声。为无声者发声,替无迹者留痕,这也正是一个写作者最大的德行和修行。

当然,置身于各自所在的时间和空间,我们其实距离万水兄所写的那些人和那些地方已经非常遥远了。不过我们不得不承认，那些人很有可能也就是我们自己，那些地方也很有可能就是我们所在的地方，曾经发生过的只是再换一种方式出现而已。换句话说，他们和它们永远不会也不可能在这个世界上消失，只是暂时还没有降临在我们身上和我们所在之处而已。所以，在某种意义上,这本集子也是万水兄为那些人和那些地方所做的一种具有广泛性和普遍性的记录。他看见的是那些人(普遍的人)在那些地方(普遍的地方)的生命流转,并在他们的生命流转之中投射进自己的生命流转,他笔下的每个字、每个词、每个句子甚至每个标点都构成了他们,也是他自己和我们每个人,离开家的路标。

那么,对于周万水,一个从曾经的教育工作者、一个基层行政管理者回转归来的写作者，很多人也许会提出来的一类问题是，作为一个并非文学意义上的写作者，他一次又一次沿水而行的目的何在？旅行？怀古？他一篇接一篇写作的目的又何在？实现成为一个作家的少年梦想？为自己一个中文系毕业生却没有走上文学道路进行弥补？他的“蓝墨水的上游”在哪里？“下游”又在哪里？

就我的阅读感受而言，我相信万水兄并非为了成为一个写作者而写，并非为了展示自己的写作才华而写，也并非为了在文学和文体意义上的野心而写，而是有一种源自本然的冲动之情。就像每一次坐在水边时他都会难以抑制地产生这样那样的思绪。在我看来，他是在笔下的那些人身上看见了一些只有他才能看见的东西，他想挖掘他们已经消失的个体历史和他们独异而又普遍的生命历程，将之投置在字里行间，投置在纸页之中，让他们经历的那些苦难、哀痛、呼号、挣扎、坚持、荣耀在被埋藏遗忘多年之后再一次被发掘出来、被深刻铭记，把他们送入某种脱离地域性和时间性的绝对时空之中——那是人之为人的绝对时空，也是生命之为生命的绝对时空，岁岁年年的更迭、东西南北的不同，都不能更改这份绝对性。

于是，对捧起这本散文集的每一位读者来说，我们的幸运之处或在于，万水兄这本书中的每个字、每个词、每个句子甚至每个标点，在某种意义上也构成了我们回家的路标，我们可以跟着他一次又一次地踏上归家之路。以此为途，我们当然能够进入他所书写出来的那个绝对时空之中，因为无论我们置身何时、置身何地，那些曾经发生在书中人身上的苦难、哀痛、呼号、挣扎、坚持、荣耀也都在我们身上发生过，也将会在以后的时日中一次又一次地在我们身上发生。事实上，那个脱离了地域性和时间性的永在的故乡，那个不为时间和空间所转移的世道人心，就深植在我们每个人的内心最深处。就像那些白鸟在空中的翱翔，就像那些河流在大地上的奔涌，就像那些白鸟飞过那些河流时所划出来的那一个个既空无又实在的十字架，那是我们人类，又或者是每一种生灵,在终极意义上的永恒归宿。

林东林,1983 年出生于河南商丘,作家、小说家,诗人,武汉文学院首届签约专业作家,《汉诗》主编助理。著有《迎面而来》《三餐四季》《人山人海》《跟着诗人回家》《线城》《情到浓时情转薄》《身体的乡愁》等。

生生之水

张远文

夜已很深很深。很深的夜里,其实是挺适合读万水兄文章的。一个个比孤独更遥远、比平凡更深沉的文字，在黢黑的夜里发出如豆的微光,使劲地撑开浓稠的夜色,一点一点地,向前向后,向左向右,直到撑出黎明的曙光,熹微出一片苍凉的大地、河流与村庄,让人忍不住深深吸上一口气,然后再慢慢地吐出来,一种浑身上下无法释然的纠缠不清，一种无法摆脱的通透深邃，不知不觉地漫漶到整个人的四肢百骸,既莫可名状,又让人心旌荡漾。

万水兄本质上一直是教师,并非作家,或者准确一点说,在白天的校园里是教师，在夜晚的斗室中努力成为作家。无论是在一线讲台上做教师,还是后来做电视、做教研、做教育行政管理者,他是个对任何事物都抱有好奇与激情的人，喜欢寻幽探微，追求极致,对哪怕是一些屑小的缺憾、不公平、不完美,也会怀着慷慨激昂的愤怒,尽管这种愤怒,多数情况下并无太多实质上的意义。显然,他属于人群中醒着的“这一个”,不忮不求,不愿平庸自己,也不想漠视周围的众生。很多时候，他默默低头看水，自己也是水,抬头看鸟,自己成为鸟。一只白鸟飞过河流,那是河流写在天空的历史，也是河流带给人们最永恒的遐想。万水兄或许命里注定与水有缘，他原本是豫北麦田里的一粒种子，却在武陵雪峰的水边生根、发芽,这让他经常要么孤独,要么自省自警地寻思:我是谁,我从哪里来,因为什么来到河边,又因为什么跨越时空一次又一次地感受这条仿佛与自己生命息息相关的河流？这样想时，眼前的河流仿佛充满了他的泪水。

正因为如此,万水兄的文字在激情之余是忧郁的、深沉的、悲悯的,甚至是孚甲新意、雕画奇辞的。他需要用自己与河流形成隐秘的时间,也构成粗犷的空间,缄默不语地与之相处、相浸、相融。他时常觉得石头和夜一样空旷，在不舍昼夜的如川之逝里，不知道还能与这个世界说些什么；栖息于城市与乡村之间的斑鸠,总是身份模糊,无法证明,而城市与村庄却如一棵棵大树,不会因为少了一两只鸟儿而减轻它的重量；在渡口那边的岸，他担心自己若干年以后也会变得来历不明，毕竟，把一个渺若尘埃的人扔在人生之海里,时间久了,再要把他找回来会是件很难很难的事儿。于是，他开始沿着河流去追溯源头，用双脚去凭吊值得凭吊的遗址，在恍若宿命般的回访中寂然凝虑，且时不时地，形在江海之上,心存魏阙之下。他将自己的影子一次次印在时间的废墟里,像一尊古老的日晷，计量喧嚣之后的沉默与空旷，追问着是河流唤醒了人,还是人唤醒了河流的沉睡？在被砍斫过的时空里,每一片树叶都有砸中脑袋的可能，这让他一宿宿的梦乍大乍小拥挤不堪,而窗外的河流天天像是在枕边流淌。远处的山、近处的路,同样也是一条条河流，他的到来不过是河风一缕，吹不动那些山高水长的斑驳、深浅不一的沉郁,他只能在静默中临澧而歌,让自己也长满雨渍后的青苔，任日光重复不断地返照，一如王维在辋川的松间明月和石上流泉，隔浦相望，有暗含隐喻的野柘钟声，也有深入骨髓的芸庐之痛。

过去之前还有过去，未来之后仍有未来。一片凋零的树叶，借着风和溪水可以走得很远，但始终会以某种方式保持着与树的关联，这种关联，往往是一种灵魂的无限接近与抵达。万水兄是个喜欢思考，且善于思考，同时又是个对万事万物十分敏感的人，因此，他的文字是从容的、理性的、敏锐的，甚至是悄焉动容、神与物游的。他无论站着，还是坐着，都在目既往还，卷舒风云，向着无边界的内心不断进出，如江天云鸟，自在来去，见天地，见苍生，更见自己。一些鸟飞走了，一些鸟又飞来了，所有的归宿其实都是翅膀的尽头。提茶坪的贫困户钟广林兄弟，他每年都会去看看他们，尽管他并不知道这种所谓的看，究竟能在多大程度上改变他们的命运，但一点一点地持续看下去，可以预见的是，脚下飞萤炫舞，草虫切切而鸣，稻花香里，小村提茶坪的天月明星稀……他始终平视着这个世界，保持着本初的悲悯。老城里收破烂的歌者侯头、东关憨傻而花痴的凤大姐、西关力大而呆痴的田二佬等等小得不能再小的底层人物，都在他的笔下不经意地透出人性的光芒，虽然同样是孤独潦倒地来来去去，却又有着不期而遇的幽明与温暖，恰应了三木清的话：孤独不是在山上，而是在街上，不在一个人里面，而在许多人中间。

万水兄的文字是可以思接千载，视通万里的，特别在处理历史题材方面，既有学术探究的严谨，又有自身恰到好处的在场感、代入感，还原形象，描叙场景，营造意境，呈现思想，自成一格。如竹简里的杜衡，这个女人的前世今身，让他的想象力沿着时空一路逆行：明清、唐宋、魏晋、西汉、大秦……这位跨越战国和秦朝的女子，不管她曾经历过什么样的命运，她身边的那条河流都一直在流，也一直岸草萋萋。从坡头上溯沅江，沿滇楚古道抵达流放之地的王阳明向死而生，所有的磨砺都在引导他走向那扇大门。光明在前，月霁风清，从心出发，他找到了自己，也找到了世界。停弦渡还在，司马相如诗意的传说也还在。澧阳平原上，这条河流本身就是一根古老的琴弦，大地是它不朽的琴台。当一个人用心去聆听时，它的深邃、厚重、律动、永恒仍然奔涌在它生生不息的弹拨之中。万水兄写亲情的文字，朴素、诚挚、得体、动人，菖蒲溪的外婆背着一份沉重走完了她人生最后的黄昏，南渡北归的父亲没有留下任何遗言，他如愿地死在了他出生的平原，就如一次荣耀体面的回家。叶子没了，树还在，季节还在，这些充满生命意识的文字潜心读来，无不让人潸然泪下。万水兄写自身经历的沧浪之忆，克制简约，撷取人生成长过程的几个片段，昭示自己不想在那些越写越长的履历表中变得面目全非，并再次确认自己不是游子，而是有家园的人。

散文面对大地与事实，诗歌面对神祇与天空。好的散文，除了语言美、角度新、情绪满、节奏舒，更重要的是格局、思想与气度。或许是做过电视的缘故，也或许曾经是一个诗人，万水兄的散文，有着良好的场景情感、画面铺陈和心灵感应的呈现，有着相对充沛的情绪张力、比较深入的文化思考、一以贯之的信息含蕴，兼带不可测度的散味、调性与趣味，在自身生命层位的冲和语境中，通过对美善的发现与联想，构筑起自身精神放逐的宿营地与落脚点，见一叶飘而能知季候，突显出行云流水般的诗意气质、精神视野、情操陶冶，并延伸出对当下生活的叩问与求解、思考与判断、存在与救赎，这本身就是一件十分难能可贵的事。

万水兄的文字，曾有那么一小段时间，情绪过于饱满、张扬，字里行间跳跃着一颗驿动甚至躁动不安的心。但他很快在一些灯光闪烁得有些夸张的红尘闹市里安静下来，在事事物物的确定与非确定中平衡自己的脚步，妥妥安放自己的灵魂，探寻到时间里存在的人间态度与立场，在自己擅长的理性思辨与自我审视下，开始克制、克服、慈悲、宽容，大事不虚，小事不拘，处心积虑地破译行文中的收与放、大与小、虚与实、多与少、深与浅、变与不变等诸多密码，将自己最隐秘的人生“私想”与文化气质，潜伏在文字的“冰山”之下，不解释，只回味，不告诉，只思索。

山川异域，风月同天。卡夫卡说：“此生的快乐不是生命本身的，而是我们向更高生活境界上升前的恐惧；此生的痛苦也不是生命本身的，而是那种恐惧引起我们的自我折磨。”凡·高告诉我们：“在忧郁和孤独中徘徊的人，都试图在梦想世界里寻找安慰。”毫无例外，作为凡人的我们愈加深陷其中。一棵树，若是挡住了一条道路的延伸，尽管它站在那里，貌似若无其事，其实，路过的人或蚂蚁，都会替它感到担忧与恐慌。

山川入梦，人生在世，除了吃喝拉撒睡，为什么还要写作，文学因何而伟大？这是个问题，这个问题至今还是个问题。万水兄为什么要写，他自己想必是知道的。或许，唯有人站得高了，眼前的树才会矮。又或许，如风中抽烟，人抽一半，风抽一半，人总是没法与风计较。熟悉的地方往往没有风景，并不是所有的写作都有意义，神圣是对苦难最高的礼赞，沉默也许是最后的清高。生生之水，是孤独的，也是深刻的，连接着无尽的当下与远方。万水兄说："如果情若死水，那还要智慧干什么？"又说："别的都看过了 / 最后来看河马 / 一泓绿池　一弧栏杆 / 倾斜的目光正在打捞 / 正在为一个等待而等待 / 可是，谁也不知道 / 昨晚，河马死了……"或许，在捉摸不定地想到这些时，无聊的写作才会有点价值，有点意义。

昨晚的河马已经死了，明天的河马，又将如何呢？如此的深夜，读完万水兄的这些文字，我站着，温暖而疼痛看上去比街头的老屋还宁静。我忍不住在想，我也不可能不孤独，却无法寂寞，因为万水兄的一条河或一场雨、一只鸟。

张远文，湖南沅陵人，中国散文学会会员，湖南省作家协会会员，湖南省文艺评论家协会会员，湖南省作家协会教师作家分会常务理事、生态文学分会理事。著有散文集《醒着的灵魂》等，曾获"中国当代散文奖"。